Trois jeunes filles à Londres

J'AI LU

Barbara Cartland est une romancière anglaise dont la réputation n'est plus à faire.

Ses romans variés et passionnants mêlent avec bonheur aventures et amour.

Vous retrouverez tous les titres disponibles dans le catalogue que vous remettra gratuitement votre libraire.

Barbara Cartland

Trois jeunes filles à Londres

Traduit de l'anglais
par Jacques Lombard

Éditions J'ai lu

Titre original :

THE DREAM WITHIN

1

— Qu'allons-nous faire ?

Le ton de la question trahissait une vive inquiétude.

Assise à la fenêtre, Sally contemplait au loin l'océan voilé de brume. Elle se retourna pour répondre d'un ton calme et déterminé :

— Nous allons chercher du travail.

Ses deux sœurs la dévisagèrent, stupéfaites.

— Du travail ! s'exclama Audrey. Quel genre de travail ?

Il y eut un long silence. Puis Anne déclara de sa voix douce :

— Bien sûr, Sally a raison. Comme d'habitude ! C'est la seule solution.

Sally se leva et rejoignit ses sœurs installées devant la cheminée du salon.

— C'est une idée qui m'est venue il y a déjà quelque temps, dit-elle. Le mieux serait que nous partions d'ici, toutes les trois.

— C'est vrai, nous devons déménager de toute façon, approuva Anne. Dès que le nouveau pasteur s'installera au presbytère.

— Je ne faisais pas seulement allusion au presbytère, répliqua Sally.

Anne et Audrey la fixèrent de nouveau d'un air encore plus ébahi.

— Que veux-tu dire ? Tu envisages de quitter St. Chytas ?

Sally acquiesça d'un signe de tête énergique.

— Et où irions-nous vivre ? s'enquit Audrey.

— Là où nous pourrons trouver du travail.

— Comment ! N'importe où ?

— Oui.

Anne et Audrey se regardèrent sans mot dire. On n'entendait plus que le crépitement du feu dans la cheminée et les cris stridents des mouettes au-dehors.

— Elle a raison, finit par admettre Anne.

— Et si nous allions à Londres ? s'écria Audrey, tout à coup enthousiaste.

— Oui, à Londres ! applaudit Anne. Pourquoi n'y avons-nous pas pensé plus tôt ?

Sally soupira. La perspective d'aller vivre dans la capitale paraissait ravir ses sœurs, ce qui était loin d'être son cas : cette idée lui faisait horreur. Abandonner la maison où elle vivait depuis sa plus tendre enfance, laisser derrière elle cette région si chère à son cœur, les côtes de Cornouailles aux sombres falaises et aux plages dorées, lui fendait le cœur. Depuis toujours, elle adorait contempler l'immensité de la mer, le ciel changeant. Et voilà qu'il fallait partir. Quel déchirement ! Pourtant, elle le savait, elles n'avaient pas le choix.

Depuis longtemps, elle redoutait de devoir en arriver là, un jour ou l'autre. Le moment était hélas venu puisque leur père était mort quelques jours auparavant.

Arthur Grandville avait été pasteur de St. Chytas pendant vingt-cinq ans. Exercer son ministère dans une si modeste paroisse avait suffi à son bonheur. Homme d'une parfaite humilité, il n'avait jamais nourri d'ambitions personnelles et s'était refusé à briguer une autre charge plus avantageuse. Ses filles s'en amusaient souvent. Pour le taquiner, elles lui disaient que les pêcheurs et les paysans de St. Chytas n'étaient pas ses seules ouailles mais que les mouettes et les goélands, les falaises et les landes couvertes de bruyère, les fées et les géants, les lutins et les sirènes, qui, depuis des siècles, hantaient l'imagination des habitants de Cornouailles, en faisaient également partie. Du reste, cela n'était pas tout à fait faux : Arthur Grandville, féru d'histoire et de légendes locales, avait consacré à leur étude une partie de sa vie. La plus jeune de ses filles, Sally, avait hérité de sa passion.

Anne, l'aînée, était venue au monde trois ans après l'installation d'Arthur Grandville et de sa femme à St. Chytas. Enfant, elle était déjà superbe avec ses magnifiques cheveux d'or et ses immenses yeux bleus. En grandissant, elle était devenue encore plus belle. Son père s'était souvent demandé comment lui, un homme au physique si commun, avait pu engendrer un tel chef-d'œuvre.

Elle eut bientôt une petite rivale avec la naissance d'Audrey. Toute rousse et bouclée, les yeux verts, celle-ci ne ressemblait guère à son aînée. Leur caractère aussi différait du tout au tout. Autant Anne était calme et réservée, autant Audrey était vive et turbulente. Elle riait, dansait et s'amusait sans cesse, tel un rayon de soleil égayant la maison.

Arthur Grandville et sa femme espérèrent que

leur troisième enfant serait un garçon. Ce fut encore une fille. Si le pasteur en fut déçu, il se garda d'en souffler mot. Pour que Sally n'ait pas l'impression d'être rejetée, il lui voua même une affection toute particulière. Et la fillette le lui rendit bien. D'ailleurs, c'était elle qui, des trois sœurs, lui ressemblait le plus.

« Je suis le vilain petit canard de la famille », avait-elle l'habitude de dire pour plaisanter. Sans l'ombre d'un doute, elle était beaucoup moins belle que ses sœurs. Elle n'était pas grande et élancée comme elles ; son visage ne possédait pas la finesse de celui d'Anne ou d'Audrey. Ses cheveux n'avaient rien de remarquable. Ni dorés ni flamboyants, ils étaient d'un brun foncé qui évoquait les brumes de Cornouailles.

Les fées qui s'étaient penchées sur le berceau des trois fillettes ne s'étaient toutefois pas montrées injustes. Elles avaient attribué un don à chacune : la beauté pour Anne, le charme pour Audrey, la sagesse pour Sally. Dans la famille, quand il y avait une décision importante à prendre, on ne manquait jamais de consulter la cadette. Ses avis s'avéraient toujours judicieux. Son intelligence et son bon sens lui permettaient de trouver des solutions aux problèmes les plus ardus. On en oubliait souvent qu'elle avait à peine dix-huit ans. Anne en comptait vingt-deux et Audrey vingt et un, mais elles étaient loin d'avoir la maturité d'esprit de Sally.

Ce jour-là, une fois encore, c'était Sally qui avait su prendre la décision qui s'imposait. Sans discuter, ses deux sœurs se rallièrent à son choix.

— J'ai toujours eu envie de vivre à Londres, déclara Anne. La dernière fois que j'y suis allée, c'était il y a trois ans, pour rendre visite à tante Mary.

— Dommage qu'elle soit morte ! soupira Audrey. Elle aurait pu nous aider à trouver un logement.

— Nous devrons nous contenter d'un loyer modeste, intervint Sally. Nous risquons de manquer d'argent au début, il faudra nous entraider.

— Bien sûr ! s'écrièrent les deux autres à l'unisson.

Audrey prit alors un air soucieux.

— Quel genre de travail sommes-nous capables de faire ? demanda-t-elle.

— Anne pourra chercher un emploi de dactylo, suggéra Sally.

L'aînée fit une moue dubitative.

— Je ne tape pas bien à la machine.

— Ce n'est pourtant pas faute d'avoir pris des cours !

— Oui, mais ça m'ennuyait. Enfin... si je m'y remets, je devrais pouvoir me débrouiller.

— Et moi ? questionna Audrey. Je ne sais rien faire.

— Nous allons y réfléchir, affirma Sally.

Audrey s'élança dans la pièce et exécuta un pas de danse.

— J'aimerais être comédienne ou mannequin, lança-t-elle.

Elle s'approcha du miroir suspendu au-dessus de la cheminée et y contempla son image.

— J'ai le physique de l'emploi, non ?

Comme ses sœurs s'abstenaient de lui répondre, elle éclata de rire.

— En fait, ajouta-t-elle, le plus simple serait que nous nous trouvions des maris.

— Excellente idée ! acquiesça Anne. Tenir une

maison est bien la seule chose dont nous soyons capables.

— Mais un homme n'épouse pas une femme seulement parce qu'elle est bonne ménagère, nota Audrey.

— Sans doute.

Anne se mit à rire à son tour.

— Que tout cela est excitant ! ajouta-t-elle. J'ai l'impression de commencer la lecture d'un roman qui promet d'être passionnant. Bien entendu, il ne pourra se conclure que par un mariage.

— Bien sûr ! renchérit Audrey. Voyons, quel genre d'homme voudrais-tu épouser ?

Anne rejoignit sa sœur devant le miroir.

— Moi, annonça-t-elle, j'aimerais me marier avec un duc.

— Un duc ! s'exclama Audrey, railleuse. Et pour quelle raison ?

— Parce qu'il possédera tout ce dont je rêve. De magnifiques propriétés à la campagne, un vieux manoir, des meubles d'époque, des tableaux anciens. Une famille aux innombrables quartiers de noblesse, des ancêtres dont les hauts faits auront marqué l'histoire de la Grande-Bretagne.

— Et il sera couvert de dettes et perclus de rhumatismes. Merci, très peu pour moi ! C'est tout à fait démodé, les ducs, ma pauvre Anne. Moi, j'aimerais épouser un millionnaire. Il m'emmènera sur la Côte d'Azur, nous descendrons au Palm Beach. Il m'achètera des robes chez les grands couturiers, il me couvrira de bijoux. Voilà une vie qui me plairait. Ce n'est pas un vieux duc ruiné qui m'en offrirait autant.

— Parfait ! Je te laisse ton millionnaire et je garde mon duc.

Toutes deux éclatèrent de rire.

— Et toi, Sally, tu ne dis rien. Quelle sorte d'homme voudrais-tu épouser ?

Sally eut un sourire mystérieux. Ses yeux gris semblaient rêveurs, tout à coup.

— Je me marierai avec l'homme que j'aimerai.

Ses sœurs retrouvèrent aussitôt leur sérieux.

— Nous aussi ! s'écrièrent-elles en chœur.

Ni l'une ni l'autre n'avait mentionné ce détail...

La sonnette de la porte d'entrée mit un terme à leur conversation.

— Tiens, une visite ! fit Anne. Qui cela peut-il être ?

— Je vais ouvrir, décida Sally.

Elle quitta prestement le salon. Quelques instants plus tard, des voix résonnaient dans le hall.

— C'est David, annonça Anne en jetant un coup d'œil à Audrey.

— Quel ennui ! grommela celle-ci avec un geste d'impatience. Il va encore rester pour le thé. Et moi qui voulais dresser la liste des affaires que nous emporterons à Londres !

— Tu ne vas tout de même pas te gêner pour David !

Sally regagna le salon, accompagnée du nouveau venu. C'était un jeune homme séduisant, grand et bien bâti.

— Bonjour, Anne.

— Bonjour, David.

Se tournant vers Audrey, il la salua à son tour.

— Je suis en voiture, s'empressa-t-il de lui annoncer. Veux-tu que nous allions nous promener ?

— Non, je suis trop occupée.

— Ah bon ! Tu n'en as pas l'air.

— C'est pourtant le cas. Si tu veux savoir, nous avons décidé d'aller vivre à Londres.

— A Londres ?

— Oui, confirma Audrey. Pour y chercher fortune !

Durant quelques secondes, David Carey fixa Audrey en silence. Puis il s'adressa à Sally pour obtenir des éclaircissements.

— C'est vrai ? l'interrogea-t-il.

— Tout à fait. Il nous est impossible de demeurer à St. Chytas. Il n'y a pas de travail dans la région, et nous devons gagner notre vie maintenant que papa n'est plus là. Nous partons donc pour Londres.

— C'est trop beau pour être vrai ! s'exclama David sur un ton de jubilation.

Elles le dévisagèrent toutes trois avec perplexité. Une telle réaction de sa part était inattendue. L'annonce de leur départ aurait dû l'attrister, au contraire.

— Laissez-moi vous expliquer. On vient de me proposer un poste de chirurgien dans l'un des plus grands hôpitaux de Londres. J'ai beaucoup hésité avant d'accepter. J'avais de la peine à l'idée de quitter la région, de m'éloigner... de vous trois.

Tandis qu'il parlait, il n'avait d'yeux que pour Audrey. De toute évidence, c'était à elle qu'il s'adressait.

David Carey était le fils d'un médecin de St. Ives, un gros bourg voisin de St. Chytas. Les sœurs Grandville le connaissaient depuis toujours. Ils avaient grandi ensemble. Plus qu'un ami, elles le considéraient comme un frère. Quelle ne fut pas leur stupéfaction quand, plus tard, David tomba amoureux d'Audrey ! Hélas, cette dernière n'éprouvait que de l'affection pour lui.

— Mais c'est merveilleux, David ! réagit tout

d'abord Sally, avec un grand sourire. Tu vas vivre à Londres, et nous aussi. Nous n'y serons pas tout à fait seules.

— David n'aura sans doute pas le temps de s'occuper de ses cousines de province, se moqua Audrey.

— Je t'interdis de dire cela ! protesta le jeune homme. Au fait, comment envisagez-vous de gagner votre vie et où comptez-vous loger ? Racontez-moi tout !

Il s'assit dans un fauteuil au coin de la cheminée.

— Que tu es agaçant, David ! s'écria Audrey. Nous n'en savons encore rien.

— Oh, c'était juste pour voir si je pourrais vous être utile.

Audrey détourna les yeux avec une expression irritée. Certes, elle aimait bien David mais elle n'arrivait pas à le trouver séduisant. Et l'adoration qu'il lui vouait l'exaspérait.

De son côté, Sally observait leur manège. « Audrey n'est pas très gentille avec lui, pensa-t-elle. Mais David ne devrait pas se laisser traiter de cette manière. S'il faisait mine de s'intéresser à une autre femme, elle changerait d'attitude à son égard, j'en suis sûre. »

David était un garçon remarquablement intelligent. Il réussirait sans aucun doute et deviendrait un chirurgien renommé, Sally en avait la conviction. Mais il avait un point faible : il n'était pas très habile avec les femmes. Il semblait en avoir peur, se montrait trop humble et soumis devant elles. Surtout avec Audrey. Il était beaucoup plus drôle avant, quand il n'était pas amoureux.

— Je suis ravie pour toi, David, déclara Sally au

bout d'un moment, pour rompre un silence qui commençait à devenir pesant. Ce poste de chirurgien devrait te convenir. Et qu'en pense ton père ?

— Il est fou de joie.

— Nous aussi.

David adressa à la jeune fille un sourire qui illumina son visage.

— Merci, Sally. J'étais venu vous voir pour vous annoncer la nouvelle. Audrey aurait été la première informée si elle avait accepté de faire un tour en voiture avec moi.

— Qu'attendais-tu ? Que je fonde en larmes sur ton épaule ?

— Non. J'espérais seulement que mon départ te ferait un peu de peine.

— Tu ne serais pas parti pour toujours. Même dans les hôpitaux, on a des congés, je suppose.

Le ton et les paroles d'Audrey froissaient le jeune homme. Sally jugea bon d'intervenir.

— Le problème est donc résolu, David. Tu vas pouvoir t'installer à Londres en même temps que tes trois petites cousines de Cornouailles.

— J'en suis très content.

Sally jeta un coup d'œil à la pendule.

— C'est l'heure du thé, annonça-t-elle, je vais aller le préparer.

— Je viens t'aider, décida Anne.

David et Audrey restèrent seuls. Pelotonnée sur le sofa, celle-ci fixait le feu qui flambait dans la cheminée. David se leva et s'approcha d'elle.

— Audrey... prononça-t-il d'une voix nouée.

Elle tourna son regard vers lui.

— Oui, qu'y a-t-il ?

— Sais-tu pour quelle raison je suis venu ?

— Tu l'as déjà expliqué, il me semble.

— En fait, je voulais te demander quelque chose avant de m'en aller.

Il hésita.

— Accepterais-tu... de devenir ma femme ?

— C'est impossible, tu le sais.

— Pourquoi ? Pourquoi, Audrey ? Je viens d'hériter de ma grand-mère et j'aurai un bon salaire à l'hôpital. Je pourrai te rendre heureuse... Et puis, je t'aime tant !

Elle lui tapota amicalement le bras.

— Mon pauvre David ! Excuse-moi, mais c'est non. Je ne me vois pas du tout en femme de médecin. Et surtout, je ne suis pas amoureuse de toi.

— Je t'apprendrai à m'aimer, insista-t-il sur un ton pathétique. Je t'en prie, Audrey, donne-moi ma chance.

— Crois-tu qu'on puisse forcer quelqu'un à aimer ? On est amoureux ou on ne l'est pas, voilà tout.

— A Londres, il y aura une foule d'hommes qui te feront la cour, je te perdrai à jamais.

— Mon pauvre David ! répéta Audrey.

Il lui tourna tout à coup le dos et s'accouda au manteau de la cheminée.

— C'est tout ce que tu sais dire : « mon pauvre David » murmura-t-il tristement. Mais moi, je t'aime, Audrey, et je souffre.

Il se retourna vers elle. Leurs regards se rencontrèrent. Qu'elle était belle avec ses yeux verts agrandis par la pitié ! Et elle lui souriait... Mais David était trop intelligent pour ne pas comprendre : Audrey ne lui mentait pas, elle ne voulait pas devenir sa femme.

Il soupira, s'approcha d'elle et lui prit la main.

— Promets-moi une chose, Audrey.

— Quoi donc ?

— De faire appel à moi, une fois à Londres, si tu as des problèmes, quels qu'ils soient.

Audrey eut un petit rire nerveux. Le ton grave et solennel de David la plongeait dans l'embarras.

— Espérons que je n'en aurai pas.

— Mais si c'était le cas...

— D'accord, s'il le faut, je n'hésiterai pas. Mais je te préviens, ce sera sûrement pour t'emprunter de l'argent !

— Tu pourras compter sur moi.

Il étreignit la main d'Audrey avec force. Le retour dans le salon d'Anne et de Sally chargées chacune d'un plateau l'obligea à s'écarter.

David prit congé tout de suite après le thé. Il traversa la pièce d'un pas hésitant. Il aurait souhaité qu'Audrey le raccompagne jusqu'au seuil du presbytère. Comme elle ne faisait pas mine de quitter le sofa, ce fut Sally qui s'en chargea.

Dehors, la brume s'était dissipée. Ls pâles rayons du soleil couchant perçaient avec peine à travers les nuages. Il soufflait une légère brise aux senteurs d'iode.

Sally regarda la mer et soupira :

— Comme tout cela va nous manquer !

— Oh oui ! l'approuva David.

Il devint songeur.

— Votre décision d'aller vivre à Londres s'impose sans doute mais je n'arrive pas à vous imaginer là-bas. Vous êtes tellement enracinées en Cornouailles !

Sally eut un petit geste d'impuissance.

— Quelle autre solution avons-nous ? J'ai pesé et repesé cent fois les données du problème. Vois-tu Anne vendeuse dans un magasin à St. Ives ou à Truro ?

Audrey serveuse dans un salon de thé à Penzance ?

— Non, en effet. En tout cas, prenez bien soin de vous.

— Ne t'inquiète pas, David.

Le jeune homme gagna sa voiture et lui adressa un salut de la main avant de démarrer. Son cœur se serra. Sally, toute menue et fragile, était si émouvante au pied de l'escalier du vieux presbytère où bientôt elle n'habiterait plus...

Sally suivit du regard la voiture qui s'éloignait. Quand elle l'eut perdue de vue, au lieu de rentrer à la maison, elle traversa le jardin et s'engagea sur le sentier qui longeait la falaise. Au bout de quelques minutes, elle surplomba une petite anse de sable fin. La mer était plus calme que dans la journée ; de grosses vagues continuaient pourtant à se briser en gerbes d'écume argentées contre les rochers qui fermaient la baie. Immobile, Sally se laissa bercer par cette rumeur si familière. Tout à coup, des larmes emplirent ses yeux, ruisselèrent le long de ses joues. Ce paysage était toute sa vie et elle allait le quitter à jamais.

Dans un geste de désespoir, elle enfouit son visage dans ses mains.

— Oh, papa, papa ! chuchota-t-elle. Comment supporterai-je de m'en aller loin d'ici ?

2

— Mon Dieu, que je suis fatiguée !

Anne déposa son sac sur la table et enleva son chapeau.

A l'autre extrémité de la pièce, Sally était occupée à des travaux de peinture.

— Alors, qu'est-ce que ça a donné ?

Anne hocha la tête d'un air désabusé.

— Rien, soupira-t-elle. Et j'ai marché toute la journée. Si tu savais comme j'ai mal aux pieds !

Elle s'apprêtait à s'affaler sur le siège le plus proche quand un cri de Sally l'arrêta net.

— Attention, la peinture est encore fraîche !

— Tu aurais pu m'avertir plus tôt.

Une grimace aux lèvres, Anne pivota pour voir si elle avait taché sa robe.

— Je ne me suis pas mis de la peinture, j'espère ! maugréa-t-elle. C'est ma seule tenue correcte.

— Vous parlez chiffons, il me semble, lança une voix, comme la porte s'ouvrait à la volée. A ce sujet, j'aurais deux ou trois choses à dire.

— Ah, c'est toi, Audrey ! s'exclama Sally.

Audrey enleva son chapeau à son tour et le tint du bout des doigts d'un air de dégoût.

— A votre avis, comment s'appelle cette chose ? demanda-t-elle.

Anne et Sally la regardèrent sans comprendre.

— Une pièce de musée, poursuivit-elle sans leur laisser le temps de répondre. Je suis ridicule ! Vous avez vu ce que les femmes portent en ce moment à Londres ?

— Il faut être raisonnable, répliqua Anne d'une voix lasse. Quand nous travaillerons, nous pourrons nous acheter des toilettes à la mode. En attendant...

— En attendant, nous ne trouvons pas de travail, la coupa Audrey. C'est bien normal, attifées comme nous sommes. Tu sais à quoi nous ressemblons ? A trois petites bécasses débarquant de leur province !

— Et quel mal y a-t-il à cela ? objecta Sally.

— Ne sois pas sotte ! A Londres, pour obtenir du travail, il faut avoir un minimum d'élégance. Si tu avais vu la tête de l'employée de l'agence de placement quand je lui ai dit que je voulais être mannequin. Elle a failli me rire au nez.

D'un geste brusque, Audrey lança son chapeau sur la table.

— Combien nous reste-t-il, Sally ?

— Pas assez pour renouveler notre garde-robe.

Audrey voulut répliquer mais se ravisa avec un soupir.

— Audrey a raison, intervint Anne. Nos allures de provinciales nous desservent. Aujourd'hui encore, je me suis présentée dans plusieurs agences. Tout ce que l'on m'a proposé, c'est une place d'aide-cuisinière.

— D'aide-cuisinière ! répéta Sally, indignée.

— Oui, au service d'une certaine lady dont je n'ai pas retenu le nom.

Sally prit une expression accablée.

— Mes pauvres chéries ! soupira-t-elle. Et dire que c'est moi qui vous ai entraînées dans cette aventure !

— Pas du tout ! fit Audrey. Qui a suggéré que nous venions à Londres ? C'est moi.

— Oui, mais qui vous a obligées à quitter St. Chytas ? C'est moi.

— Voyons, inutile de chercher une coupable, intervint Anne. Et ne cédons pas au découragement. Après tout, il n'y a que trois jours que nous avons commencé nos démarches.

— Mais nous nous y prenons mal, insista Audrey. Je vais raccourcir ma jupe de quelques bons centimètres et agrémenter mon chapeau d'un ruban de velours. Il nous reste assez d'argent pour en acheter, n'est-ce pas, Sally ?

Celle-ci se mit à rire.

— Bien sûr, s'il le faut !

Décidément, Anne et Audrey s'en remettaient toujours à leur cadette quand il s'agissait de prendre une décision.

C'était aussi grâce à elle qu'elles avaient trouvé ce logement à Londres. Avant de quitter St. Chytas, elles avaient fait leurs adieux à leurs amis. Le vieux Fred, le batelier du village, autrefois très lié à leur père, leur avait suggéré de prendre contact avec son beau-frère à leur arrivée dans la capitale.

Si Anne et Audrey ne prêtèrent qu'une oreille distraite à ses conseils, Sally en prit bonne note. Dès qu'elles furent à Londres, elles se rendirent chez le beau-frère de Fred, M. Jarvis, un homme très accueillant. Il tenait un pub, à Chelsea, le Saracen's Head.

Elles refusèrent le verre de porto qu'il leur offrit, et Sally lui exposa les raisons de leur visite.

— Nous venons à Londres pour chercher du travail, monsieur Jarvis. Il est urgent que nous trouvions où nous loger. Hélas, nous ne pouvons payer qu'un loyer très modéré.

Le tenancier se gratta la tête d'un air perplexe.

— Vous me posez un problème bien difficile.

— Vous connaissez bien Londres, vous avez peut-être une idée ?

Mais M. Jarvis avait beau réfléchir, il ne semblait pas savoir où les adresser.

— Attendez, fit-il au bout d'un moment. Je vais poser la question à ma femme.

Il alla jusqu'à une porte ouverte et cria :

— Hé, la patronne, viens un peu ici !

Mme Jarvis les rejoignit dans l'arrière-salle. C'était une femme grande et corpulente, qui avait dû être jolie autrefois. A présent, l'épaisse couche de poudre qui recouvrait son visage ne parvenait pas à en dissimuler les traits fripés, et ses cheveux teints en roux étaient affligés de racines brunes. Malgré tout, elle respirait la bonne humeur et son sourire jovial inspirait confiance.

Sally lui répéta leur histoire.

— Alors, qu'en dit la patronne ? interrogea M. Jarvis.

— Si elles allaient voir chez Mme Jenkins, au bout de la rue ?

— C'est vrai, elle prend des locataires, mais en chambres individuelles. Cela ne conviendrait pas pour ces trois jeunes filles.

Mme Jarvis se frappa le front, comme saisie d'inspiration.

— J'y songe, Bill, et la mansarde ? s'écria-t-elle. Nous n'en faisons rien.

— Non, c'est inhabitable.

— Pourquoi ? La pièce est claire, bien exposée. Si ces demoiselles ne sont pas trop exigeantes, elles pourraient s'en accommoder. Au moins, elles habiteront une maison respectable... puisque c'est la mienne.

— Bien dit ! approuva M. Jarvis.

Les sœurs Grandville montèrent au quatrième étage pour voir la mansarde. C'était une pièce tout en longueur, au plafond bas, et pourvue de trois petites fenêtres qui donnaient sur les toits. Certes, un bon nettoyage et quelques coups de pinceau s'imposaient mais l'endroit serait ensuite tout à fait vivable.

Sally s'approcha de l'une des fenêtres. On y jouissait d'une vue agréable. Un peu plus loin, on apercevait même la Tamise. Les eaux scintillantes du fleuve lui rappelèrent son bel océan qu'elle aimait tant. Aussitôt, sa décision fut prise. Elle se retourna vers M. Jarvis.

— C'est parfait ! Nous serons très bien ici.

Elle consulta ses sœurs :

— Qu'en dites-vous ?

Anne et Audrey donnèrent bien sûr leur accord, sous le sourire satisfait de M. Jarvis.

— Alors ça vous plaît ? Tant mieux ! Je ferai nettoyer la mansarde, avant que vous ne vous installiez.

— Inutile de vous donner cette peine, nous nous en chargeons, lui assura Sally. Le seul problème concerne le mobilier. Nous pourrions faire venir quelques meubles du presbytère, mais j'ai peur que le transport ne nous coûte trop cher.

— Si ce n'est que ça, j'ai un ami qui se rend régulièrement en camion à Penzance pour son travail, dit M. Jarvis. Il ne refusera pas de vous rapporter des meubles, s'il n'y en a pas trop. Je vais m'en occuper.

— Que c'est gentil ! s'écria Sally. Je vais écrire un mot au nouveau pasteur de St. Chytas pour lui communiquer la liste de ce qui nous sera nécessaire.

— Pendant ce temps, vous pourrez toujours commencer à retaper la mansarde. La patronne vous donnerait bien un coup de main, mais elle a tellement à faire entre le pub et la maison...

— Nous nous débrouillerons toutes seules, ne vous inquiétez pas. Mais... nous n'avons pas parlé du prix du loyer.

Il s'ensuivit une longue discussion. M. Jarvis voulait leur laisser la mansarde pour rien mais Sally tenait à la payer.

— Nous allons bientôt travailler, vous savez.

M. Jarvis se résolut à demander douze livres par mois. Sally accepta et l'affaire fut conclue.

En attendant de pouvoir s'installer dans la mansarde du Saracen's Head, les sœurs Grandville descendirent dans une pension de famille, à Bloomsburry; c'était le père de David qui la leur avait recommandée. David lui-même y avait logé lorsqu'il faisait ses études de médecine à Londres. L'endroit n'était ni gai ni confortable, mais il présentait un avantage: un prix de pension modique.

Au bout d'une semaine, leurs meubles arrivèrent de St. Chytas. Elles purent donc s'établir dans la mansarde. La pièce avait pris un aspect accueillant. Un rideau la partageait en deux: un côté leur servirait de chambre, l'autre de salon.

— Quand nous aurons des visites, nous tirerons le rideau pour cacher nos lits, c'est plus convenable, dit Sally qui était à l'origine de cette idée.

Bien sûr, le coin-salon était minuscule et, comme le fit remarquer Anne, il ne leur serait guère possible de recevoir beaucoup de monde à la fois.

— Et si nos futurs maris viennent nous voir toutes les trois ensemble, nous serons serrés comme des sardines! s'amusa Audrey.

— Nous les accueillerons à tour de rôle, proposa Sally. Chacune de nous disposera de deux soirées par semaine. Nous tirerons au sort pour savoir à qui sera attribué le dimanche.

Dès qu'elles furent installées, Anne et Audrey se

mirent en quête d'un travail tandis que Sally se chargeait des derniers travaux de peinture.

— J'ai terminé, annonça-t-elle ce soir-là à ses sœurs. J'ai peint les dossiers des fauteuils et les plinthes. Ce n'est pas mal finalement.

La mansarde était devenue pimpante, en effet. Le plancher avait été poncé et ciré, les murs peints en ocre pâle, les châssis des fenêtres en bleu. Ces tons s'harmonisaient agréablement avec les rideaux de perse et le tissu des fauteuils. Au-dessus de la cheminée, elles avaient suspendu le grand miroir à cadre doré du salon de St. Chytas et, sur un mur, un tableau qui avait décoré le bureau de leur père. Il représentait une nuée d'oiseaux survolant la mer.

Sally éprouvait une affection toute particulière pour cette œuvre. Lorsqu'elle la contemplait, émue, il lui semblait encore entendre la voix de son père qui lui disait :

— Quel merveilleux exemple nous donnent les oiseaux, Sally ! Les hommes seraient sages de s'en inspirer et, comme eux, de suivre leur instinct et non leurs convictions, hélas si souvent erronées.

Quand elles avaient accroché le tableau au mur, Sally avait récité une courte prière dans son cœur : « Seigneur, faites que mon instinct ne m'ait pas trompée lorsque j'ai décidé de venir à Londres avec mes sœurs ! »

Les premiers jours, l'immensité de la ville l'avait effrayée. Quand elle marchait dans les rues, elle se sentait toute petite, insignifiante. Elle éprouvait alors le violent désir de regagner St. Chytas, de se retrouver parmi ceux qu'elle aimait et qui les aimaient, toutes les trois. Ici à Londres, personne ne connaissait les filles d'Arthur Grandville, personne ne se souciait de leur sort. Lorsque Anne et Audrey s'absentaient en quête d'un emploi et qu'elle demeurait seule, la panique s'emparait d'elle, parfois. Et si les choses ne se passaient pas comme elles le désiraient ? Si elles ne réussissaient pas à trouver du travail ? Leurs maigres économies seraient bien vite dépensées, qu'adviendrait-il d'elles alors ?

Quand de telles pensées l'assaillaient, Sally se mettait à la fenêtre et regardait la Tamise. Le spectacle du fleuve aux eaux miroitantes parvenait à la réconforter. Comme devant l'océan, elle avait alors le sentiment d'avoir sa place dans l'univers.

— Tout se passera bien, n'aie pas peur, semblait lui murmurer le fleuve.

Reprenant courage, elle se remettait à la tâche...

— Puisque les travaux sont terminés, je chercherai moi aussi un emploi dès demain, annonça-t-elle à ses sœurs.

— Comment vas-tu t'y prendre ?

Sally eut un sourire.

— J'ai mon idée, je ne vous la dévoilerai que si je parviens à mes fins.

— Moi, je suis prête à accepter n'importe quoi maintenant, lança Audrey.

Elle se mit à rire.

— Non, ce n'est pas vrai, ajouta-t-elle aussitôt. Je n'ai pas l'intention de me laisser démoraliser. Là où d'autres filles ont réussi, je réussirai aussi.

— Bravo, Audrey, voilà qui est parlé ! l'applaudit Sally.

Puis se tournant vers Anne :

— As-tu pensé à faire les courses ?

— J'ai acheté du pain de mie et un concombre.

— Bonne idée ! Nous mangerons des sandwiches au concombre avec le thé.

Sally les consulta du regard.

— A qui le tour de descendre ?... Bon, vous êtes éreintées toutes les deux. J'y vais.

Mme Jarvis avait la gentillesse de mettre sa cuisine à leur disposition. La pièce se trouvait au rez-de-chaussée, quatre étages plus bas. Elles se contentaient donc d'y préparer leur petit déjeuner et leur thé. Pour les autres repas, elles se rendaient dans l'un des restaurants bon marché de Chelsea.

La bouilloire dans une main, la théière dans l'autre, Sally dévala l'escalier. Mme Jarvis n'était pas dans sa cuisine. La jeune fille remarqua immédiatement le *Daily Telegraph* qui traînait sur la table. Après avoir mis de l'eau à chauffer, elle s'empressa de l'ouvrir à la page des offres d'emploi. L'une d'elles attira son attention. Le thé prêt, elle regagna en hâte la mansarde en emportant le journal.

— Anne, il y a une petite annonce qui devrait t'intéresser dans le *Daily Telegraph* ! s'écria-t-elle dès qu'elle eut refermé la porte.

Assise dans l'un des fauteuils, sa sœur aînée releva la tête.

— Dans le *Daily Telegraph* ! s'étonna-t-elle. Personnellement, je ne lis que le *Daily Sketch*, j'adore les aventures de Blondie.

— J'ai emprunté le journal de Mme Jarvis. Regarde cette offre d'emploi.

Anne se mit à lire tout haut :

« *Aristocrate cherche dame de compagnie. Jeune et cultivée. Écrire boîte postale n°...* »

Elle soupira :

— Jeune, je le suis. Mais cultivée ?

— Sans aucun doute, trancha Sally. Il n'y a pas une seconde à perdre, prends vite une feuille et un stylo !

Les trois sœurs se réunirent autour de la table pour rédiger ensemble le texte de la lettre.

— Il vaudrait peut-être mieux ne pas indiquer que je suis domiciliée au Saracen's Head, s'inquiéta Anne. Cela pourrait faire mauvais effet.

— Tu as raison.

— Mentionne seulement le numéro de la rue, suggéra Audrey.

— Bonne idée ! Quatre-vingt-douze Medway Street, c'est une adresse tout à fait convenable.

Elles pesèrent chaque mot avec le plus grand soin. Une demi-heure plus tard, Anne rédigeait l'enveloppe de sa belle écriture.

— Je cours jusqu'à la boîte aux lettres, décida Sally. J'en profiterai pour rendre son journal à Mme Jarvis.

— Mon Dieu, faites que ça marche ! murmura Anne en lui tendant la lettre.

Sa petite sœur lui adressa un sourire d'encouragement.

— Ça marchera, c'est mon petit doigt qui me le dit, affirma-t-elle avant de quitter la mansarde.

Mme Jarvis n'était toujours pas dans sa cuisine. Sally remit le *Daily Telegraph* sur la table et sortit. Il y avait une boîte aux lettres au coin de la rue. Quand elle glissa l'enveloppe dans la fente, son cœur se serra : la réponse serait-elle favorable ? Elle le souhaitait de toutes ses forces.

Au moment où elle se retournait, Sally heurta un jeune homme qui se tenait immobile derrière elle.

— Oh, pardon ! s'excusa-t-elle.

L'inconnu lui sourit.

— C'est ma faute, j'étais dans les nuages.

Sally lui rendit son sourire et s'apprêta à s'éloigner.

— Un instant, la retint-il. Je ne voudrais pas paraître indiscret, mais ne logez-vous pas au Saracen's Head ?

— En effet.

— Vous êtes donc l'une des sœurs Grandville ? Jarvis m'a parlé de vous un soir où je prenais un verre au pub, et il me semblait bien vous avoir déjà aperçues. Puis-je vous poser une question ?

— Je vous en prie.

Tandis qu'ils parlaient, Sally observa le jeune homme. Il était blond et assez beau. On devinait qu'il s'agissait d'un original à ses longs cheveux qui lui tombaient dans le cou et à sa manière de s'habiller : un pull-over lie-de-vin et un ample pantalon de velours côtelé qui lui donnaient l'air bohème.

— Je suis artiste, commença-t-il.

— Je l'avais deviné.

Le jeune homme lui lança un regard surpris qui fit rougir Sally.

— Est-ce si évident que cela ?... Bon, puisque vous voilà au courant, je voulais savoir si votre sœur, celle qui a des cheveux si extraordinaires, accepterait de poser pour moi.

— Voulez-vous parler d'Anne ou d'Audrey ?

— Il doit s'agir d'Audrey, ce prénom lui va bien.

— Je lui poserai la question mais en ce moment, elle est assez occupée ; elle cherche du travail.

Un sourire amusé s'ébaucha sur les lèvres de l'inconnu.

— Je suis prêt à la rémunérer, bien entendu. Je dois faire des illustrations pour un magazine, votre sœur serait un modèle idéal.

— Oh, je croyais que vous vouliez faire son portrait ! fit Sally d'un ton déçu.

Il sourit à nouveau.

— J'aimerais bien. Mais dans ce cas, il faudrait qu'elle me passe commande et qu'elle paye mon travail. Cher, très cher !

Sally ne put s'empêcher de se mettre à rire. Décidément, ce jeune homme lui était sympathique. Elle hésita un instant avant de lui proposer :

— Accompagnez-moi, si vous voulez. Vous ferez ainsi la connaissance d'Audrey.

— Volontiers, accepta-t-il sans hésiter. Au fait, je ne me suis pas présenté, je m'appelle Peter Aird.

— Et moi Sally Grandville.

Ils échangèrent une chaleureuse poignée de main.

— Suivez-moi, l'invita-t-elle. Vous serez le premier à nous rendre visite à la mansarde.

— Il faut fêter cet événement ! A défaut de sabler le champagne, nous pourrions manger quelques fraises.

A grandes enjambées, il traversa la rue et s'approcha de l'étal d'un marchand des quatre-saisons.

— Les meilleures sont au-dessus, comme d'habitude, lança-t-il en rejoignant Sally, un petit panier de fruits à la main. Je les réserve pour Audrey, en hommage à sa beauté.

Sally lui décocha un regard désapprobateur. Avait-il d'emblée l'intention de faire la cour à Audrey ? Déjà, elle regrettait de l'avoir invité. Et puis les artistes n'avaient pas la réputation de rouler sur l'or. Si sa sœur acceptait de poser pour lui, ce serait sans doute pour une rétribution dérisoire.

— C'est très gentil de me permettre de venir chez vous, déclara-t-il tandis que Sally introduisait la clé dans la serrure de la porte d'entrée.

Avait-il deviné ses pensées ?

— La mansarde est au quatrième étage. Je vais monter vous annoncer à Anne et Audrey. Attendez-moi ici, d'accord ?

— Entendu. Vous n'aurez qu'à m'appeler quand vous serez prêtes.

Sally grimpa l'escalier à toute allure. Haletante, elle fit irruption dans la chambre. Anne était accoudée à la fenêtre. Audrey, du fil et une aiguille à la main, raccourcissait l'ourlet de sa jupe.

— Vite, nous avons une visite, mettons un peu d'ordre !

— Quelle barbe ! maugréa Audrey. Tu ne vois pas que je suis occupée ?

Anne se retourna.

— Une visite ? De qui ? s'enquit-elle avec curiosité.

Sally sentit son cœur se serrer. Anne était si jolie, plus belle qu'Audrey, même. Pourtant, c'était toujours Audrey qui fascinait les hommes. Peter aussi bien que David.

3

Lors de cette première rencontre, Audrey traita Peter Aird sans ménagement. Elle lui déclara tout net qu'elle n'avait pas l'intention de poser pour lui.

— Non, n'insistez pas, lui jeta-t-elle avec dédain. Votre proposition ne m'intéresse pas.

Peter ne tarda pas à se retirer.

— Les artistes n'ont pas le sou, expliqua Audrey dès qu'il fut parti. De plus, ils sont souvent d'une moralité douteuse. Papa n'aurait pas approuvé que nous en fréquentions.

Sally soupira, elle se sentait coupable. Elle n'aurait pas dû agir ainsi à la légère. Pourquoi avait-elle invité un inconnu qu'elle venait de rencontrer dans la rue ? Pourtant, en dépit des critiques d'Audrey et de ses propres réserves, ce jeune artiste peintre ne lui était pas antipathique. Elle fut même sur le point de prendre sa défense. Mais à quoi bon ? Elles ne le reverraient sans doute jamais.

Elle se trompait : une semaine plus tard, Peter Aird passait leur rendre visite à l'improviste. A nouveau, il avait apporté des fruits, des fraises et quelques pêches. Anne et Sally lui firent bon accueil. Même Audrey se montra plus aimable avec lui. Elle participa sans réticence à la conversation et raconta sa journée passée en vain à chercher du travail.

— C'est terrible de ne pas avoir de qualifications, conclut-elle. Si un jour j'ai des filles, je les pousserai à apprendre un métier.

— Qu'aimeriez-vous faire au juste ? l'interrogea Peter.

— N'importe quoi. Quelque chose qui me rapporterait cinq ou six livres par semaine. Je serais prête à balayer les rues, si on me le proposait. En vérité, j'ai toujours rêvé de devenir mannequin.

— Je peux vous aider à obtenir un tel emploi.

Surprise, Audrey l'interrogea du regard.

— Pourquoi ne m'en avez-vous pas parlé plus tôt ?

— Pour une bonne raison : jusqu'à maintenant,

vous vous êtes contentée de me dire ce que vous ne vouliez pas faire, c'est-à-dire poser pour moi.

— Bon, je vous présente mes excuses, mais de grâce, ne refusez pas de m'aider !

— Je ne vous promets rien, mais je connais quelqu'un qui travaille chez Michael Sorrell.

— Michael Sorrell ?... Le grand couturier ?

— Oui.

— Et vous pourriez me recommander à cette personne ?

— Tout à fait.

Audrey se leva d'un bond.

— C'est merveilleux ! s'exclama-t-elle avec un sourire ravi. Je crains d'avoir été bien égoïste en refusant de vous servir de modèle. Puisque vous avez la gentillesse de me rendre service, je suis prête à poser pour vous. Autant que vous le voudrez !

Peter prit un air amusé.

— Non, merci, ce n'est pas donnant donnant. Je vous ferai ce mot d'introduction pour Nadine Sloe sans contrepartie.

— Ah, c'est une femme ! Une de vos petites amies, peut-être ?

— Pas exactement. Il y a très longtemps que je la connais.

— Et si vous faisiez cette lettre tout de suite ? Ainsi je me présenterais chez Michael Sorrell dès demain matin.

— Ne vous emballez pas trop, l'avertit Peter. Il se peut qu'il ne recrute personne en ce moment, ou que vous ne correspondiez pas au type recherché. Je ne voudrais pas que vous soyez déçue.

— Et moi donc ! soupira Audrey.

Anne regardait sa sœur avec une expression d'envie.

— Tu en as de la chance ! Si je pouvais comme toi rencontrer quelqu'un susceptible de m'obtenir du travail !

— Vous n'avez pas encore reçu de réponse pour cette place de dame de compagnie dont vous m'avez parlé ? l'interrogea Peter.

Anne secoua la tête.

— Non, soupira-t-elle, et j'ai de moins en moins d'espoir.

— Ne vous découragez surtout pas ! Bien des fois il m'est arrivé de guetter le passage du facteur, de descendre toutes les dix minutes voir si je n'avais pas de courrier. Et au moment où je ne m'y attendais plus, la lettre apportant la bonne nouvelle était là.

— A ce propos, intervint Sally, c'est l'heure de la distribution. Tu devrais aller vérifier si la réponse n'est pas arrivée.

Anne eut une grimace.

— S'il n'y a rien, je crains de fondre en larmes devant M. Jarvis.

— Ce brave Bill se fera un plaisir de te consoler, pouffa Audrey.

Sally se mit debout.

— Bon, j'y vais, décida-t-elle.

Au fur et à mesure qu'elle descendait les marches, son appréhension grandissait. Une appréhension teintée d'espoir. Si seulement le facteur avait apporté la réponse et qu'elle était positive ! Anne, d'ordinaire si sereine, manifestait une nervosité croissante depuis ces derniers jours. Il était grand temps que la chance lui sourie.

Sally n'en avait pas parlé à ses sœurs, mais ses propres recherches d'emploi avaient elles aussi échoué. En arrivant à Londres, elle s'était dit qu'elle pourrait travailler auprès de jeunes enfants. Confiante, elle croyait possible de trouver une place d'aide-puéricultrice dans une crèche ou une garderie. Dans les diverses institutions où elle s'était présentée, on lui avait hélas répondu que le personnel était au complet. Ces refus successifs l'avaient un peu déprimée.

Parvenue dans le hall du rez-de-chaussée, Sally fut obligée de constater qu'il n'y avait pas de courrier. L'idée de remonter bredouille lui pesait. Anne en éprouverait une telle déception !

Pour essayer de gagner du temps, elle se glissa dans la cuisine de Mme Jarvis. La patronne était installée sur une chaise, le gros matou de la maison sur les genoux.

— Savez-vous si le facteur est passé, madame Jarvis ?

Celle-ci tourna lentement la tête.

— Ah, c'est vous, mon petit ! Vous m'avez fait sursauter, je m'offrais un somme... Le facteur, dites-vous ? non, je ne l'ai pas entendu. Au fait, quelle heure est-il ?

— Je vous ai réveillée, je suis désolée, s'excusa Sally.

Puis elle consulta sa montre.

— Il est à peine six heures, annonça-t-elle.

— Alors il ne devrait pas tarder, fit Mme Jarvis avec un sourire bienveillant.

Elle s'ébroua. Le chat sauta sur le carrelage.

— Au fait, avez-vous trouvé du travail, vos sœurs et vous ?

— Toujours rien. Nous attendons une réponse pour Anne, mais elle tarde à venir.

Mme Jarvis prit une mine compatissante.

— Il y aurait bien de l'embauche au Saracen's Head : je viens de mettre à la porte une serveuse qui faisait trop de casse. Cependant, je vois mal des jeunes filles aussi distinguées que vous essuyer des verres derrière un comptoir et servir les clients.

La patronne esquissa un geste désabusé.

— C'est moi qui m'en charge toute seule maintenant, ajouta-t-elle avec un gros soupir.

— Vous travaillez trop dur, madame Jarvis.

— Bill aussi, si vous saviez ! Je le lui répète souvent : il est temps qu'on se retire des affaires. Je rêve de passer ma retraite à la campagne, dans un coin tranquille. Nous élèverions quelques poules, nous aurions un jardin potager...

Un sourire nostalgique étira les lèvres de Sally ; l'évocation de Mme Jarvis lui faisait penser à St. Chytas.

— Moi aussi, quand je serai vieille, j'aimerais bien avoir une petite maison à la campagne. Avec des fleurs et un jardin donnant sur la mer.

Une expression rêveuse embuait les yeux gris de la jeune fille. Elle imaginait le spectacle que devait offrir son beau petit village des Cornouailles en cet instant de la journée : les pêcheurs rentraient au port, les voiles bigarrées de leurs bateaux se profilaient dans la lumière dorée du soir. C'était l'heure où, naguère, son père et elle aimaient aller s'asseoir au sommet de la falaise pour contempler l'océan. Parfois, ils restaient là, en silence ; parfois, ils parlaient, de la vie, de la mort, de sujets graves et essentiels. Comme elle se sentait dépaysée loin de St. Chytas et sans son cher papa !

— Qu'il est dur de vivre à Londres ! murmura Sally comme pour elle-même.

— Vous avez le mal du pays, mon petit, commenta Mme Jarvis. Mais ne vous inquiétez pas, Londres offre tellement de possibilités quand on est jeune. Je vous parie cinq shillings que d'ici un mois, vos sœurs et vous y serez comme des poissons dans l'eau.

Sally eut un triste sourire.

— Si vous pouviez dire vrai ! En tout cas, nous ne saurons jamais assez vous remercier, votre mari et vous. Vous vous êtes montrés si bons à notre égard !

— Nous sommes ravis d'avoir pu vous rendre service et nous ne le regrettons pas : vous avez su transformer la mansarde en un vrai petit coin de paradis.

En provenance du hall d'entrée, leur parvint alors un cliquetis métallique suivi d'un bruissement de papier.

— Ce doit être le facteur ! s'écria Sally qui se rua hors de la cuisine.

Un prospectus publicitaire et trois lettres avaient été glissés sous la porte. Deux d'entre elles étaient adressées à M. Jarvis, la dernière était pour Anne. L'écriture fine et élégante, le rabat de l'enveloppe frappé d'un écusson nobiliaire lui arrachèrent un cri de triomphe.

— Ça y est, madame Jarvis ! La lettre que nous attendions est arrivée ! exulta-t-elle en lui tendant le reste du courrier.

— Je suis contente pour vous. J'espère que ce sont de bonnes nouvelles.

— Moi aussi. Sinon, je n'ose imaginer la déception d'Anne.

Mme Jarvis leva les bras au ciel avec philosophie.

— Il faut s'attendre à tout dans la vie, mon petit, décréta-t-elle. Et n'oubliez pas, c'est comme en amour : un emploi de perdu, dix de retrouvés !

Mais déjà, Sally s'était élancée dans l'escalier.

— Regarde, Anne ! s'écria-t-elle en faisant irruption dans la mansarde.

L'aînée bondit de son siège et saisit la lettre que sa sœur brandissait. Puis, comme pétrifiée, elle resta immobile à la contempler.

— C'est idiot, confessa-t-elle d'une voix qui tremblait, je n'ose pas l'ouvrir.

— Laisse-moi faire, proposa Audrey.

Armée d'une paire de ciseaux qu'elle avait prise dans la boîte à ouvrage, elle fendit l'enveloppe avec soin.

— Voyons un peu ! lança-t-elle sur un ton solennel.

Elle hésita, se racla la gorge puis commença à lire :

Chère miss Grandville,

Votre lettre a su retenir mon attention. J'aurai le plaisir de m'entretenir avec vous si vous voulez bien vous présenter à mon domicile, demain mardi, à 10 h 30.

Salutations distinguées,

Catherine Burfield

Le visage d'Anne s'illumina.

— Ça a marché, que je suis heureuse ! lança-t-elle. Au fait, à quelle adresse dois-je me rendre ?

— Halstead House, à Berkeley Square, l'informa Sally en lisant par-dessus l'épaule d'Audrey.

— Berkeley Square ? répéta cette dernière avec

une pointe d'envie. C'est dans les beaux quartiers de Londres, non ?

— Comment s'appelle au juste cette personne ? s'enquit Peter.

Audrey déchiffra de nouveau la signature.

— On dirait que c'est Barfield... ou Burfield.

— Burfield, trancha le peintre. Lady Catherine Burfield. Elle est mariée avec le commandant des Grenadiers.

Les trois sœurs le dévisagèrent avec une expression stupéfaite.

— En êtes-vous certain ? lui demandèrent-elles.

— Tout à fait.

— La connaissez-vous ? Est-elle gentille ? questionna Anne.

— Tout dépend de ce que vous entendez par « gentille ».

Le ton de Peter avait changé. Il s'exprimait avec réticence maintenant, comme s'il ne souhaitait pas que la conversation sur ce sujet aille plus loin. Seule Sally nota ce détail, Anne et Audrey étaient trop absorbées à lire et relire les quelques lignes tracées par lady Burfield.

— Elle doit être très riche pour habiter Berkeley Square, remarqua Audrey. N'hésite pas à demander un bon salaire.

— A ta place, je verrais d'abord combien on me propose, intervint Sally avec sa sagesse coutumière.

Le lendemain, quand clle se retrouva dans l'imposante bibliothèque de Halstead House à attendre lady Burfield, Anne n'en menait pas large. Tout l'impressionnait dans la demeure. A commencer par le majordome en livrée qui l'avait accueillie sur le seuil monumental de l'hôtel particulier.

Plus le temps passait et plus Anne se sentait nerveuse. Mais quand lady Catherine pénétra enfin dans la bibliothèque, son malaise se dissipa. La jeune femme qui s'avançait vers elle en souriant était habillée avec goût et simplicité. Un charme discret émanait de sa personne et elle s'exprimait sur un ton chaleureux, sans aucune affectation.

— Je vous remercie d'être venue, miss Grandville. Je vous en prie, asseyez-vous.

Lady Catherine désigna un fauteuil à Anne et s'installa en face d'elle.

— Je vais vous expliquer ce que j'attends de vous. Vous déciderez ensuite si la place peut vous convenir.

Toujours un peu intimidée, Anne se contenta de hocher la tête.

— Je suis en quête d'une dame de compagnie pour ma mère, la duchesse de Cheyn. Je vais être franche avec vous, miss Grandville : ma mère possède une forte personnalité et elle n'est pas toujours facile à vivre. Malgré ses quatre-vingts ans, elle demeure d'une vivacité d'esprit exceptionnelle. Il lui faut à ses côtés une personne capable de converser avec elle, de lui faire la lecture, de lui rendre mille petits services car, du fait de son grand âge, ma mère vit confinée dans ses appartements. Elle a bien sûr une infirmière qui veille sur elle jour et nuit. De la sorte, vous ne serez pas obligée d'habiter Halstead House.

— Je préfère, fit Anne.

— Parfait !... Il vous faudra aussi écrire ses lettres. Elle exige qu'elles soient manuscrites. Vous comprenez, elle est de la vieille école : à ses yeux, un courrier tapé à la machine constitue une grave preuve d'impolitesse.

Anne lui cacha son soulagement. Tant mieux si elle échappait au supplice de la machine à écrire !

— Ma mère a des idées bien à elle sur ce qui convient de faire ou de ne pas faire, poursuivit lady Catherine, il faudra vous y adapter. Vous aurez aussi à servir le thé quand elle recevra ses amies.

Elle marqua une pause.

— C'est à peu près tout, il me semble. Si vous êtes toujours intéressée, nous pouvons monter la voir, je vous présenterai. En dernier ressort, c'est à elle qu'il échoit de prendre la décision.

— J'espère convenir à madame la duchesse, prononça Anne de sa voix douce.

— Très bien ! Un dernier mot, quelles sont vos exigences en matière de gages ?

Anne se souvint des sages conseils de Sally.

— Que me proposez-vous ?

Lady Catherine parut hésiter.

— Eh bien... disons six livres par semaine. Nous avons dû faire face à d'importantes dépenses ces derniers temps, nous ne pouvons pas vous offrir plus, je le regrette. Toutefois, vous pourrez déjeuner et prendre le thé ici.

— Cela me convient parfaitement.

— Bon ! Allons voir ma mère à présent.

Lady Catherine précéda Anne dans l'escalier. Elles empruntèrent une longue galerie aux murs couverts de portraits d'ancêtres, avant de pénétrer dans une pièce au décor extraordinaire. Anne en fut stupéfaite. Sur de minuscules tablettes de bois laqué étaient rangés un nombre impressionnant d'objets d'art de toute sorte : des coffrets ciselés, des statuettes d'argent et d'ivoire, des ouvrages en filigrane, des flacons de parfum en cristal ou en porcelaine. Il y avait aussi d'innombrables photographies anciennes dans des cadres dorés. Un piano à queue trônait au milieu de la pièce. Aux murs se côtoyaient des tableaux, des huiles, des aquarelles, des estampes, des gravures et eaux-fortes. On aurait dit la caverne d'Ali Baba.

— Ce sont les collections de ma mère, elle y tient comme à la prunelle de ses yeux. Vous verrez, elle se montre très tatillonne sur la place que chacun de ces objets doit occuper, expliqua lady Catherine avant de frapper à une porte au fond de la pièce.

Une voix autoritaire s'éleva :

— Est-ce toi, Catherine ? Que veux-tu ?

— Mère, je viens vous présenter miss Grandville, la jeune fille qui sollicite la place de dame de compagnie.

— Eh bien, entrez donc !

Un flot de lumière inondait la chambre. Anne en fut éblouie quelques secondes. Puis son regard s'accommoda peu à peu pour distinguer, au centre de la pièce, un grand lit à baldaquin. Adossée sur des oreillers, la duchesse de Cheyn.

C'était une vieille dame à l'apparence fragile, mais dont les yeux pétillaient d'intelligence. Dans sa jeunesse, elle avait dû être d'une beauté exceptionnelle. A présent, la peau de son visage était toute jaunie et parcheminée. Ses cheveux d'un blanc de neige, coiffés en chignon, formaient une couronne au sommet de la tête.

Elle était enveloppée dans une robe de chambre de satin violet, de la même couleur et du même tissu que son couvre-lit. Des livres, des journaux, des magazines, une pile de lettres s'accumulaient autour d'elle. La duchesse ne semblait pas manquer d'occupations.

— Comment allez-vous, miss Grandville ? demanda-t-elle à Anne de sa voix énergique, tout en lui tendant une main couverte de bijoux.

— Je vous laisse, mère, annonça lady Catherine. Vous n'aurez qu'à sonner quand vous aurez besoin de moi.

La duchesse se mit à ricaner :

— Encore faudrait-il que cette maudite sonnette veuille bien fonctionner !

— Comment ! Serait-elle à nouveau en panne ?

— Comme d'habitude ! J'ai beau sonner, personne ne vient jamais. Un de ces jours, on me retrouvera morte dans mon lit sans que j'aie pu appeler à l'aide.

— Je vais tout de suite donner des ordres pour qu'on la répare.

Lady Catherine sortie, la duchesse indiqua une chaise à Anne.

— Asseyez-vous, miss Grandville.

Elle dévisagea la jeune fille.

— Ainsi vous pensez qu'il vous sera agréable de me tenir compagnie ?

La question posée à brûle-pourpoint décontenança Anne.

— J'ai besoin de gagner ma vie, se contenta-t-elle de répondre.

— Ne pouvez-vous pas trouver un travail plus intéressant ?

— Je n'ai aucune qualification professionnelle.

— Où avez-vous fait vos études ?

— A la maison. Nous avions une gouvernante, mes sœurs et moi. Après son départ, c'est mon père qui s'est chargé de notre éducation.

Un sourire compréhensif passa dans le regard de la duchesse.

— Parlez-moi un peu de votre père, mon enfant.

— Il était pasteur à St. Chytas, une modeste paroisse en Cornouailles, non loin de St. Ives.

L'émotion avait fait vibrer la voix d'Anne.

— Vous en parlez au passé. Serait-il mort ?

— Hélas, oui, il n'y a pas très longtemps. C'est pourquoi nous avons décidé de venir vivre à Londres.

— Qui, « nous » ?

— Audrey et Sally, mes deux sœurs, et moi qui suis l'aînée.

— Et bien sûr, vous comptez chacune vous trouver un mari le plus vite possible, pouffa la duchesse.

Sans laisser à Anne le temps de répondre, elle poursuivit :

— Oh, je ne vous en blâme pas. C'est encore la meilleure carrière qui s'offre à une jeune fille : dénicher un homme assez fou pour l'épouser et l'entretenir le restant de ses jours. Cela vaut beaucoup mieux que d'être dactylo ou commise dans un grand magasin.

La duchesse s'exprimait avec un humour teinté d'ironie. En même temps, elle donnait l'impression de se moquer de sa propre personne.

— Vous êtes très jolie, vous n'aurez pas grand mal à vous marier, mon enfant. D'ailleurs, peut-être êtes-vous déjà amoureuse ?

La question fit rougir Anne.

— Non, balbutia-t-elle, je ne l'ai jamais été.

— Cela ne saurait tarder. Délicieuse comme vous l'êtes, vous devez faire tourner la tête à bien des hommes. Et vos sœurs, comment sont-elles ?

— Audrey est ravissante. Sally, la cadette, est très... raisonnable.

— Elles aussi cherchent du travail ?

— Oui. Audrey a envie de devenir mannequin. Il se peut qu'elle soit engagée chez Michael Sorrell.

— Michael Sorrell, le grand couturier ? Celui qui métamorphose les duchesses en actrices de cinéma, et les actrices de cinéma en duchesses ? Il a un talent fou, et ses prix aussi sont fous.

La duchesse éclata d'un petit rire amusé avant de retrouver son sérieux.

— Et votre jeune sœur ? demanda-t-elle.

— Sally a une idée, mais elle n'a pas voulu nous la révéler. De toute façon elle réussira. Sally réussit toujours ce qu'elle entreprend.

La vieille dame resta silencieuse un long moment, son visage avait pris une expression pensive.

— Eh bien, mon enfant, dit-elle enfin, désirez-vous encore devenir ma dame de compagnie ou avez-vous changé d'idée depuis que vous avez fait ma connaissance ?

— Je veux bien faire un essai, répondit Anne sans hésiter.

La duchesse prit un air mi-satisfait, mi-facétieux.

— Je dois vous avertir : jusqu'ici, mes dames de compagnie ont eu vite fait de m'agacer avec leurs « Oui, madame la duchesse », « Très bien, madame la duchesse ». La plupart étaient assez sottes et manquaient d'esprit d'initiative... Ce qui ne me paraît pas être votre cas.

— Je l'espère, fit Anne sans fausse modestie.

— Soit ! Je vous prends donc à mon service... avant que vous ne soyez mariée.

Anne ne put s'empêcher de hausser les épaules.

— Rassurez-vous, ce n'est pas pour demain.

— On ne saurait jurer de rien, mon enfant.

En attendant, vous serez ma dame de compagnie.

La duchesse appuya sur le pressoir de la sonnette... qui fonctionna. La porte s'ouvrit bientôt sur lady Catherine.

— L'affaire est conclue, lui annonça sa mère. Je prends miss Grandville à mon service.

— Quand voulez-vous qu'elle commence ?

— Demain, répliqua la vieille dame en jetant un regard espiègle à Anne.

— A quelle heure désirez-vous que je vienne ? s'enquit cette dernière.

— A neuf heures et demie. Et ne soyez pas en retard : mon courrier doit être terminé avant la visite de mon médecin.

— N'ayez crainte, je serai ponctuelle.

Anne prit congé de la duchesse de Cheyn et de lady Catherine. Une fois dans la rue, un sentiment d'allégresse l'envahit. Elle avait enfin réussi à obtenir un emploi !

« Que je suis contente ! se répétait-elle, chemin faisant. Je vais être dame de compagnie de la duchesse de Cheyn. »

Et n'était-ce pas aussi l'occasion inespérée de rencontrer le duc qu'elle rêvait d'épouser ?

4

Audrey tendit la lettre de recommandation rédigée par Peter à une élégante jeune femme vêtue d'un tailleur gris.

— Si vous voulez bien patienter un instant, je vais

voir si miss Sloe peut vous recevoir, déclara celle-ci avant de s'éloigner.

Le grand hall de la maison de couture bourdonnait d'activités. Des clientes coiffées de chapeaux d'une originalité folle entraient et sortaient à chaque instant. Le téléphone ne cessait de sonner, et la standardiste avait fort à faire :

— Allô, l'atelier... prévenez Yvonne que lady Sainsford vient d'arriver.

— Allô, le dépôt... dites à M. Henri que Mme Cardew a confirmé pour son essayage de cet après-midi.

— Allô... Miss Helena doit se rendre au petit salon vert. Lady Jenkins l'attend.

Sur la moquette grise, des jeunes femmes allaient et venaient dans un ballet incessant. Elles étaient toutes d'une grande beauté et portaient des toilettes très raffinées. Avec leur coiffure sophistiquée, leurs lèvres peintes en rouge vif, leurs cils fardés, elles attiraient l'attention d'une manière irrésistible. Les mannequins de Michael Sorrell étaient réputés pour leur charme et leur classe.

Audrey les observait avec envie. Que n'aurait-elle donné pour avoir le privilège d'être l'une d'elles ?

Dix minutes plus tard, la jeune femme au tailleur gris était de retour.

— Miss Sloe va vous recevoir. Si vous voulez bien me suivre.

Audrey lui emboîta le pas. Elles prirent un ascenseur au bout d'un couloir. Audrey examina la jeune femme du coin dc l'œil. Comme elle la trouvait distinguée ! Elle aurait aimé engager le dialogue avec elle, lui demander si cela lui plaisait de travailler chez un grand couturier de la réputation de Michael

Sorrell. Mais l'indifférence polie de l'autre lui imposa le silence.

L'ascenseur s'immobilisa, la jeune femme en ouvrit la grille.

— Par ici, je vous prie.

Elle introduisit bientôt Audrey dans une petite pièce cossue, meublée avec un goût très sûr, puis elle se retira. Assise derrière un bureau, une femme d'une trentaine d'années écrivait. Nadine Sloe, probablement.

Le cœur battant plus fort, Audrey s'avança de quelques pas. La jeune femme leva les yeux. Deux yeux bleus dans un visage aux traits réguliers, encadré par une masse de cheveux noirs. Une beauté piquante et originale.

Elle se mit debout et tendit la main à Audrey.

— Comment allez-vous, miss Grandville ? fit-elle en lui désignant un fauteuil.

Quand elle se fut rassise, ses longs doigts fins aux ongles vernis se mirent à jouer avec un crayon.

— Ainsi, vous êtes une amie de Peter, commença-t-elle avec une nonchalance affectée.

— Oui, et il a eu la gentillesse de me recommander à vous.

Nadine Sloe relut le mot de Peter.

— D'après ce qu'il m'écrit, vous cherchez une place de mannequin. Quelle est votre expérience professionnelle en la matière ?

— Je n'en ai aucune, hélas !

Un air désapprobateur se lut sur le visage de Nadine Sloe.

— C'est bien dommage, dit-elle. Vous me paraissez néanmoins avoir la taille requise. Voulez-vous vous lever ?

— Évoluez un peu dans la pièce, je vous prie.

Elle effectua quelques pas sur la moquette, gênée par le regard qui pesait sur elle, la rendant malhabile.

— Pivotez maintenant... Très bien, merci.

La jeune femme tapotait avec son crayon sur le bureau, comme impatientée. Son visage avait pris une expression renfrognée. Cet entretien, semblait-il, ne l'enchantait guère.

« Serait-elle amoureuse de Peter ? » se demanda Audrey, qui se sentait à présent dévisagée sans aménité.

— Je comprends mieux les raisons qui poussent Peter à vouloir vous aider, miss Grandville, lança-t-elle sur un ton de sarcasme à peine voilé.

L'embarras et l'inquiétude d'Audrey augmentèrent. En silence, Nadine Sloe tournait et retournait le crayon entre ses doigts. Sans doute devait-elle chercher un prétexte pour refuser de l'engager. Elle parut enfin se décider.

— Un de nos mannequins vient de nous quitter, annonça-t-elle comme à regret. Nous pourrions vous prendre un mois à l'essai.

Le cœur d'Audrey bondit de joie dans sa poitrine.

— Oh, merci, merci beaucoup. Comme c'est gentil !

— Rien ne dit que nous vous garderons, je vous préviens. Nous exigeons beaucoup de nos mannequins, il faudra être efficace et travailler dur.

— Cela ne m'effraye pas.

— Vous percevrez un salaire de sept livres et dix shillings par semaine. Votre journée commencera à neuf heures du matin pour se terminer à six heures du soir.

— Quand dois-je débuter ? s'enquit Audrey.

— Lundi prochain. Présentez-vous avant neuf heures et demandez Marie, c'est elle qui est responsable des mannequins.

— Merci encore, je vous suis très reconnaissante.

Nadine Sloe se leva.

— J'espère que vous vous plairez dans notre maison, fit-elle d'un ton froid qui démentait ses propos. Quand vous reverrez Peter, dites-lui que je ne refuse jamais un service à un vieil ami.

— Je n'y manquerai pas.

La jeune femme au tailleur gris ouvrit la porte du bureau.

— Au revoir, et encore merci, répéta Audrey.

— Au revoir, miss Grandville, la salua Nadine Sloe en évitant de lui serrer la main.

Dans l'ascenseur, Audrey laissa éclater son enthousiasme.

— Que je suis contente ! Je viens d'être engagée comme mannequin !

La jeune fille qui se trouvait dans l'ascenseur lui lança un regard indifférent.

— Tant mieux pour vous ! Pour ma part, je m'en vais à la fin de la semaine.

— Oh, je suis désolée.

— Moi pas. Miss Sloe m'a prise en grippe depuis un certain temps, je ne pouvais plus continuer à travailler dans ces conditions.

Un bref frisson d'angoisse parcourut Audrey. De toute évidence, le courant n'était pas passé entre elle et cette miss Sloe qui n'avait accepté de l'engager que pour être agréable à Peter. Quelle serait son attitude à l'avenir ? Ne s'efforcerait-elle pas de lui mettre des bâtons dans les roues ?

Mais il était inutile de commencer à s'inquiéter. Elle avait une chance de devenir mannequin chez Michael Sorrell, voilà tout ce qui importait pour l'instant.

Le cœur léger, Audrey reprit le chemin de la mansarde. Elle avait hâte d'annoncer la bonne nouvelle à ses sœurs. Quand elle arriva au Saracen's Head, il était encore tôt. Anne et Sally n'avaient pas dû rentrer. En attendant, pourquoi ne pas téléphoner à Peter pour lui apprendre son succès et le remercier ?

Il y avait une cabine téléphonique en face du pub. Audrey s'y rendit et composa le numéro du peintre. La sonnerie retentit longtemps, mais en vain. Peter était probablement sorti.

Une impulsion subite la prit : elle appela l'hôpital St. Anthony et demanda à parler au docteur David Carey. La semaine précédente, David lui avait écrit une lettre où il l'informait de son arrivée à Londres. Il se proposait de passer les voir dès que ses obligations professionnelles le lui permettraient. Il n'était pas encore venu, ce qui n'avait pas affecté Audrey outre mesure.

Mais ce jour-là, il lui fallait à tout prix parler à quelqu'un pour avoir le plaisir de proclamer son succès.

Après une longue attente, elle entendit David au bout du fil. Il était essoufflé comme s'il avait couru.

— Allô ?

— David... c'est Audrey.

— Audrey ! Quelle surprise !... J'avais justement l'intention de passer vous voir ce soir.

— Pourquoi ne l'as-tu pas fait plus tôt ?

— J'ai été très pris. Il a fallu que je trouve un

appartement. A l'hôpital, nous sommes débordés, j'ai été de garde toutes les nuits jusqu'à maintenant... Et toi, comment ça va ?

— Je viens de trouver du travail.

— Magnifique ! De quoi s'agit-il ?

— D'une place de mannequin chez Michael Sorrell.

David émit un bref sifflement d'admiration.

— Te voilà lancée.

Flattée, Audrey se mit à rire.

— Tu seras bien payée ? reprit-il.

— Pas mal.

Il y eut un silence, puis David changea de ton :

— Audrey... est-ce que je t'ai manqué ?

Elle hésita avant de répondre. Pour une fois, elle décida de se montrer gentille.

— Oui, beaucoup, mentit-elle.

— Si tu savais combien tu m'as manqué, Audrey. Je n'ai pas arrêté de penser à toi.

— Bon, à ce soir ! lança-t-elle avant de raccrocher subitement.

Audrey sortit de la cabine en soupirant. Elle s'en voulait un peu : David ne l'attirait pas, pourquoi l'encourager, lui donner de faux espoirs ? Ce n'était pas très malin de sa part de l'avoir appelé.

Il faisait beau et ses pas la conduisirent au bord de la Tamise. Accoudée au parapet du quai, elle contempla le fleuve aux eaux miroitantes, le mouvement des barques et des péniches qui le sillonnaient. Ce spectacle la rasséréna.

« Me voici à Londres, se dit-elle, et en passe d'être lancée. Mais je veux plus. Je veux réussir... devenir un mannequin célèbre. »

Elle leva son regard vers le ciel tout bleu et se mit à sourire : son bonheur lui paraissait sans limite.

Dans la soirée, la mansarde résonnait d'une gaieté bruyante. Les sœurs Grandville recevaient : il y avait là David et Peter venu aux nouvelles. Audrey était rayonnante ; elle s'empressa de leur raconter en détail son entretien avec Nadine Sloe.

— Pourquoi m'avez-vous caché qu'elle est amoureuse de vous, Peter ? demanda-t-elle au peintre, une fois son récit terminé.

— Parce que ce n'est pas le cas.

— Voyons, elle doit être folle de vous pour m'avoir traitée avec cette froideur. Elle ne supportera pas longtemps ma présence, je le crains. A la première occasion, elle me fera renvoyer. Elle prétendra ensuite que je n'avais pas toutes les qualités requises pour être un bon mannequin.

Peter prit un air sombre.

— Je connais Nadine depuis de si nombreuses années... Je ne me gênerai pas pour lui dire ma façon de penser si elle vous fait le moindre ennui.

— Personne ne se permettra d'être injuste et méchant avec Audrey, intervint Sally de sa voix calme.

David lui adressa un sourire, il s'apprêtait à prononcer exactement les mêmes mots.

— A mon tour de vous raconter mes succès, annonça Anne avec un beau sourire.

Elle leur décrivit Halstead House, leur brossa un portrait de lady Burfield et de la pittoresque duchesse de Cheyn, dont elle allait devenir la dame de compagnie. Chacun l'en félicita, on la taquina aussi un peu sur ses nouvelles et brillantes relations sociales.

Puis David se tourna vers la plus jeune des sœurs Grandville.

— Et toi, Sally ? l'interrogea-t-il.

— Oui, et toi, Sally ? reprit en écho Audrey. On ne t'a pas vue de la journée. Assez de mystères, dis-nous tout !

Sally se mit à sourire :

— Moi aussi, j'ai trouvé du travail.

— Comment ! s'exclamèrent ensemble ses deux sœurs. Et tu ne nous disais rien ! Qu'attends-tu pour tout nous raconter ?

Sally leur exposa l'idée qu'elle avait eue en arrivant à Londres : s'occuper de jeunes enfants. Cela convenait à ses goûts et à ses aptitudes.

— Je les ai toujours aimés, expliqua-t-elle. Vous vous souvenez quand papa et moi discutions du nombre d'enfants que j'aurais, une fois mariée ? Trois garçons et deux filles, c'est ce que nous avions décidé. Il me trouvait patiente avec les petits enfants. Ton père aussi le pensait, David. Il m'emmenait parfois avec lui pour distraire un garçonnet de trois ans à qui il devait faire une piqûre.

Elle leur raconta comment elle s'était donc présentée dans différentes pouponnières et jardins d'enfants. Mais chaque fois on lui avait opposé les mêmes réponses négatives : le personnel était au complet, elle manquait d'expérience. Ce matin même, elle avait tenté sa chance dans une agence spécialisée dans le recrutement de bonnes d'enfants et de gouvernantes.

Sally éclata de rire.

— Si vous aviez vu le style des deux vieilles nounous qui se trouvaient dans la salle d'attente quand je suis arrivée ! De vrais croque-mitaines. Elles m'ont dévisagée d'un air si sévère que j'ai eu l'impression de redevenir une petite fille. A chaque instant je craignais qu'elles ne m'ordonnent de me recoiffer ou de remonter mes chaussettes. Mme Bellows, la directrice de l'agence, m'a enfin reçue dans son bureau. Elle a un côté gendarme qui m'a tout de suite effrayée. Quand elle m'a demandé mon nom, c'est à peine si j'ai réussi à balbutier « Sally... Grandville ».

Mme Bellows l'avait soumise à une foule de questions sur son identité, ses origines, son niveau d'études, ses motivations, son expérience professionnelle.

Devant la mine de plus en plus revêche de la directrice, Sally fut persuadée qu'elle allait l'éconduire sans lui proposer de travail. C'est alors que la porte du bureau s'ouvrit brutalement pour laisser passage à une femme d'une cinquantaine d'années qui, furibonde, se rua dans la pièce.

— J'en ai assez, madame Bellows ! hurla-t-elle d'une voix proche de l'hystérie. Je vous donne ma démission.

Mme Bellows leva les yeux de la fiche où elle notait les renseignements fournis par Sally.

— Eh bien, miss Harris ! Que se passe-t-il encore ?

— J'en ai assez, je vous le répète.

Miss Harris tapa du poing sur le bureau. Elle tremblait et semblait au bord des larmes.

— La semaine dernière, vous m'avez convaincue de rester auprès de la fillette parce que son père partait pour Genève pour ses affaires. Il peut aller à Tombouctou, si ça lui chante, moi, j'arrête. Cette enfant est impossible, une véritable petite peste. Je refuse d'être sa gouvernante plus longtemps, mes nerfs vont craquer. Je retourne chez moi aujourd'hui même, j'ai besoin de repos.

Mme Bellows soupira.

— Très bien, miss Harris, faites comme il vous plaira. Inutile de vous dire que vous perdez une semaine de salaire puisque vous nous quittez sans préavis.

— Peu m'importe pourvu que je ne remette jamais les pieds dans cette maison !

— En outre, je serais étonnée que dans ces conditions, M. Dunstan accepte de vous accorder des références. Dans le cas contraire, je vous les enverrai par la poste, miss Harris. J'ai votre adresse.

— Merci, madame Bellows.

Miss Harris s'était calmée. L'air las et triste, elle sortit du bureau. « Pauvre femme ! » pensa Sally que la scène avait émue. Elle eut envie de la rattraper pour essayer de la consoler, mais sa timidité l'en empêcha.

Du reste, Mme Bellows venait d'appuyer sur une sonnette. Une employée pénétra dans la pièce.

— Apportez-moi tout de suite le dossier Dunstan, miss Lane, ordonna la directrice.

Puis, s'adressant à Sally :

— Je vais vous demander de patienter, miss Grandville, j'ai un problème urgent à régler.

— Je vous en prie.

Miss Lane ne tarda pas à revenir, un dossier cartonnée à la main.

— Miss Harris vient de me remettre sa démission, lui annonça Mme Bellows.

— Déjà ! Elle n'aura pas tenu plus de quinze jours.

— Qui envoyer maintenant ? Je suis bien embêtée, et, vous le savez, M. Dunstan compte sur nous.

Les sourcils froncés, elle se mit à consulter le dossier.

— Miss Webster ne conviendrait-elle pas ? suggéra miss Lane.

— Impossible, elle est partie ce matin en Écosse au chevet de sa mère.

— Alors je ne vois personne pour le moment. Miss Tomlinson vient de téléphoner : elle est malade et le docteur lui ordonne de garder le lit pendant six semaines au moins.

— Mon Dieu, que tout cela est ennuyeux ! Qu'allons-nous faire ?

Sally crut alors bon de proposer :

— Et si je remplaçais miss Harris ?

La directrice la dévisagea avec une expression perplexe.

— Vous êtes bien trop jeune.

— Si j'ai bien compris, la fillette est assez difficile. Peut-être quelqu'un de mon âge saurait-il mieux s'y prendre avec elle ?

— Croyez-vous ?

Mme Bellows échangea un regard avec miss Lane.

— Ce n'est pas une mauvaise idée, fit cette dernière sans grande conviction.

La directrice se replongea dans le dossier.

— Eh bien, M. Dunstan doit rentrer de Genève à la fin de la semaine, mais en même temps...

Elle s'interrompit.

— Non, impossible, miss Grandville, je refuse de vous confier cette place. Le cas est trop difficile. Le plus difficile même, dont l'agence se soit jamais occupée.

— Vous avez donc tout à gagner, si je réussis, plaida Sally.

Un discret sourire vint adoucir les traits sévères de Mme Bellows.

— En effet, admit-elle, vous pourriez être la solution au problème. Je n'ai personne de disponible et je me suis engagée auprès de M. Dunstan pour qu'une gouvernante s'occupe tous les jours de sa fille.

— Quel âge a-t-elle ? s'informa Sally.

— Bientôt onze ans.

— Et c'est une vraie petite chipie ! ajouta miss Lane.

La directrice lui décocha un regard plein de reproche.

— Disons qu'elle est un peu capricieuse, s'empressa-t-elle de rectifier. Ce qui peut se comprendre : c'est la fille unique de M. Dunstan.

— Qui est ce monsieur au juste ?

Mme Bellows prit un air scandalisé.

— Comment ! Le nom de Robert Dunstan, le célèbre banquier, ne vous dit rien ? Il ne se passe pas un jour sans que la presse ne parle de lui !

La directrice soupira.

— Hélas, l'argent ne résout pas tout. Elaine fait fuir ses gouvernantes les unes après les autres.

— Elaine ? Ainsi se prénomme la fillette ?

— Oui.

— Laissez-moi me charger d'elle. Si j'échoue, il ne me restera qu'à vous présenter mes excuses.

Une sonnerie de téléphone retentit alors dans la pièce voisine. Miss Lane courut répondre. L'air affolé, elle revint un moment plus tard.

— C'est la nounou d'Elaine, annonça-t-elle. Elle est dans tous ses états.

— Passez-moi la communication, ordonna Mme Bellows.

Elle décrocha le récepteur.

— Oui... oui... bien sûr... je comprends tout à fait... Oui, rassurez-vous... je vous envoie quelqu'un... oui... Miss Harris est un peu fatiguée... Oui, une jeune fille tout à fait convenable... Miss Grandville... Oui... ne vous inquiétez pas... elle va arriver...

Elle consulta Sally du regard, laquelle donna son assentiment d'un signe de tête.

— Oui... dans un moment... je vous le promets... Je téléphonerai à M. Dunstan dès son retour.

Mme Bellows reposa le combiné sur son support.

— Vous êtes vraiment décidée, miss Grandville ?

— Oui, mais à une condition : je ne veux pas habiter au domicile de M. Dunstan.

— Vous n'y êtes pas tenue. La nounou d'Elaine s'occupe d'elle au lever et au coucher. Il vous suffit d'être présente aux heures des leçons.

— Parfait ! Et à quelle adresse dois-je me rendre ?

— Au huit cent sept Park Lane. J'espère que tout se passera bien, miss Grandville.

Mais le ton de sa voix laissait entendre qu'elle en doutait beaucoup. Elle se leva, serra la main de Sally avec une ferveur inattendue.

— Bonne chance, murmura-t-elle.

— Au revoir, madame Bellows, et merci beaucoup.

Le huit cent sept Park Lane était occupé par un immeuble de construction moderne divisé en appartements. Un concierge ouvrit à Sally et l'accompagna en ascenseur jusqu'au dernier étage. Au domicile de M. Dunstan, elle fut reçue par un domestique en habit noir. Quand elle se présenta comme la nouvelle gouvernante d'Elaine, une brève lueur d'incrédulité passa dans le regard de l'homme.

— Si vous voulez bien vous donner la peine d'entrer, Miss, la convia-t-il tout en reprenant une expression impassible.

Le domestique la précéda dans le hall, puis le long d'un couloir. Après avoir poussé une porte, il annonça :

— Miss Grandville !

Sally se retrouva dans une grande pièce lumineuse qui ressemblait à une chambre d'enfant. Sur des rayonnages étaient rangées toutes sortes de jouets. En particulier de très belles poupées aux robes magnifiques. Il y avait aussi un cheval de bois et de nombreux animaux en peluche.

Une personne aux cheveux gris, la nounou probablement, était assise dans un fauteuil devant la cheminée. Une petite fille regardait par la fenêtre, le dos tourné.

La nounou se leva pour accueillir Sally.

— Vous êtes miss Grandville envoyée par Mme Bellows, n'est-ce pas ?

— En effet.

— Merci d'être venue si vite.

Puis la nounou changea de visage, son ton se fit amer.

— Ah, cette miss Harris ! Dire qu'elle a fait ses valises uniquement parce que Élaine l'a un peu taquinée au petit déjeuner ! C'est mal d'avoir agi ainsi. J'ai dit ma façon de penser à Mme Bellows et je la redirai à M. Dunstan quand il sera de retour.

— Il ne faut pas trop lui en vouloir, miss Harris ne se sentait pas très bien, dit Sally, conciliante.

Pendant cet échange de paroles, la fillette était restée immobile à la fenêtre. Sa nounou l'appela :

— Elaine, viens dire bonjour à miss Grandville.

La petite fille ne bougea pas.

— Allons, Elaine, sois gentille, viens dire bonjour.

N'obtenant toujours pas de résultat, la vieille dame commença à s'impatienter.

— Dépêche-toi, c'est l'heure de ta leçon. Miss Grandville, ta nouvelle gouvernante, t'attend. Il te faudra être bien sage avec elle.

— Je n'ai pas envie de travailler, bougonna alors l'enfant.

C'était un ton que Sally connaissait bien. Que de fois elle avait entendu Audrey s'exprimer de la même manière quand quelque chose l'ennuyait !

— Ce n'est pas grave, glissa-t-elle à l'oreille de la nounou. Si Elaine ne veut pas travailler, il ne faut pas la forcer.

La vieille dame en fut déconcertée.

— Soit ! Miss Grandville, agissez comme bon vous semble. Je vais vous laisser ensemble, vous pourrez faire connaissance. J'espère qu'Elaine vous obéira.

Ces derniers mots s'adressaient directement à la fillette, mais celle-ci s'était replongée dans un silence obstiné et ne réagissait toujours pas.

— Si vous avez besoin de quoi que ce soit, vous n'aurez qu'à sonner, précisa la nounou avant de se retirer.

— Entendu.

Quand la porte se fut refermée, Sally alla s'installer dans le fauteuil au coin de la cheminée. Il y avait un journal sur une table basse, elle le prit et commença à lire. Intriguée, la petite fille se retourna au bout d'un moment et observa Sally qui poursuivait sa lecture sans paraître l'avoir remarquée. Elaine s'avança alors de quelques pas pour attirer son attention. Sans résultat. Sa nouvelle gouvernante agissait comme si elle n'existait pas.

— Je vous l'ai déjà dit, je n'ai pas envie d'étudier.

Un ton de défi avait vibré dans la voix de la fillette. Sally se décida à lever les yeux vers elle.

— Excuse-moi, je n'ai pas bien entendu. Que disais-tu ?

— Je n'ai pas envie d'étudier, voilà !

— Et je ne t'en blâme pas car pour ma part je ne veux rien t'apprendre.

Une expression stupéfaite se lut sur le visage de l'enfant.

— Mais alors que faites-vous ici ?

— Je dois gagner ma vie. Tu comprends, j'ai besoin d'argent et l'on me paye pour rester avec toi.

Le tour insolite pris par la discussion piquait la curiosité d'Élaine. Elle s'approcha du fauteuil.

— C'est vrai, vous n'avez pas d'argent ? s'étonna-t-elle, comme si cela dépassait son imagination.

Sally secoua la tête.

— Non, fit-elle. Mes sœurs et moi sommes venues à Londres pour chercher du travail.

— Vous ne vouliez pas être gouvernante ?

— J'aurais préféré avoir un emploi dans une crèche ou un jardin d'enfants. Mais je n'ai pas trouvé. Alors, je fais un essai chez toi, je verrai si ça me plaît.

L'étonnement d'Elaine s'accrut encore.

— Ah bon ! s'exclama-t-elle en ouvrant de grands yeux. D'habitude, c'est tout le contraire, ce sont mes gouvernantes qui ne me plaisent pas. Je ne supportais pas miss Harris. Elle était stupide et elle avait peur de moi. D'ailleurs, tout le monde l'effrayait ici, même nounou et Bates.

— Bates ? Qui est-ce ?

— Notre maître d'hôtel ; un affreux vieux bonhomme ! Il boit tout le whisky de papa quand il est en voyage.

Sally soupira :

— Pauvre miss Harris ! Elle m'a fait beaucoup de peine.

— Pas à moi !

— Tu devrais comprendre : elle n'est plus toute jeune, elle est pauvre, sans doute malade. Quand on manque d'argent, on a peur de tout. De ne pas pouvoir manger, de ne pas avoir de toit. On a peur que les autres se montrent durs et méchants avec vous.

La fillette resta silencieuse, elle semblait méditer les propos de Sally.

— Mais vous, vous n'avez pas peur, affirma-t-elle enfin.

— C'est parce que je suis jeune et que je ne suis pas pauvre depuis longtemps. Mon père pourvoyait à mes besoins. Ce n'est qu'après son décès que j'ai commencé à manquer d'argent.

— Vous l'aimiez beaucoup, votre papa ?

La gorge de Sally se noua.

— Oui, énormément.

Un voile de tristesse ombra le regard de l'enfant.

— Moi aussi j'aimais beaucoup ma maman. Et elle est morte... il y a bientôt trois ans. Personne ne me parle jamais d'elle. Même pas mon papa.

La vérité se fit jour tout à coup dans l'esprit de Sally : si la fillette se montrait si difficile, c'était parce qu'elle n'était pas heureuse. Elle vivait dans la solitude et la mort de sa mère la faisait encore souffrir.

L'air attristé d'Elaine fut pourtant de courte durée.

— Vous me faites parler de moi, lança-t-elle à Sally sur un ton agressif. Je comprends pourquoi : c'est un truc pour m'obliger à vous aimer ! Toutes les gouvernantes font pareil au début. Mais ça ne prend pas avec moi, je vous le répète, je ne veux pas étudier.

Sally lui adressa un sourire.

— Tu sais, Elaine, moi aussi, quand j'étais petite, j'ai eu une gouvernante. Un beau jour, ma sœur Audrey a décidé que nous ne suivrions plus ses leçons. Mon père l'a renvoyée et a déclaré qu'il se chargerait lui-même de notre éducation. Son premier souci a été de susciter en nous l'envie d'apprendre.

— L'envie d'apprendre ? s'étonna Elaine. Comment a-t-il fait ?

— Eh bien, une fois notre gouvernante partie, il nous a laissées sans nous donner ni devoirs ni leçons. Les jours passaient, mes sœurs et moi étions de plus en plus surprises. Un matin, au petit déjeuner, mon père s'est mis à parler de l'Inde. Tout à coup, il s'est interrompu et nous a demandé : « Qui de vous sait où se trouve ce pays ? » « Moi ! » a répondu Anne, ma sœur aînée. Audrey, la seconde, n'était pas très sûre de la réponse. Quant à moi, je n'en avais aucune idée. « Bon, a dit mon père, vous allez chercher où est située l'Inde. » Nous nous sommes précipitées dans sa bibliothèque et avons regardé des livres consacrés à ce pays. Puis mon père nous a montré l'Asie sur un globe terrestre. Et il a conclu : « Je viens de vous donner votre premier cours de géographie. » Nous avons éclaté de rire, ravies, car jamais aucune leçon ne nous avait tant amusées.

« Le jour suivant, nous devions aller faire des emplettes. Mon père nous a proposé d'estimer le prix de chaque article et de calculer ensuite quel serait le montant de nos achats. "C'est votre première leçon d'arithmétique", nous a-t-il déclaré. Et nous avons poursuivi nos études selon la même méthode. Si une lettre de l'étranger arrivait à la maison, nous nous documentions sur le pays d'où elle provenait. Si un ami de papa évoquait un fait historique au cours d'une conversation, nous courions consulter des livres traitant de cet événement.

— Votre père ne vous a jamais donné de vraies leçons ? interrogea Elaine.

— Jamais. Nous avons pourtant beaucoup appris de cette manière.

— Comme j'aimerais moi aussi étudier comme ça !

— Tu le peux. Je n'envisage pas d'utiliser d'autre méthode avec toi.

L'air incrédule, la fillette dévisagea Sally puis se mit à battre des mains.

— Quand commençons-nous, miss Grandville ?

— Si tu es d'accord, voilà comment nous procéderons. Le matin, avant que j'arrive, tu regarderas les journaux. Si l'on y parle d'un pays, d'un personnage ou d'un événement qui t'intéresse, nous irons dans la bibliothèque de ton père et nous y consulterons des livres sur le sujet que tu auras choisi. Au cas où nous n'en trouverions pas, nous irons en acheter dans une librairie.

— Formidable ! s'enthousiasma Elaine. Mais il ne faudra en parler à personne. Autrement, on dira que vous n'êtes pas une vraie gouvernante et on vous renverra.

— Tu as sans doute raison, acquiesça Sally. C'est pourquoi il sera nécessaire que tu mettes du cœur à l'ouvrage et que tu apprennes bien.

— Je vous le promets, miss Grandville. Et s'ils décident de vous mettre à la porte, je me mettrai à hurler. Tellement fort qu'ils seront obligés de ne pas le faire !

— Alors c'est moi qui ne voudrai plus venir. J'ai horreur des gens qui hurlent.

Le visage de la petite fille prit une expression horrifiée.

— Cela veut dire que vous ne voulez plus être ma gouvernante ?

— Je n'ai pas encore décidé. Tu vois, tu es la première enfant que l'on me charge d'éduquer. Je ne sais pas si j'en serai capable.

— Oh oui... Je vous assure, j'apprendrai avec vous.

— Nous verrons.

Sally tendit le journal à la fillette.

— Feuillette-le, et choisis ton premier sujet de recherche.

Ainsi, la journée se déroula sans heurt. Quand enfin il fut l'heure pour Sally de s'en aller, Elaine s'agrippa à elle et lui murmura :

— Vous me donnez votre parole de revenir demain, miss Grandville ?

— Tu as ma parole.

— Et les jours suivants ?

— Nous verrons.

Le récit de Sally s'achevait.

— Où as-tu fait tes études de psychologie ? lui demanda David sur un ton admiratif.

— Auprès de papa, bien sûr. Mieux que quiconque il comprenait les autres. Il disait toujours qu'il faut savoir trouver le point faible chez autrui pour être en mesure de le comprendre.

— Je me demande quel est mon point faible à moi, fit Audrey.

Peter apporta une réponse:

— C'est la gourmandise.

— Moi, gourmande ? s'indigna-t-elle.

— Oui, vous avalez n'importe quoi sans même vous demander si c'est comestible ou pas. Voilà la grande différence entre Sally et vous.

— Vous n'êtes pas très gentil avec moi ! protesta Audrey.

Elle se tourna vers David pour qu'il vole à son secours. Mais pour une fois il n'en fit rien. Il pensait encore au récit que Sally venait de donner de sa journée et un sourire d'approbation flottait sur ses lèvres.

5

Le matin du lundi suivant, Elaine attendait sa gouvernante avec impatience. Dès qu'elle la vit paraître dans le hall, elle se précipita à sa rencontre pour lui annoncer:

— Papa est rentré de Genève hier soir. Il est très en colère contre miss Harris, mais je lui ai dit que vous me plaisiez beaucoup plus qu'elle. Et il veut vous parler...

Un tressaillement parcourut Sally. La perspective de se retrouver en face de M. Robert Dunstan l'alarmait. Désormais, elle savait qui il était: un richissime banquier qui faisait la pluie et le beau temps à la Bourse de Londres et jouait un rôle capital sur les marchés mondiaux. A la tête d'un vaste empire financier, c'était un personnage puissant et redouté.

Mais il élevait très mal sa fille, Sally l'avait vite constaté. Dans le luxueux appartement de Park Lane, Elaine était livrée à elle-même. Les domestiques s'en occupaient peu ou mal.

Certes, la nounou aimait l'enfant comme elle avait autrefois aimé sa mère dont elle avait déjà été la nurse. Mais elle était devenue bien vieille. « Je vais bientôt avoir soixante-dix ans », avait-elle un jour avoué à Sally. Et l'énergie lui manquait pour prodiguer à Elaine les soins et les attentions dont elle manquait.

De fait, la petite fille passait le plus clair de son temps avec les autres domestiques et leur compagnie n'était pas toujours des plus recommandables. Bates, le maître d'hôtel, buvait. Elaine n'avait pas menti en l'accusant de puiser dans les réserves de whisky de son père. On le voyait souvent traîner dans l'appartement, l'air éméché, en bras de chemise et mal rasé.

Il y avait aussi Nellie, la femme de chambre, une jeune personne aux allures frivoles. Elle passait ses journées à bavarder et plaisanter avec Thomas, le valet de pied. Leurs propos prenaient souvent un tour leste qui ne pouvait que choquer les oreilles d'une enfant.

Une des occupations favorites d'Elaine consistait à rendre visite à Gertie dans sa cuisine, une corpulente et joviale Irlandaise. La cuisinière avait pour mauvaise habitude de rapporter à la fillette tous les petits potins de la maison.

— La cuisinière m'a dit que Nellie faisait des écarts de conduite, annonça Elaine à Sally un matin. Qu'est-ce que cela signifie ?

Non, l'atmosphère dans laquelle évoluait la petite fille n'était pas favorable à son éducation. Des réformes s'imposaient. Il faudrait que Sally ose en parler à son père.

— N'as-tu pas d'oncles et de tantes ? demanda-t-elle un jour à la fillette.

Elaine secoua la tête.

— Papa est fils unique.

— Et ta maman n'avait pas de frères et de sœurs ?

Comme toujours quand on évoquait sa mère, le regard de l'enfant s'embua de mélancolie. Elle resta silencieuse quelques secondes.

— Je n'ai pas posé la question à papa, murmura-t-elle. Ça le gêne de parler d'elle.

« Pauvre petite ! » soupira Sally dans son for intérieur. Émue, elle prit la fillette dans ses bras et déposa un baiser sur sa joue. Un frémissement parcourut le corps frêle d'Elaine et elle se blottit dans les bras de sa gouvernante.

— Oh, miss Grandville, comme je vous aime ! Vous êtes si gentille et si douce. Mes autres gouvernantes étaient laides et ridées, je n'aurais jamais permis à aucune d'elles de m'embrasser.

Sally ne put s'empêcher de rire. En même temps, une larme lui piqua les yeux. La petite orpheline la bouleversait.

Depuis lors, Elaine prit l'habitude d'embrasser Sally quand elle arrivait le matin et qu'elle repartait en fin de journée. Mais ce jour-là, il n'y eut pas de baiser, la fillette était bien trop excitée par le retour de son père.

— Papa a voyagé en avion, annonça-t-elle avec exaltation. A bord, il n'était qu'avec de grands personnages, il me les a tous cités. Malheureusement, j'ai déjà oublié comment ils s'appellent.

— Essaye de te rappeler. Il pourrait être intéressant de te documenter sur certains d'entre eux.

— Que je suis bête! J'aurais dû tout de suite noter leurs noms sur mon carnet. Je demanderai à papa qu'il me les répète.

Sur la table de la chambre d'Elaine trônait en évidence une magnifique poupée à peine sortie de son emballage.

— Comme elle est belle! admira Sally.

— Elle vous plaît ? C'est papa qui me l'a rapportée de Genève. Hum... Je crois que je n'aime plus tellement les poupées, ajouta la fillette avec une moue.

Elaine allait sur ses onze ans. Ce genre de cadeau n'était plus de son âge, en effet.

— C'est normal, l'approuva Sally, tu es trop grande pour jouer à la poupée. Écoute, j'ai une idée : tu pourrais te séparer de tous les jouets avec lesquels tu ne t'amuses plus et en faire don à un hôpital pour enfants. Nous transformerions ta chambre en salle de classe. Tu aurais un vrai bureau pour travailler et ranger tes affaires. Aux murs, nous installerions des rayonnages de bibliothèque pour ranger tes livres.

— Quelle bonne idée, miss Grandville! s'enthousiasma aussitôt Elaine. Je cours en parler à papa.

— Non, attends un peu. Il vient juste de t'offrir cette superbe poupée, tu le peinerais si tu lui disais que tu n'en veux déjà plus. Il faut que tu lui fasses comprendre petit à petit que tu as passé l'âge de ce genre d'amusement, que tu es devenue une grande fille.

— Non, non, je tiens à le lui dire tout de suite !

— Et le froisser dans l'amour qu'il te porte ? l'interrogea Sally en fronçant les sourcils.

Elaine hésita. Sous l'autorité de sa nouvelle gouvernante, elle apprenait à se montrer moins capricieuse.

— D'accord, concéda-t-elle après réflexion. Mais je lui en parlerai demain.

— Disons après-demain, proposa Sally.

Un éclair de joie illumina le regard de la fillette.

— C'est-à-dire mercredi. Bon, j'attendrai, mais ça va être dur.

La porte de la pièce s'ouvrit alors et Thomas entra.

— M. Dunstan désirerait s'entretenir avec vous, Miss.

— Je peux vous accompagner ? demanda Elaine.

— Non, je préfère voir ton père seule. En attendant, regarde le journal et choisis ton sujet de recherche pour aujourd'hui. A moins que tu ne tentes de retrouver les noms des personnages qui se trouvaient dans l'avion ?

La fillette opta pour le second exercice.

— Je vais y penser très très fort, proclama-t-elle. Mais, s'il vous plaît, miss Grandville, ne soyez pas trop longue, revenez vite !

— Je ferai mon possible, répondit Sally en souriant à Elaine avant de suivre le valet de pied qui la conduisit à l'autre extrémité de l'appartement, jusqu'au bureau de M. Dunstan. Une pièce aux murs tapissés de livres, sombre et austère.

Robert Dunstan s'avança pour lui serrer la main. Il était grand, large d'épaules, bâti en force. Il paraissait beaucoup plus jeune que Sally ne s'y attendait. Son visage exprimait à la fois l'intelligence et la sévérité. On pouvait peut-être le trouver beau mais il dégageait une telle impression d'autorité qu'il en devenait glaçant.

— Très heureux de faire votre connaissance, miss Grandville. Je vous en prie, asseyez-vous.

Sally obéit et prit place dans le fauteuil que le banquier lui avait désigné. Sa gorge s'était serrée. Comme elle se sentait vulnérable et inexpérimentée face à lui !

— Vous avez eu la gentillesse, commença-t-il d'un ton sec, de remplacer au pied levé miss Harris. Son comportement a été inqualifiable, jamais elle n'aurait dû s'en aller de la sorte.

— Il ne faut pas se montrer trop dur à son égard, ne put s'empêcher de rétorquer Sally. J'ai eu l'occasion de la rencontrer dans le bureau de Mme Bellows, elle ne m'a pas paru jouir d'une très bonne santé.

Robert Dunstan fronça ses épais sourcils noirs.

— Croyez-vous que je puisse l'excuser d'avoir ainsi abandonné ma fille ?

— Sa nounou était là pour s'occuper d'elle. Du reste, si miss Harris est partie, c'est de la faute d'Elaine.

— Comment ! De la faute d'Elaine ? répéta le banquier d'une voix cassante.

La défense de cette pauvre miss Harris lui tenait trop à cœur ; Sally ne céda pas.

— Oui, confirma-t-elle. Elaine s'est montrée insupportable envers elle. Elle lui désobéissait sans cesse, la taquinait, lui infligeait mille petites misères. C'en était trop pour les nerfs fragiles de miss Harris.

Robert Dunstan eut un geste agacé.

— Je ne vous ai pas demandé de venir pour nous entretenir de miss Harris, mais d'Elaine... Vous semblez avoir du succès avec elle. Elle m'a parlé de vous en termes enthousiastes.

— J'en suis très heureuse. Je tiens pourtant à vous dire ma façon de penser, monsieur Dunstan. Elaine n'est pas élevée dans des conditions favorables à son épanouissement : c'est une enfant trop gâtée.

Ces propos assenés avec conviction firent sourciller le banquier.

— Vous êtes toujours aussi franche et directe, miss Grandville ?

— Je ne fais que vous dire la vérité. Peut-être n'y êtes-vous pas habitué.

— Qu'insinuez-vous ? Que les personnes que j'emploie n'osent pas me dire la vérité en face ?

— Je vous laisse seul juge d'en décider.

Contre toute attente, un discret sourire s'ébaucha sur les lèvres de Robert Dunstan.

— Soit, n'en parlons plus, concéda-t-il, et revenons à Elaine. C'est donc une enfant trop gâtée, selon vous. Pensez-vous qu'il faille lui appliquer un régime plus strict ?

Sally secoua la tête.

— Non, pas plus strict mais plus judicieux.

Le banquier la fixa d'un œil acéré.

— Dites-moi, miss Grandville, quelle est au juste votre expérience en matière d'éducation ?

— Je ne vous le cache pas, c'est mon premier emploi de gouvernante. Il n'empêche que j'ai une certaine connaissance des êtres humains. Des enfants comme des adultes.

— Vous me paraissez bien jeune pour cela.

— Les gouvernantes qui se sont succédé auprès d'Elaine ont échoué les unes après les autres. Toutes étaient pourtant beaucoup plus âgées que moi.

Brusquement Robert Dunstan se leva et, sans mot dire, alla à la fenêtre. « Il ne m'apprécie guère, songea Sally, il me mettrait à la porte s'il s'écoutait. Mais il n'ose pas. A cause d'Elaine. »

Le banquier se retourna, arpenta un instant la pièce puis consulta sa montre.

— Vos conceptions m'ont vivement intéressé, miss Grandville. Hélas, il faut que je vous quitte : j'ai un rendez-vous à la Bourse. Nous reprendrons cette discussion une autre fois.

Sally se leva.

— En attendant, vous ne voyez pas d'inconvénient à ce que je continue à utiliser les mêmes méthodes pédagogiques avec Elaine ?

— Non, bien sûr, bien sûr, fit-il tout en la raccompagnant jusqu'à la porte du bureau.

« Quel homme étrange ! se dit Sally tandis qu'elle regagnait la chambre d'Elaine. J'aurais pourtant cru qu'il accepterait d'entendre la vérité. »

La petite fille brûlait d'impatience de revoir sa gouvernante.

— J'ai retrouvé le nom de l'un des personnages de l'avion, s'empressa-t-elle de lui annoncer dès qu'elle fut de retour. Il s'agit du roi d'Arabie Saoudite. Du moins, je crois bien que c'est comme ça que papa l'a appelé.

Sally lui sourit et la félicita :

— Très bien, Elaine. Nous allons pouvoir regarder des livres qui relatent sa vie. Tu sais, c'est un monarque très important, il possède d'immenses gisements de pétrole et il joue un rôle de premier plan dans la vie politique internationale.

— Et comment cela s'est-il passé avec papa ? questionna la fillette.

Comme Sally hésitait à répondre, elle continua :

— Vous êtes restée un temps fou avec lui. De quoi avez-vous parlé ?... Ses entretiens avec mes autres gouvernantes duraient à peine quelques minutes. Elles avaient peur de lui et à tout ce qu'il leur disait, elles répétaient : « Oui, monsieur Dunstan, bien monsieur Dunstan. » Je le sais, j'écoutais à la porte.

— C'est très mal, la gronda Sally. Cela m'étonne beaucoup de toi, Elaine.

La petite fille baissa les yeux, l'air contrit.

— Je ne l'ai pas fait aujourd'hui, je savais que ça vous déplairait, marmonna-t-elle. Vous avez dit à papa que j'apprends bien ? C'est vrai, non ?

— Oui, admit Sally.

Au cours de cette journée, elle s'attendit à ce que Robert Dunstan la convoque à nouveau dans son bureau. Mais il n'en fut rien. A six heures, quand Sally s'en alla, le banquier n'était toujours pas de retour à l'appartement de Park Lane.

Elle avait rendez-vous avec Audrey à l'arrêt d'autobus de Curzon Street. De peur d'être en retard, elle hâta le pas. Bien sûr, ce fut sa sœur qui se laissa désirer près de vingt minutes.

— Tu ne t'es pas trop impatientée, ma chérie ? fit Audrey quand enfin elle arriva.

Elle resplendissait de beauté dans sa robe toute neuve. Un modèle de Michael Sorrell qu'elle avait pu acquérir à bas prix à cause d'une malfaçon. Tendrement, elle prit Sally par le bras.

— Si tu savais la journée que j'ai passée ! Tiens-toi bien ! Michael Sorrell en personne a assité à un essayage et il m'a remarquée. Le plus drôle, c'est que Nadine Sloe était aussi présente. Si tu avais vu sa tête quand Michael Sorrell s'est approché de moi et m'a demandé mon nom ! « Vous avez les plus beaux cheveux fauves que j'aie jamais vus, m'a-t-il complimentée. Je créerai une toilette spécialement pour vous dans ma prochaine collection. » Tu parles si j'étais ravie ! Cette peste de Nadine Sloe lui a alors glissé : « Je ne sais pas si nous garderons Audrey longtemps, elle manque d'expérience. » « Comment ! Nous séparer d'un de nos plus superbes mannequins ? Vous n'y pensez pas ! » s'est exclamé le couturier en prenant une de ses poses théâtrales qu'il affectionne. Puis il s'est tourné vers moi : « Vous voulez bien continuer à travailler pour moi, mon petit ? » « C'est mon plus cher désir, monsieur Sorrell », ai-je susurré, l'air candide. Pendant ce temps, Nadine Sloe me décochait un de ces regards ! On aurait dit qu'elle allait se jeter sur moi et m'étrangler. C'est fou comme elle me déteste. Je ne serais pas étonnée qu'un jour, elle verse de l'arsenic dans ma tasse de thé...

Sally poussa un bref cri d'effroi :

— Tu l'en crois capable ?

— Mais non, je plaisante, pouffa Audrey. Elle me hait à cause de Peter. Elle doit être terriblement amoureuse de lui !

— Elle ne t'en a jamais rien dit ?

— Non. De toute façon, elle s'arrange pour ne jamais m'adresser la parole. Dès qu'elle m'aperçoit, elle tourne les talons comme si j'avais la peste. D'après les autres filles, elle se comporte toujours ainsi quand elle ne supporte pas quelqu'un.

Leur bus finit par arriver. Les deux sœurs montèrent y prendre place et leur conversation se poursuivit.

— En fait, reprit Audrey, je trouve Nadine Sloe assez énigmatique. J'ai essayé de m'informer sur son compte, mais personne ne sait rien d'elle, ni d'où elle vient, ni ce qu'elle faisait avant. Tu te rends compte, elle a à peine trente ans et elle occupe déjà un poste à haute responsabilité ! Michael Sorrell se contente de dessiner les modèles, c'est elle qui fait tourner toute la maison sur le plan commercial et financier.

— Peut-être qu'elle ne te déteste pas autant que tu l'imagines, suggéra Sally.

— Je n'imagine rien ! Elle n'a qu'une envie, me faire mettre à la porte. Mais voilà, elle ne peut plus, je suis devenue la protégée de Michael Sorrell !

Une note de triomphe avait percé dans la voix d'Audrey. Sally se mit à rire. En même temps, elle n'arrivait pas à se défendre d'une pénible impression. C'était toujours pareil avec sa sœur : où qu'elle passe, elle suscitait des tensions, des drames. Son pouvoir de séduction sur les hommes était tel que les autres femmes la jalousaient et devenaient ses ennemies. Des ennemies parfois dangereuses, comme peut-être Nadine Sloe.

Sally préféra changer de sujet.

— Quand David a-t-il dit qu'il reviendrait nous rendre visite ?

— Ce soir. Il m'a invitée à dîner en ville. Peter aussi, du reste. Il veut m'emmener dans un petit restaurant qu'il a découvert. Je dirai à David que je ne peux pas sortir avec lui. Anne et toi vous en occuperez.

— Tu vas encore lui faire de la peine, Audrey. Pourquoi n'es-tu pas plus gentille avec lui ?

Audrey eut une moue agacée.

— David m'ennuie. Je ne suis pas venue à Londres pour fréquenter un garçon de ma province, un petit chirurgien qui gagne trois fois rien. Je veux rencontrer des gens riches, des gens qui savent vivre, s'amuser, dépenser sans compter.

— Il n'y a que les qualités de cœur qui importent, décréta Sally avec conviction.

— Qu'est-ce que tu en sais ? L'argent change bien des choses. Et puis tu n'as encore jamais connu personne de vraiment riche. A moins que...

Audrey s'interrompit, dévisagea sa sœur.

— Aurais-tu enfin rencontré Robert Dunstan ?

En quelques mots, Sally lui raconta l'entretien qu'elle avait eu ce matin-là avec le banquier.

— C'est merveilleux ! s'enthousiasma Audrey. Je passerai un jour à l'appartement de Park Lane. Tu me le présenteras, il tombera amoureux de moi et tous nos problèmes seront résolus !

— N'y compte guère ! M. Dunstan ne s'intéresse qu'aux cours de la Bourse.

— Ma pauvre Sally ! Tous les hommes sont les mêmes, alors, autant se faire épouser par un banquier et devenir immensément riche. Ah, si j'avais de l'argent ! Les robes, les fourrures, les bijoux que je m'achèterais !

Sally demeura silencieuse. Ces rêves de luxe lui étaient étrangers. Retourner vivre en Cornouailles était son seul désir. A Londres, l'existence continuait à lui peser. Dans le bus, il régnait une chaleur suffocante, les gens qui rentraient chez eux après leur journée de travail avaient tous l'air triste et fatigué. Comme la caresse vivifiante du vent sur son visage lui manquait, les parfums de la terre chauffée par le soleil, les senteurs salées de l'océan ! Rien ne lui était plus précieux que ce sentiment de liberté que donne le contact avec la nature.

Elle se revit petite fille, assise à côté de son père au sommet de la falaise. En bas, d'énormes vagues se fracassaient contre les rochers, soulevant des bouquets d'écume. En souriant, elle avait glissé son bras sous celui de son père. Il lui avait rendu son sourire. Puis son regard s'était levé vers le ciel où couraient de gros nuages avant de se reporter sur le moutonnement des vagues vert et argenté. Les tourbillons du vent ébouriffaient ses cheveux bruns.

— Nous sommes plus heureux que des rois, avait prononcé son père. Ni toi ni moi n'échangerions ce moment béni contre tout l'or du monde.

Ces mots continuaient à résonner dans son cœur. Oui, de sa vie, elle ne s'était sentie aussi « riche » qu'en cet instant.

Tandis qu'elle rêvait ainsi, Audrey n'avait pas cessé son bavardage :

— Si tu voyais cette robe de mariée ! Quelle splendeur ! Tout en tulle blanc parsemé de délicieux petits bouquets de fleurs d'oranger. J'aimerais bien être choisie pour la présenter, mais Marie a peur de Nadine Sloe.

Arrivées à Chelsea, elles descendirent à l'arrêt de Town Hall et empruntèrent une rue bordée d'arbres pour regagner le Saracen's Head.

— Je me demande si Anne sera rentrée, s'interrogea Sally, chemin faisant.

— Elle en a de la chance. Elle va peut-être rencontrer un brillant parti dans l'entourage de la duchesse de Cheyn.

— Les amis de la duchesse sont bien trop vieux pour elle.

— Sait-on jamais ?

Sally vit passer dans le regard de sa sœur une telle lueur d'envie qu'elle en fut effrayée. Elle s'arrêta, saisit Audrey par le bras.

— Je t'en prie, ne te montre pas trop ambitieuse, la supplia-t-elle, tu t'éloignerais de nous.

— Je ne comprends pas. Que veux-tu dire ?

Mais déjà Sally avait repris sa marche.

6

Assise sur son lit, la duchesse de Cheyn tournait et retournait entre ses doigts cerclés d'émeraudes les factures mensuelles qui venaient de lui arriver.

— Quelle horreur ! marmonna-t-elle. Quelle abomination !

— Que se passe-t-il, madame la duchesse ? s'informa Audrey.

L'air accablé, la vieille dame brandit les lettres.

— C'est un véritable assassinat ! Regardez ce qu'il m'en coûte rien que pour les légumes. La vie était dix fois moins chère avant-guerre.

Anne constata avec étonnement que la duchesse s'intéressait de près au coût de la vie et que ses récriminations ne s'arrêtaient pas là.

La duchesse continuait à se plaindre :

— Et je ne vous parle pas des gages de mes

domestiques. Dire qu'au début de mon mariage une femme de chambre était ravie de gagner huit livres par an ! Aujourd'hui, la moindre petite soubrette venue de sa campagne exige pour ses services cinq livres par semaine. Dans quel monde vivons-nous ?

La duchesse énuméra ses problèmes : les propriétés terriennes de la famille étaient soumises à des impôts fonciers de plus en plus lourds. Par raison d'économie, Cheyn Hall, le manoir séculaire des ducs de Cheyn, avait même dû être délaissé.

— Vous comprenez, mon enfant, continua-t-elle sur un ton amer, nous n'avons plus les moyens d'entretenir une demeure aussi vaste. Mes enfants ont décidé de la vendre dès que je serai morte.

— Et où habite votre fils aîné, le duc de Cheyn ? osa s'enquérir Anne.

— Oh, Stebby ! Il a un appartement à Westminster, quelques pièces exiguës et sombres mais qui lui conviennent. Vous le verrez demain, il doit venir prendre le thé avec moi. Vous avertirez la cuisinière qu'elle lui prépare sa tarte aux groseilles préférée.

La nouvelle de cette visite exalta Anne. Parmi les membres de la famille, elle avait déjà fait la connaissance de lady Catherine, lady Elizabeth et lord Henry. Elle brûlait de rencontrer enfin le duc de Cheyn. Il était encore célibataire, avait-elle appris. Pourquoi ne serait-il pas le duc qu'elle rêvait d'épouser ?

— Avez-vous eu d'autres enfants, à part ceux que je connais déjà ? s'enquit la jeune fille.

— Oui, mais, hélas, ils ne sont plus de ce monde. Edward, mon second, est mort à la naissance. Adrian et sa femme se sont tués dans un accident de voiture il y a une dizaine d'années. Quant à John, mon benjamin, il a fait une chute mortelle de cheval quand il était petit garçon... Seigneur! comme le temps passe! John aurait eu quarante ans cette année.

— Quel âge a votre fils aîné ?

— Quarante-neuf ans. Il commence à vieillir. Pauvre Stebby!

La duchesse soupira tristement. De peur de paraître indiscrète, Anne s'abstint de poser d'autres questions. Il ne lui restait plus qu'à ronger son frein en attendant le lendemain.

Quand, ce jour-là, un peu avant quatre heures, le duc arriva à Halstead House, Anne était absente. Elle s'était rendue à la bibliothèque publique emprunter des livres pour sa maîtresse. A son retour, elle perçut un bruit de conversation dans la chambre de la duchesse. Son cœur se mit à battre plus fort: il était donc là.

Avant de s'introduire dans la pièce, elle s'examina un bref instant dans un miroir. La glace dépolie par les ans ne parvenait pas à ternir l'or splendide de sa chevelure ni l'éclat de ses yeux bleus. Un sourire discret aux lèvres, elle entra dans la chambre.

— Ah, vous voilà enfin, miss Grandville, l'accueillit la vieille dame d'un ton de reproche. Nous vous attendions pour servir le thé.

— Veuillez excuser mon retard, il y avait un embouteillage à Piccadilly, mon bus n'arrivait pas.

Anne s'approcha. Elle distingua la silhouette d'un homme assis dans un fauteuil.

— Stebby, j'ai le plaisir de te présenter miss Grandville, ma dame de compagnie. Elle me supporte depuis près de deux semaines. Miss Grandville, mon fils.

Un instant, Anne s'étonna qu'il ne se lève pas pour

la saluer. Puis, elle aperçut une paire de béquilles appuyées contre le fauteuil, elle comprit : il était infirme, une couverture cachait ses jambes paralysées.

Une fois qu'il fut parti, la duchesse lui raconta ce qui était arrivé à son fils. Stebby avait été gravement blessé par un éclat d'obus dans les tranchées, en 1918, juste avant la fin de la Grande Guerre. Les médecins avaient réussi à lui sauver la vie mais il était resté invalide pour le restant de ses jours.

Ce récit attrista Anne. En même temps, elle se sentait cruellement déçue. C'était ridicule de sa part d'avoir caressé le secret espoir d'épouser le fils aîné de la duchesse de Cheyn. Et son rêve venait de se briser.

— Ne peut-on rien faire pour lui ? demanda-t-elle d'une voix gonflée d'émotion.

— Nous avons tout tenté. En vain. Quand je le vois souffrir de la sorte, je me demande parfois s'il n'aurait pas mieux valu qu'il meure.

Anne refoula avec peine les larmes qui lui montaient aux yeux.

— C'était un si bel enfant, se rappela la duchesse. Mon mari et moi étions très heureux d'avoir un garçon. Le jour de sa naissance, les cloches du village ont carillonné à toute volée. Nous avons donné une grande fête pour son baptême. Tous nos fermiers s'étaient rassemblés dans la cour de Cheyn Hall pour souhaiter longue et heureuse vie au nouveau-né. Hélas, le sort en a décidé autrement. Stebby mourra sans laisser d'héritier. Le peu qui reste de l'ancienne fortune des Cheyn reviendra à Henry.

— Lord Henry a-t-il des fils ? ne put s'empêcher de questionner Anne.

— Non, il n'a que six filles, ricana la vieille dame.

Puis changeant soudain de sujet :

— Montrez-moi donc ce que vous avez ramené de la bibliothèque.

La duchesse paraissait lasse, elle n'avait plus envie de converser à présent.

— Que puis-je faire d'autre pour votre service ? s'enquit sa dame de compagnie.

— Rien, mon enfant, merci.

La journée s'achevait. Anne prit congé et partit. Elle traversa Green Park en direction de Victoria pour y prendre son autobus. Tandis qu'elle marchait, la pensée du duc de Cheyn l'obsédait. Durant le thé, il avait conversé avec entrain mais bien des fois une expression de douleur avait traversé furtivement son visage. Quand elle l'avait vu se retirer de la chambre appuyé sur ses béquilles, un sentiment de révolte l'avait envahie. Pourquoi un être humain devait-il souffrir injustement de la sorte ? Pourquoi le monde n'était-il pas que beauté et grâce ? Pourquoi cette barbarie qu'on appelle la guerre mutilait-elle des corps et des esprits, anéantissait-elle le bonheur sur cette terre ?

— Tu es bien sombre ce soir, remarqua Sally.

Il y avait un quart d'heure qu'Anne était rentrée. Elle demeurait lointaine et silencieuse.

Certes, elle aurait pu leur raconter sa journée, leur parler du duc, mais elle s'en sentait incapable. Elle éprouvait depuis toujours une crainte maladive du malheur d'autrui. A St. Chytas, à la différence de Sally, elle avait toujours refusé d'accompagner son père quand il rendait visite aux pauvres de la paroisse : l'idée d'être témoin de leur misère lui était intolérable.

Anne se leva tout à coup pour aller s'accouder à la fenêtre.

« Qu'est-ce que j'ai ? se demanda-t-elle. Je ne brûle pas de devenir riche comme Audrey. Non, mais j'ai peur de tout ce qui est sordide et laid. »

Elle sentit soudain le bras de Sally se poser sur son épaule.

— Que se passe-t-il, ma grande sœur chérie ? Aurais-tu des ennuis ?

Audrey venait de descendre à la cuisine. L'instant était propice à la confidence. Anne s'épancha et trouva la force de lui parler du duc de Cheyn.

— Pauvre homme ! compatit Sally quand elle eut fini. Ce doit être horrible. Pour lui comme pour sa mère. Peut-être pourrais-tu essayer de l'aider ?

Anne ouvrit les bras en signe d'impuissance.

— De quelle manière ? Et puis, pour être franche, je n'en ai aucune envie. Je ne suis pas comme toi, Sally, les malades me répugnent. J'ai honte mais c'est ainsi. Je fuis les gens qui ne sont pas en bonne santé et heureux. Ils me font peur.

Sally éclata de rire.

— Bref, tu veux le paradis, s'amusa-t-elle. Mais il n'est pas de ce monde, tu le sais. En attendant, nous devons chercher à devenir meilleurs. Souviens-toi de ce qui disait papa : « La perfection est impossible mais on peut toujours essayer de l'atteindre. »

— Oh, papa, tout lui semblait merveilleux, il voyait de la bonté et de la beauté partout !

— C'est vrai, soupira Sally. J'aimerais bien être comme lui.

— Tu lui ressembles beaucoup, ma chérie.

Tendrement, Anne embrassa sa sœur sur la joue.

— Et ne t'inquiète pas pour moi, ajouta-t-elle. Je suis un peu déprimée ce soir, voilà tout.

La porte s'ouvrit alors sur Audrey. Elle entra, un petit pot de lait à la main. Peter la suivait.

— Regardez qui est là : notre cher ami Peter ! lança-t-elle gaiement. Il m'invite à dîner au restaurant. Quelle chance ! Je commençais à en avoir assez des saucisses aux lentilles que l'on nous sert tous les soirs, dans notre gargote de Chelsea.

Puis, se tournant vers le peintre :

— Je prends mon chapeau et je suis à vous.

Elle disparut derrière le rideau qui séparait la mansarde en deux. Sally s'approcha de Peter pour lui serrer la main. Contrairement à l'habitude, il ne portait pas son éternel pantalon de velours avec son gros pull-over mais un costume de flanelle gris fort élégant, une chemise blanche et une cravate.

— Vous vous êtes mis sur votre trente et un aujourd'hui ! s'exclama-t-elle.

Peter sourit.

— Est-ce un compliment ?

— Oui. Je trouve que cela vous va très bien.

— Merci. Vos aimables paroles m'aideront peut-être à supporter ce col qui m'étrangle !

« C'est vrai, pensa Sally, il est bien plus séduisant dans cette tenue. »

Certes, son style bohème ne lui déplaisait pas mais il s'agissait en quelque sorte de « l'uniforme de l'artiste » alors que cette tenue plus conventionnelle lui conférait une réelle distinction.

Audrey reparut coiffée d'un incroyable petit chapeau à la dernière mode, piqué d'un bouquet de marguerites blanches. Elle était tout à fait adorable.

— Partons, Peter, allons nous amuser. Vous êtes en fonds, j'espère !

— Assez pour vous offrir un bon repas.

— Parfait !

Ils dévalèrent l'escalier et se retrouvèrent au-dehors dans la lumière du soleil qui se couchait. Peter effleura le bras d'Audrey.

— Ma voiture est garée au coin de la rue.

— Vous avez une voiture ? Je l'ignorais.

C'était une immense voiture, tout en longueur, avec une carrosserie au profil aérodynamique. Audrey n'en crut pas ses yeux.

— Elle est superbe ! Pourquoi nous l'avez vous cachée jusqu'à aujourd'hui ?

— C'est un secret, répondit Peter avec un sourire.

— Vous voulez jouer les mystérieux, comme il vous plaira... Bon, où allons-nous dîner ?

— Au Berkeley Grill.

L'établissement était réputé : une lueur d'approbation brilla dans les yeux verts d'Audrey.

On leur y servit un repas excellent. Pendant le dîner, Peter fit assaut d'esprit pour divertir son invitée. Audrey se sentait de bonne humeur dans ce cadre luxueux, elle appréciait la qualité du service, l'attention que leur témoignaient les serveurs et le maître d'hôtel.

Quand ils sortirent du Berkeley Grill, la nuit était tombée. Ils remontèrent en voiture. Peter démarra et, en silence, conduisit le long des rues à présent désertes. Bientôt, ils furent aux portes de Londres.

— Où m'emmenez-vous ? demanda Audrey alors qu'ils roulaient déjà depuis une vingtaine de minutes.

— Dans un endroit où nous pourrons parler.

La voiture s'arrêta enfin au sommet d'une petite colline. Plus bas, on distinguait un vallon planté d'arbres et traversé d'un ruisseau. Seuls le chant des grillons et le bruissement des feuillages agités par la brise troublaient le silence de la nuit.

Peter et Audrey restèrent longtemps immobiles, sans parler.

— Pourquoi m'avez-vous conduite ici ? demanda-t-elle enfin.

— Je vous l'ai dit : je veux vous parler.

— De quoi ?

— De nous.

Audrey enleva son chapeau qu'elle lança sur le siège arrière d'un geste désinvolte.

— Quel est le problème ? demanda-t-elle.

Peter glissa un bras derrière ses épaules.

— Regardez-moi, Audrey.

Au lieu de lui obéir, elle tourna la tête de l'autre côté.

— Non, Peter, non.

— Auriez-vous peur ?

Elle émit un petit rire nerveux.

— Rentrons, voulez-vous. Cette promenade m'a plu, mais je travaille demain, il faut que je me couche tôt.

Peter secoua la tête.

— Pas avant que vous n'ayez entendu ce que j'ai à vous révéler.

Audrey parut prise de panique.

— Je vous en prie, n'en dites rien ! supplia-t-elle.

— Pourquoi ? Sauriez-vous de quoi il s'agit ?

— Je crois.

Sa main libre se posa sur celles de la jeune fille.

— Je vous aime, Audrey. De toutes mes forces. Et vous m'aimez aussi, j'en suis sûr.

Elle tenta de se dégager.

— C'est faux ! protesta-t-elle. Lâchez-moi maintenant et partons.

— Je vais vous épouser, Audrey.

— Vous dites des absurdités.

Il n'y avait aucun dédain dans le ton d'Audrey mais une note de stupéfaction consternée.

— Il n'est pas absurde de vous aimer. Surtout quand c'est réciproque.

— Détrompez-vous, je ne vous aime pas.

Peter garda un moment le silence. Sa main tenait toujours celles d'Audrey. Enfin, d'une voix lente et grave, il lui déclara :

— Très bien, je vais vous ramener. Mais à une condition : vous allez me regarder dans les yeux et me soutenir que vous ne m'aimez pas.

— Lâchez-moi d'abord.

Il la libéra.

— Vous m'avez fait mal, se plaignit-elle à la manière d'une enfant boudeuse.

— Faites ce que je vous ai demandé, Audrey, lui ordonna-t-il en penchant son visage vers elle.

— Soit ! puisque vous insistez.

Elle le fixa dans les yeux. Mais les mots qu'elle s'apprêtait à prononcer moururent sur ses lèvres. Ils se regardaient l'un l'autre, fascinés.

— Oh, Peter ! murmura-t-elle.

Déjà les bras du jeune homme l'enlaçaient, sa bouche saisissait la sienne avec fièvre. Les yeux fermés, Audrey s'abandonna à son baiser. Tout à coup, elle détourna la tête et le repoussa.

— Non, Peter, non, il ne faut pas.

— Pourtant vous m'aimez.

— Je ne vous ai rien dit de tel.

Peter se mit à rire.

— Comme vous mentez mal, ma chérie. Vos lèvres ont avoué pour vous.

Audrey parut s'effondrer, son visage prit une expression pathétique.

— Je ne peux pas vous épouser, comprenez-le, s'écria-t-elle. Vous n'êtes pas assez riche pour moi, je veux que mon mari ait beaucoup d'argent.

Il resta de longues secondes sans réagir.

— Très bien, prononça-t-il enfin, vous êtes libre.

Un frisson parcourut Audrey, elle enfouit son visage dans ses mains.

— Pourquoi... pourquoi m'avez-vous embrassée ?

— Petite sotte ! se moqua-t-il tandis qu'il l'enlaçait à nouveau. Je vous ai embrassée parce que vous en aviez envie. Et que j'en avais envie aussi. Vous savez, Audrey, je suis tombé amoureux de vous dès que je vous ai vue. Je vous ai désirée et j'ai vite compris qu'il en était de même pour vous.

— Non, Peter, je ne peux pas vous aimer.

— Pourquoi ?

— Je viens de vous l'expliquer.

— L'argent est donc si important pour vous ?

Audrey hocha énergiquement la tête.

— Oui.

— L'amour vous serait-il indifférent ?

— Pas du tout. Mais si nous nous marions, Peter, vous ne serez pas en mesure de m'offrir le luxe auquel j'aspire. Je vous en voudrai et, tôt ou tard, je me mettrai à vous détester.

— Vous êtes folle, murmura-t-il en la serrant dans ses bras. Croyez-vous que ceci a un prix ?

Une seconde fois, il s'empara de ses lèvres. Son baiser fut profond, violent. Audrey tenta de résister un instant puis se laissa aller, enivrée par la fougue de sa caresse.

A sa grande surprise, Peter relâcha tout à coup son étreinte.

— Voilà ma réponse, Audrey.

Sans ajouter un mot, il mit le contact et la voiture bondit en avant dans un crissement de pneus. Le retour s'effectua à une vitesse vertigineuse. Bientôt, le véhicule s'immobilisait le long du trottoir, devant le Saracen's Head.

— Bonne nuit, la salua-t-il d'une voix légèrement moqueuse.

Audrey reprit son chapeau sur la banquette arrière, s'en coiffa puis dévisagea le peintre de ses yeux verts.

— Peter, qu'allez-vous faire maintenant ?

— Vous épouser. Ne vous l'ai-je pas dit ?

Comme si elle fuyait un danger, Audrey se précipita hors de la voiture et claqua la portière. Avant d'introduire sa clef dans la serrure, elle se retourna. Peter n'avait pas bougé, les mains posées sur le volant, il la regardait.

— Vous risquez d'attendre encore longtemps, ne put-elle s'empêcher de le défier.

— Non, c'est vous qui allez m'attendre.

Comme elle franchissait le seuil de la maison, elle entendit le vrombissement de la voiture qui s'éloignait.

7

Sally le comprit vite : le fait d'être orpheline et de ne jamais entendre parler de sa mère avait fait naître chez Elaine un étrange complexe. Elle se sentait différente des autres enfants de son âge et refusait leur compagnie. Cette solitude s'avérait néfaste à son équilibre et à son développement.

— Il faudrait que tu aies des amis, lui dit un jour Sally. Pourquoi ne pas inviter quelques enfants à venir prendre le thé avec toi ?

— Non, je ne veux pas. Ils sont tous stupides, je les déteste.

— Ça te plairait, j'en suis sûre.

— S'ils viennent, je serai méchante, insupportable.

Il était nécessaire de briser les résistances affichées par Elaine afin qu'elle devienne une petite fille comme les autres. Mais comment faire ? Dans cette entreprise, Sally ne pouvait guère compter sur Robert Dunstan, lequel, selon elle, jouait fort mal son rôle de père.

D'ailleurs, depuis leur premier entretien, elle ne l'avait plus revu. Le banquier quittait l'appartement tôt le matin, avant son arrivée, et rentrait quand elle était déjà partie. Plus que jamais il était question de lui dans les colonnes des journaux. Dans les sphères gouvernementales se déroulaient d'importantes tractations financières auxquelles il participait activement. Au point de ne plus avoir une minute à consacrer à sa fille...

Quelle affection Elaine ressentait-elle pour lui ? Elle le voyait si peu. Pourtant, Sally en prit conscience, Robert Dunstan constituait la seule référence stable dans la vie de la fillette. Et cette dernière avait tendance à idéaliser son père ainsi que l'amour qu'il lui portait.

— Un monsieur est venu rendre visite à papa hier

soir, raconta-t-elle à sa gouvernante. Il voulait lui vendre des diamants, je crois. Papa m'a désignée du doigt et lui a dit : « C'est elle mon seul diamant. »

Cette évocation d'un conte qu'elles avaient étudié ensemble quelques jours auparavant confirma Sally dans ses soupçons : la petite fille était obligée d'inventer de toutes pièces des preuves de l'amour paternel.

Un nouvel entretien avec Robert Dunstan s'imposait. Un matin, par hasard, elle le croisa dans le hall de l'immeuble. Tandis qu'il sortait de l'ascenseur, son chapeau sur la tête, une lourde serviette noire à la main.

— Bonjour, monsieur Dunstan.

Il la dévisagea un instant, les sourcils froncés, comme s'il ne la reconnaissait pas.

— Ah, c'est vous, miss Grandville. Excusez-moi, je ne vous avais pas reconnue sur le moment.

— Je voulais vous voir, justement. Il faudrait que nous terminions notre discussion de l'autre jour.

— Notre discussion de l'autre jour ? répéta-t-il en fouillant dans sa mémoire. Ah oui, j'y suis. Nous reparlerons de tout cela à une autre occasion. Pour aujourd'hui, vous voudrez bien me pardonner, mais j'ai un rendez-vous urgent.

D'un pas pressé, le banquier s'éloigna pour s'engouffrer dans une grosse limousine qui l'attendait dehors. Sally poussa un soupir et pénétra dans l'ascenseur.

Ce jour-là, elle avait décidé de commencer la transformation de la chambre d'Elaine, après les leçons. Selon la fillette, son père n'y voyait pas d'inconvénient. Sally avait contacté la directrice d'un hôpital pour enfants : une camionnette serait envoyée pour prendre les jouets en fin d'après-midi.

Après le thé, Sally et Elaine se mirent à emballer dans des cartons les innombrables poupées et animaux en peluche accumulés par la petite fille depuis des années. A cinq heures, la camionnette arriva et les cartons furent emportés.

— On dirait que la pièce est plus grande, s'étonna Elaine. Vous ne trouvez pas, miss Grandville ?

— Oui, il y a plus d'espace maintenant. Nous pourrons installer ton bureau. Ton papa est-il d'accord pour t'en acheter un ?

— Je ne le lui ai pas encore demandé.

Sally fronça les sourcils.

— Tu l'as bien prévenu que tu donnais tes jouets ?

La question plongea la fillette dans l'embarras.

— Oui, balbutia-t-elle, je lui en ai dit quelques mots mais je ne sais pas s'il m'a entendue.

— Oh, Elaine ! s'écria Sally sur un ton de reproche.

A présent il était trop tard pour faire machine arrière, le dernier carton venait d'être enlevé.

— Ne vous inquiétez pas, miss Grandville. Cela lui sera égal. D'ailleurs, tout ce que je fais lui est égal.

— On ne parle pas ainsi, Elaine !

— C'est pourtant vrai. Vous exigez que je vous dise toujours la vérité, n'est-ce pas ?

Sally n'insista pas. Elle n'avait pas de mal à croire la fillette, hélas.

C'est alors que la porte s'ouvrit : Robert Dunstan pénétra dans la pièce.

— Salut, papa ! s'écria Elaine en s'élançant vers lui. Tu rentres bien tôt aujourd'hui.

Le banquier se pencha pour embrasser sa fille, puis lui demanda d'une voix sévère :

— Qu'as-tu fait de tes jouets, Elaine ? D'après Bates, tu en aurais fait don à un hôpital. Est-ce exact ?

— Oui, papa, je suis trop grande pour jouer à la poupée, je veux que tu m'achètes un bureau, un vrai bureau. Cette pièce va devenir ma salle de classe.

— Vraiment ! Et qui a eu toutes ces brillantes idées ?

— C'est moi, monsieur Dunstan, intervint Sally. Je pensais qu'Elaine vous avait demandé la permission.

Le banquier la fixa d'un œil courroucé.

— J'en ai la conviction, poursuivit-elle, ces jouets n'étaient plus de son âge.

— Plus de son âge ! répéta Robert Dunstan sur un ton qui n'augurait rien de bon. Il est grand temps que nous ayons une explication vous et moi, miss Grandville. Si vous voulez bien me rejoindre dans mon bureau.

Sans l'attendre, il tourna les talons et sortit.

— Pendant mon absence, tu pourrais faire un dessin, Elaine. Je n'en ai pas pour bien longtemps.

— Surtout, ne vous laissez pas intimider ! lui murmura la petite fille, visiblement inquiète.

— Je vais essayer.

Pas très rassurée, Sally gagna le bureau de M. Dunstan.

— Asseyez-vous, miss Grandville.

Sans autre préambule, il entra dans le vif du sujet :

— Il y a près de trois semaines que vous servez de gouvernante à ma fille. Hélas, je suis très pris par mes affaires et je n'ai pas eu le temps jusqu'à présent de vous indiquer quelle était ma conception de l'éducation.

Il s'était saisi d'un stylo et griffonnait sur un bloc-notes posé devant lui.

— J'ai des idées bien précises en la matière. Et pour vous parler franchement, je n'approuve pas du tout certaines de vos méthodes. Elaine n'est qu'une enfant et vous la traitez en adolescente. Vous lui inculquez des façons de voir qui ne sont pas de son âge.

— Il ne me semble pas, rétorqua Sally. Je sais respecter chez Elaine ses côtés enfantins.

— Ah oui ? Alors pourquoi l'avez-vous incitée à se débarrasser de ses jouets ?

— Elaine va avoir onze ans, elle a passé l'âge de jouer à la poupée. Je sais, vous lui en avez rapporté une superbe de Genève, mais pensez-vous qu'elle jouait avec ? Non, elle a besoin d'occupations plus sérieuses et plus motivantes.

M. Dunstan tapa du poing sur la table.

— Je ne suis pas d'accord avec vous, miss Grandville ! Bien sûr, si vous lui répétez que les poupées ne sont plus pour elle, elle vous croira, elle aura honte d'y jouer. Mais l'empêcher de se distraire comme toutes les autres petites filles, c'est lui faire du tort.

— Elaine n'est plus une petite fille, se récria Sally. En outre, elle est très curieuse et intelligente. Elle a besoin qu'on lui propose des activités susceptibles de développer ses capacités intellectuelles.

Robert Dunstan eut un geste d'impatience.

— Je suis son père et j'entends qu'elle soit éduquée selon les principes qui me conviennent.

— Je vous comprends mal, monsieur Dunstan. Voudriez-vous que je m'ingénie à freiner l'épanouissement de votre fille ?

— Non, mais je ne souhaite pas que vous en fassiez un petit monstre. Je veux qu'elle soit une enfant normale, comme les autres.

— Malheureusement, Elaine n'est pas comme les autres.

Sally respira profondément. Le moment était venu de lui ouvrir le fond de sa pensée.

— Savez-vous la vie qu'elle mène dans cet appartement ? Savez-vous comment elle passe son temps quand vous n'êtes pas là ? En fait, je ne connais pas de fillette plus solitaire qu'Elaine, plus livrée à elle-même.

— Livrée à elle-même ? Que voulez-vous dire ? questionna le banquier sur un ton agacé.

— Sa nounou l'aime beaucoup, mais elle est devenue trop âgée pour s'occuper d'elle comme il le faudrait. Elaine reste des heures avec les autres domestiques. Estimez-vous que leur compagnie puisse avoir une influence positive sur une enfant de dix ans ? Il lui faudrait des amis de son âge mais elle n'en a pas. Quant à vous, elle vous voit si peu.

Sally se ménagea une courte pause avant d'ajouter plus gravement :

— Et sa mère lui manque terriblement.

Sans répliquer, Robert Dunstan se leva et alla à la fenêtre.

— A mon avis, poursuivit-elle, il faudrait qu'Elaine aille à l'école. C'est la seule solution pour qu'elle trouve un équilibre et s'épanouisse. En continuant de vivre ainsi, elle risque de se couper du monde et de se replier irrémédiablement sur elle-même. Elle manque de tout ce qui fait le bonheur des enfants de son âge.

Elle se tut, effrayée d'avoir parlé si franchement.

Son cœur cognait dans sa poitrine. Dans la pièce, on n'entendait plus que le bruit de la circulation qui montait de Park Lane.

Le banquier se retourna.

— Vous venez de me donner une nouvelle preuve de votre franchise, miss Grandville, jeta-t-il sèchement en reprenant place derrière son bureau. Mais si Elaine allait à l'école, vous perdriez votre emploi de gouvernante, n'est-ce pas ?

— Qu'importe ! L'intérêt de votre fille passe avant tout.

— Je suis bien de votre avis sur ce point. Ce n'est pas pour autant que votre proposition me paraît judicieuse.

— Elaine va donc continuer à rester enfermée dans cet appartement où elle ne peut être heureuse.

Robert Dunstan reprit son stylo. La tête baissée, il se mit à le tourner lentement entre ses doigts. Sally l'observait ; si les traits de son visage n'avaient été aussi durs et autoritaires, elle lui aurait sans doute trouvé un certain charme.

— Ainsi, d'après vous, sa mère manque terriblement à Elaine...

— Oui. Elle souffre qu'on ne lui en parle jamais. Du coup, elle se sent ignorée, inexistante et, en réaction, elle déteste les autres enfants qui eux ont une vie normale. Elle se sent différente, inférieure à ceux qui ont la chance d'avoir une maman.

— Je n'aurais jamais imaginé que la mort de sa mère continuerait à l'affecter autant, grommela le banquier.

Il se tut de nouveau. Il semblait perplexe. Les minutes s'écoulèrent. La tension qui régnait dans la pièce devenait réellement oppressante.

— Ma décision est prise, miss Grandville, annonça enfin Robert Dunstan. Comme je le craignais, vous êtes trop jeune et émotive pour vous charger de l'éducation d'Elaine. Je vous signifie donc votre congé à partir de ce soir. A titre de dédommagement, vous percevrez un mois de salaire.

Ce fut comme si un couperet s'était abattu sur Sally. Elle resta pétrifiée, incapable de prononcer un mot. Au prix d'un effort de volonté, elle parvint à se mettre debout.

— Je ne m'attendais pas à cela, monsieur Dunstan, balbutia-t-elle. Je m'étais attachée à Elaine qui m'aimait bien de son côté. Mon départ va lui causer un choc, j'en ai peur.

— Ne vous inquiétez donc pas pour ma fille. Au revoir, miss Grandville.

Il lui tendit une main que Sally ignora. La tête basse, elle se dirigea vers la porte. La voix de Robert Dunstan l'arrêta sur le seuil :

— Bien entendu, je compte sur votre bon sens pour ne pas perturber Elaine avec cette histoire.

— Je vous laisse le soin de lui annoncer vous-même la nouvelle. Quand je m'en irai, dans une demi-heure, je m'abstiendrai de lui dire que je ne reviendrai pas demain.

— Je vous en remercie.

Luttant pour ne pas fondre en larmes, Sally traversa l'appartement. Dans la chambre, Elaine accourut à sa rencontre.

— Vous voilà enfin, miss Grandville. Papa ne s'est pas montré trop dur avec vous, j'espère ?

Sally lui passa un bras autour des épaules.

— Tu me montres ton dessin ? lui demanda-t-elle en s'efforçant d'adopter un ton serein.

— Regardez !

— Bravo, Elaine ! C'est magnifique.

Cette dernière demi-heure parut interminable à Sally. Le moment de s'en aller arriva enfin. Comme tous les soirs, Elaine embrassa sa gouvernante. Émue, celle-ci retint la petite fille contre sa poitrine et la serra avec tendresse.

— Je te félicite, tu as été très sage aujourd'hui. Et tu n'oublieras pas mes conseils, tu dois te montrer polie et gentille avec tout le monde.

Elaine acquiesça d'un signe de tête.

— Et vous, miss Grandville, n'oubliez pas, vous m'avez promis que nous irions bientôt visiter la Tour de Londres.

— Oui, je te l'ai promis.

Sally mit son chapeau, ses gants. La fillette l'accompagna jusqu'à l'ascenseur.

— Je suis contente, confia-t-elle, papa est rentré tôt. Il va avoir le temps de parler avec moi.

— Dépêche-toi de le rejoindre. Il a quelque chose à t'annoncer, je crois.

L'ascenseur arrivait.

— Au revoir ! cria la petite fille tandis que la grille se refermait. A demain.

Le cœur gros, Sally regagna le Saracen's Head. En entendant ses pas dans le couloir, Mme Jarvis sortit de sa cuisine et vint à sa rencontre.

— Il y a une visite pour vous, mon petit. Vous savez, le docteur, celui qui vient souvent vous voir. Je lui ai dit que vous n'étiez pas là, mais il a préféré attendre.

— Ce doit être David.

Elle grimpa l'escalier en hâte. Dans la mansarde, assis dans un fauteuil, David s'était assoupi.

Le bruit de la porte le réveilla.

— Bonsoir, Sally.

— Tu dormais, excuse-moi.

— Oui, j'ai passé une nuit blanche à l'hôpital.

— Cela me fait plaisir de te voir, David.

Elle passa de l'autre côté du rideau pour se donner un coup de peigne et se repoudrer.

— Audrey n'est pas encore rentrée ?

Il répondit que non d'un hochement de tête.

— Je lui ai téléphoné à midi chez Michael Sorrell. Il m'a semblé qu'elle n'allait pas très bien, alors je suis venu l'inviter à dîner.

— Mon Dieu, j'espère qu'elle n'a pas d'ennuis !

David lui sourit.

— Tu prends toujours le malheur des autres sur tes frêles épaules, Sally.

— Hélas, j'en ai eu ma part aujourd'hui : M. Dunstan m'a renvoyée.

Et elle lui raconta comment les choses s'étaient passées.

David lui tapota la main avec gentillesse.

— Pauvre Sally ! la plaignit-il. Tu vois, c'est curieux mais je n'arrive pas à réaliser que tu es en âge de travailler. Je te vois toujours comme la petite fille aux yeux gris qui trottinait derrière Anne et Audrey.

— J'ai grandi, David, tu devrais t'en rendre compte.

— C'est peut-être dommage. Nous étions tellement plus heureux, enfants, quand nous courions sur la plage et que nous nous amusions à attraper des crabes...

— Oui, tellement plus heureux, répéta Sally sur un ton mélancolique. Et nous n'avions pas à nous soucier de l'avenir : papa était là.

Il la fixa dans les yeux.

— Si je peux vous aider en quoi que ce soit, n'hésite pas à me le dire, Sally.

— Ta seule présence est déjà un tel réconfort!

Touché par cette déclaration, il lui sourit de nouveau.

— Ne t'inquiète pas, nous allons te trouver un autre travail. Tu es trop jeune pour t'occuper d'enfants. Un emploi différent te conviendra mieux.

Sally haussa tristement les épaules et gagna la fenêtre d'où elle se mit à regarder la Tamise.

La porte s'ouvrit alors et Audrey pénétra dans la mansarde.

— Seigneur, que je suis épuisée! Pourquoi n'y a-t-il pas d'ascenseur dans cette maison ?

Elle s'avança vers David.

— Tiens, tu es là, toi! Qu'est-ce que tu veux ?

Elle s'exprimait avec une telle hargne que Sally se retourna pour lancer à sa sœur un regard désapprobateur.

— Toujours d'aussi mauvaise humeur ? répliqua David.

— Oui, et je le serai encore plus si tu continues à me poser des questions aussi stupides.

Elle disparut derrière le rideau. A cet instant, on entendit des pas sur le palier: c'était Anne qui rentrait à son tour.

— Bonsoir, Sally, bonsoir, David. Alors, comment cela se passe-t-il à ton hôpital ?

— J'ai un travail fou.

— Moi, je n'en peux plus, j'ai passé une journée épouvantable, soupira Anne en se laissant tomber dans un fauteuil. La duchesse était particulièrement odieuse aujourd'hui. Elle a trouvé à redire à tout ce que je faisais. Elle m'a obligée à recommencer trois fois la même lettre. Sous prétexte que le titre d'un livre ne lui plaisait pas, j'ai dû retourner à la bibliothèque. Par-dessus le marché, en rentrant, le bus était bondé : je suis restée debout tout le trajet.

— Si cela peut te consoler, compatit Sally, sache que la journée a été très mauvaise pour moi aussi.

— Oui, Sally a été renvoyée, expliqua David.

Une expression désolée se marqua sur le visage d'Anne.

— Que s'est-il passé ?

— Je te le raconterai plus tard, je ne tiens pas à infliger une seconde fois à David le récit de mes malheurs.

Audrey écarta les pans du rideau.

— Qu'est-ce que j'entends ? Sally a perdu son travail ! C'est bien ennuyeux, je voulais justement vous demander de me dispenser de payer ma part de loyer ce mois-ci. Il faut que je m'achète une robe du soir.

— Tu l'auras, la rassura Sally. Robert Dunstan m'a promis un mois de salaire. Si j'étais un peu orgueilleuse, je lui jetterais son argent à la figure. Mais ta robe vaut bien ce petit sacrifice d'amour-propre.

Audrey la remercia.

— Ben Marlowe m'a invitée à une réception vendredi soir, annonça-t-elle d'un air triomphant.

— Ben Marlowe... l'ex-coureur automobile ? s'étonna David.

— Lui-même !

— Ah oui, le champion dont les journaux parlent sans arrêt, intervint Anne. Ses amours défrayent la chronique. Il paraît qu'il a offert un collier de perles fabuleux à une danseuse, il y a quelque temps.

— Ben est très riche et je viens d'avoir la chance de faire sa connaissance, exulta Audrey.

Sally s'abstint de commentaires. Le mélange de gaieté excessive et de mauvaise humeur qu'affichait Audrey l'inquiétait. Elle avait le pressentiment que, pour des raisons qu'elle ignorait, sa sœur n'était pas heureuse depuis quelque temps.

Sur le manteau de la cheminée, la pendule sonna sept heures et demie. Sans enthousiasme, Audrey venait d'accepter l'invitation de David.

— Où aimerais-tu dîner ? lui demanda-t-il avec un sourire radieux.

— Cela m'est égal.

— Que dirais-tu du Berkeley Grill ?

Aussitôt, le visage d'Audrey se ferma.

— Où tu voudras, sauf là, trancha-t-elle sèchement.

Le couple parti, Anne et Sally demeurèrent seules.

— Bon, fit la cadette, nous aussi, nous allons descendre dîner.

— Tu sais, Sally, j'ai pensé à quelque chose : si nous demandions aux Jarvis la permission d'installer une cuisinière électrique dans l'alcôve du palier ? Elle est pourvue d'un vasistas d'aération. Nous pourrions préparer nos repas du soir et économiser ainsi l'argent du restaurant.

— Quelle bonne idée ! Pourquoi n'y avons-nous pas pensé plus tôt ?

— Mme Jarvis doit servir au pub à cette heure. Je lui en parlerai demain.

— D'accord ! En attendant, allons déguster nos saucisses aux lentilles.

Sally soupira :

— Ah, qu'il est loin le temps des sublimes pâtés aux rognons et à la viande hachée que nous confectionnait la vieille Hannah, quand nous étions petites !

— Tais-toi ! J'en ai l'eau à la bouche !

Dehors il régnait une chaleur étouffante, sans le moindre souffle d'air.

— Imagines-tu comme il doit faire bon à St. Chytas à cette heure-ci ? fit Sally. Notre village ne te manque pas ?

— Parfois. Mais je me plais bien à Londres. Pas toi ?

Sally secoua la tête.

— Je n'aime pas cette ville et cette ville ne m'aime pas.

— Voyons, tu ne vas pas broyer du noir parce que tu as été renvoyée. Tu n'as pas eu de chance de tomber sur une brute comme M. Dunstan, voilà tout.

— Je n'arrive pas à accepter qu'il se soit montré si dur et injuste avec moi.

— N'y pense plus, il n'en vaut pas la peine.

Pendant tout le dîner au restaurant, le banquier occupa pourtant l'esprit de Sally. Elle avait toujours réussi à nouer des relations cordiales avec ses semblables. Pourquoi n'en était-il pas allé de même avec lui ?

— Je demanderai à la duchesse si elle n'a pas une idée d'une place qui pourrait te convenir, dit Anne comme elles regagnaient le Saracen's Head. Tu sais, elle a beaucoup de relations.

— J'ai confiance, je retrouverai bientôt du travail.

La nuit tombait, une brise provenant du fleuve avait fini par se lever. Sally respira à pleins poumons.

— Ah, je me sens mieux ! J'ai étouffé toute la journée.

Les rues s'étaient vidées. De la lumière brillait derrière les vitres du Saracen's Head. De grands éclats de rire montaient du pub.

— Les affaires marchent bien pour les Jarvis, ce soir, dirait-on, sourit Anne.

Comme elles s'approchaient de leur porte d'entrée, Sally s'immobilisa soudain. Une frêle silhouette se découpait sur le seuil de la maison.

— Elaine ! s'exclama-t-elle. Que fais-tu ici ?

La petite fille se retourna en poussant un cri de joie.

— Miss Grandville !... J'ai sonné et resonné, personne ne m'a ouvert. J'avais peur que vous soyez partie pour toujours.

Elle avait les yeux rouges et gonflés ; des traces de larmes se devinaient sur ses joues.

8

Elles montèrent toutes trois à la mansarde. Là, Sally prit la fillette par l'épaule :

— Raconte-moi ce qui s'est passé, ma chérie.

Au lieu de lui répondre, Elaine se blottit dans ses bras où elle éclata en sanglots.

— Allons, tout va bien. Ne pleure pas !

Les larmes de l'enfant se calmèrent peu à peu. Sally alla s'asseoir dans un fauteuil et la prit sur ses genoux. Pendant ce temps, Anne pressait une orange pour confectionner à l'enfant un jus de fruits bien sucré.

— Tiens, bois ! dit-elle en tendant le verre à Elaine, cela te fera du bien.

Pour qu'elle soit plus à son aise, Sally commença à lui déboutonner son manteau. Un cri de surprise lui échappa : dessous, la fillette ne portait qu'une fine chemise de nuit.

— Papa m'a envoyée me coucher, expliqua Elaine tandis qu'un nouveau sanglot la secouait.

— Ne pleure plus, ma chérie, la consola Sally. Bois ton jus d'orange. Quand tu seras calmée, nous parlerons.

Elaine lui obéit. La boisson finie, elle posa sa tête sur l'épaule de Sally et se serra contre elle.

— Je vous aime, miss Grandville. Je vous aime plus que personne au monde.

Émue, Sally la serra plus fort dans ses bras.

— Je suis très touchée, ma chérie. Mais tu n'aurais pas dû t'enfuir de chez toi et venir ici toute seule.

— Il le fallait.

Du revers de la main, Elaine s'essuya les yeux, renifla un peu.

— Je vais tout vous raconter.

Elle prit une profonde inspiration et commença :

— Après votre départ, je me suis rendue dans le bureau de papa. Il n'avait pas du tout l'air de bonne humeur, j'ai cru que c'était à cause de ses affaires. J'ai essayé de le faire sourire et lui, il m'a regardée puis m'a annoncé : « Elaine, j'ai décidé que miss Grandville ne serait plus ta gouvernante. » D'abord, j'ai cru que j'avais mal entendu, ensuite, je lui ai demandé pourquoi. Il m'a répondu : « Tu es trop petite pour comprendre. Mais ne t'inquiète pas, nous allons te trouver une autre gouvernante, elle sera gentille et raisonnable, elle te plaira. » « Non,

non, je ne veux personne d'autre que miss Grandville. Je l'aime, papa ! » me suis-je mise à crier. Il a froncé les sourcils en disant : « Je suis désolé, Elaine, tu ne reverras plus miss Grandville, c'est pour ton bien. » J'ai alors eu l'impression que j'allais mourir de chagrin.

Comme si elle voulait effacer cette scène de son esprit, la fillette cacha un instant son visage dans ses mains. Après un gros soupir, elle reprit son récit :

— Je me suis mise à taper des pieds et à hurler. J'ai crié à papa que je le détestais, qu'il n'y avait que vous que j'aimais.

— Oh, Elaine ! fit Sally d'un ton de reproche.

— Je savais que mon comportement ne vous plairait pas, mais je ne pouvais pas agir autrement, c'était plus fort que moi. Alors papa est devenu tout rouge : il a sonné et a ordonné à ma nounou de me mettre tout de suite au lit sans manger. Je pleurais, je pleurais. En me bordant, ma nounou me répétait : « Pauvre petite fille. Ah ! si ta maman était là. » Je lui ai répondu : « C'est miss Grandville que je veux. »

Elaine noua ses bras autour du cou de Sally dans un débordement de tendresse.

— Et ensuite ? demanda cette dernière, bien plus bouleversée qu'elle ne l'aurait souhaité.

— Ma nounou m'a apporté à dîner en cachette. Dès qu'elle est repartie, je me suis levée, j'ai mis mes chaussures, enfilé mon manteau et je me suis sauvée par l'escalier de service. Personne ne m'a vue sortir. Comme je n'avais pas pris d'argent pour le bus, je suis venue à pied. J'ai demandé plusieurs fois mon chemin, tout le monde a été très gentil et me l'a indiqué.

La fillette fixa alors Sally de ses yeux encore mouillés de larmes.

— Je veux rester avec vous, je ne retournerai jamais plus chez papa.

Sally eut un sourire.

— Voyons, ma chérie, c'est impossible, tu le sais.

— Non, non, je n'y retournerai pas. Je déteste papa, l'appartement et tous les domestiques, sauf ma nounou. Je veux vivre avec vous. S'il vous plaît, permettez-moi de rester ici. Je serai bien sage, je vous le promets. Si vous me ramenez chez papa, je me tuerai, je me jetterai sous un bus, je me noierai dans la Tamise...

— Calme-toi, voyons. Nous reparlerons de tout cela demain. Tu dois être morte de fatigue, tu vas dormir dans mon lit.

— Vous n'allez pas me laisser, au moins, et partir chercher papa pendant mon sommeil ?

— Non, rassure-toi, je reste près de toi. Je t'en donne ma parole.

Anne étant descendue chercher de l'eau chaude pour préparer une bouillotte, Sally prit Elaine dans ses bras et la transporta de l'autre côté du rideau, dans la partie de la mansarde qui servait de chambre. Après lui avoir ôté son manteau et ses chaussures, elle la coucha.

— Essaye de dormir. Tu verras, tu te sentiras beaucoup mieux demain matin.

— Comme on est bien dans votre lit, miss Grandville ! Je le trouve très douillet... Mais vous, où allez-vous passer la nuit ?

— Je me débrouillerai, ne t'inquiète pas !

Anne revint avec la bouillotte.

— Tiens, serre-la contre toi, cela te fera du bien.

— Votre sœur aînée est drôlement belle, déclara la fillette en dévisageant Anne.

Celle-ci éclata d'un petit rire amusé.

— Elle est aussi très gentille, affirma Sally.

— Sûrement pas autant que vous, miss Grandville, répliqua Elaine qui, après s'être saisie de la bouillotte, se pelotonna contre l'oreiller.

L'ayant bordée, embrassée, Sally s'éloigna et tira le rideau.

La fillette se redressa aussitôt.

— Que faites-vous, miss Grandville ? cria-t-elle, d'une voix apeurée. Vous vous apprêtez à partir !

— Tranquillise-toi, ma chérie, je reste ici comme je te l'ai promis. Si tu as besoin de moi, tu n'as qu'à appeler, je viendrai.

Elaine se laissa retomber dans le lit. Quelques minutes plus tard, elle dormait à poings fermés.

Pour ne pas troubler son premier sommeil, les deux sœurs gardèrent un moment le silence.

— Qu'allons-nous faire ? demanda enfin Anne dans un chuchotement.

— Il faut avertir M. Dunstan. S'il s'est aperçu de la disparition d'Elaine, il doit être fou d'inquiétude.

— A mon avis, il ne l'a pas tout à fait volé, ce sale individu !

Sally hocha la tête.

— De toute façon, il faut le prévenir que sa fille est saine et sauve.

— Et s'il accourt ici, fait du tapage, exige de repartir avec elle ?

— Impossible, il n'agira pas de cette manière, rétorqua la cadette, moins sûre de son fait que ce qu'elle voulait bien le dire.

— Tu le connais mieux que moi... J'ai pourtant

cru deviner qu'il manque singulièrement de psychologie quand il s'agit de sa fille.

— Hélas ! soupira Sally. Il n'y a pourtant pas à hésiter, notre devoir est de l'avertir. Sois un ange, Anne, descends à la cabine téléphonique et appelle-le. Comme cela, je tiendrai ma promesse de ne pas laisser Elaine.

— Que vais-je lui raconter ?

— La vérité. Qu'Elaine est venue chez nous à pied, qu'elle sanglotait, qu'elle était très malheureuse et à bout de nerfs. Dis-lui aussi que nous l'avons couchée et qu'elle dort. Conseille-lui de ne rien entreprendre avant demain matin.

— Bon, comme tu veux, accepta Anne en se levant.

Elle fouilla dans son sac où elle trouva quelques pièces.

— J'ai de la monnaie pour le téléphone... Et si M. Dunstan est absent, que dois-je faire ?

— Demande à parler à la nounou. Explique-lui ce qu'il en est et exige qu'elle dissuade le père d'Elaine de se rendre chez nous cette nuit.

— Entendu ! Mais la prochaine fois que tu auras un emploi, Sally, tâche d'avoir affaire à des gens un peu plus normaux !

Anne partie, ces derniers mots continuèrent à résonner dans la tête de sa jeune sœur. Après tout, Anne n'avait pas tout à fait tort : Robert Dunstan avait une personnalité étrange que, pour sa part, elle n'arrivait pas bien à cerner. Quant à Elaine, il fallait l'admettre, elle était un peu perturbée. Pauvre enfant !

Elle soupira et alla jeter un coup d'œil derrière le rideau. Elaine dormait profondément, mais de brefs gémissements entrecoupaient sa respiration et des traces de larmes brillaient encore sur ses joues. Le cœur de Sally se serra. Comme il était douloureux de voir souffrir un petit être si frêle et si désarmé ! Et tout cela par la faute de son père !

En y réfléchissant, elle se demanda si elle n'avait pas, elle aussi, sa part de responsabilité dans cette pitoyable histoire. Avait-elle bien agi, avec tout le tact nécessaire ? Ne s'était-elle pas montrée trop franche et directe avec M. Dunstan ?

« Si papa était encore vivant, pensa-t-elle, il aurait su me conseiller. Il trouvait toujours la solution.» Et il lui semblait que, dans cette circonstance, il ne lui aurait pas ménagé ses critiques...

« Les hommes sont d'étranges créatures, se plaisait-il à répéter. Guide-les par un chemin et ils voudront en prendre un autre. Laisse-les aller à leur guise et ils te suivront. »

« C'est l'erreur que j'ai commise avec Robert Dunstan, se dit-elle. J'ai voulu à toute force lui imposer mes vues. J'ai été agressive à son égard parce que j'avais peur de lui. »

Une autre maxime de son père lui revint en mémoire : « Il ne faut jamais montrer que l'on a peur. Ni devant un chien ni devant un homme. Sinon on est perdu. »

« Et pour quelle raison ai-je eu peur de Robert Dunstan ? » La réponse était claire : « A cause de sa fortune. »

Sally se mit à déambuler dans la mansarde.

Ah, l'argent ! Elle croyait mépriser son pouvoir mais elle avait ressenti de l'hostilité pour M. Dunstan dès l'instant où elle avait su qu'il était banquier.

Elle en était là de ses réflexions quand Anne rentra.

— Alors ? l'interrogea Sally.

— Son numéro répondait tout d'abord occupé. Enfin, j'ai réussi à avoir M. Dunstan au bout du fil. Je me suis présentée, je l'ai informé qu'Elaine se trouvait chez nous saine et sauve. « Dieu soit loué ! » s'est-il exclamé. Il m'a donné l'impression d'être profondément soulagé.

— Je n'en doute pas. Il a dû craindre qu'on ait enlevé sa fille pour lui demander une rançon... Et ensuite ?

— Je lui ai dit qu'elle dormait, que le mieux était d'attendre demain. Mais il a insisté, il veut te voir tout de suite. J'ai été obligée de lui communiquer notre adresse, il va arriver.

— Comment, ici, à la mansarde ?

— Oui. J'ai bien tenté de l'en dissuader, il n'a rien voulu entendre.

— Tant pis, advienne que pourra ! soupira Sally. En tout cas, je te remercie de m'avoir rendu ce service.

— C'est la moindre des choses... Au fait, tu préfères peut-être que je m'absente quand il sera là ?

— Surtout pas ! Je n'ai aucune envie de me retrouver seule face à lui. Il va m'accabler de reproches, m'accuser d'être responsable de la fugue d'Elaine.

— S'il ose se montrer brutal à ton égard, gare à lui ! Il aura affaire à moi.

Sally ne put se retenir de pouffer : Anne la douce, la réservée, jouant les gardes du corps ! L'idée était cocasse.

En attendant l'arrivée du banquier, elle mit de l'ordre dans la pièce.

— L'essentiel, c'est qu'il n'exige pas de repartir avec Elaine. Ce serait lui causer un nouveau choc inutile, chuchota Sally tout en débarrassant la table d'une pile de vieux *Daily News*.

— Légalement, il est impossible de l'en empêcher.

Sally serra les poings et releva le menton d'un air de défi.

— Je ne le laisserai pas faire.

— J'ai une idée ! proclama Anne. Je vais aller l'attendre en bas. Mieux vaut qu'il ne sonne pas, les Jarvis trouveraient bizarre que nous recevions la visite d'un homme à pareille heure de la nuit.

— Oui, tu as raison.

Anne enfila une veste sur sa robe d'été. Avant de sortir, elle embrassa Sally.

— Courage, petite sœur ! lui murmura-t-elle.

Quelque dix minutes plus tard, un bruit de pas s'entendit dans l'escalier. Sally se dressa d'un bond, le cœur battant, les mains tremblant légèrement. Elle les cacha derrière son dos et se posta au milieu de la mansarde, prête à l'affrontement.

La porte s'ouvrit.

Derrière Anne, la silhouette massive du banquier apparut.

— Parlez à voix basse, lui ordonna tout de suite Sally. Elaine dort de l'autre côté.

D'un signe de tête, elle désigna le rideau.

— Vous voulez peut-être la voir ?

Elle s'approcha, entrouvrit la pièce d'étoffe. Dans son dos, le banquier se pencha pour regarder son enfant endormie.

— Merci, miss Grandville, murmura-t-il au bout d'un moment.

Elle lui indiqua un fauteuil et ils s'assirent face à face. Anne resta debout à une fenêtre. Sa chevelure d'or se détachait sur la toile de fond de la nuit. Le regard de Robert Dunstan s'attarda sur elle avant de revenir sur Sally.

— Votre sœur a eu la gentillesse de me téléphoner, miss Grandville, commença-t-il. Si j'ai bien compris, vous avez trouvé Elaine devant votre porte vers neuf heures du soir.

— Oui, et elle était épuisée. Elle avait fait tout le chemin de Park Lane jusqu'ici à pied. Elle n'arrêtait pas de sangloter. Le mieux m'a semblé de la mettre au lit pour qu'elle dorme.

— Vous avez eu raison.

Il paraissait plus humain, soudain. Son air d'autorité habituel avait cédé la place à une expression où se mêlaient la tristesse et la fatigue.

— Vous devez penser que tout ceci est ma faute, j'en ai peur, avança Sally.

— Elaine vous aime beaucoup.

— Je sais.

Il y eut un long silence.

— J'ai sans doute agi avec trop d'impulsivité cet après-midi, reprit-il enfin. Connaissant l'affection qu'Elaine vous porte, j'aurais dû comprendre que je ne pouvais pas vous licencier comme...

Il hésita, chercha ses mots.

— ... un vulgaire domestique, souffla Sally.

Un sourire s'ébaucha au coin des lèvres de Robert Dunstan.

— Et je ne m'attendais certes pas à ce que ma décision bouleverse autant ma fille.

— Pauvre petite ! ne put s'empêcher de s'exclamer Sally sur un ton affligé.

— Vous éprouvez vraiment beaucoup de peine pour elle ?

Elle acquiesça d'un hochement de tête.

— C'est une enfant si attachante, expliqua-t-elle. Et si émotive.

— Je m'en suis rendu compte ce soir.

De nouveau, il esquissa un sourire.

— Je crois que j'ai beaucoup à apprendre d'Elaine comme de vous, miss Grandville. Et j'aimerais vous demander de bien vouloir me pardonner.

— Vous pardonner ?

— Oui, d'avoir eu la stupidité de vous renvoyer. Je voudrais revenir sur cette décision. Accepteriez-vous d'être encore la gouvernante d'Elaine ?

Une lueur de joie fit scintiller le regard de Sally, mais elle devait rester prudente.

— Êtes-vous bien convaincu de le vouloir, monsieur Dunstan ? Car, sachez-le, je continuerai à faire l'éducation d'Elaine selon les méthodes qui vous ont tant déplu.

— Je ne m'y oppose pas.

Il hésita avant de lui confier :

— Un jour peut-être, je vous expliquerai les raisons de mon comportement.

Il semblait sincère et décidément différent de celui que Sally connaissait.

— Il est tard, je vais rentrer, annonça-t-il en se levant. Vous pourrez dire demain matin à Elaine que tout est arrangé comme elle le désirait, qu'elle vous garde comme gouvernante.

— Seulement pour quelque temps.

Robert Dunstan fronça les sourcils.

— Que voulez-vous dire ?

— Je n'ai pas changé d'avis. Il faut mettre Elaine à l'école.

— Nous en reparlerons plus à loisir, si vous le voulez bien. A présent je me sauve.

Son regard se reporta sur Anne qui, durant tout l'entretien, était restée discrètement silencieuse.

— Elaine m'a dit que vous habitiez avec vos deux sœurs. L'une d'entre vous ne va donc pas pouvoir dormir dans son lit cette nuit, s'inquiéta-t-il.

— Nous nous débrouillerons, lui assura Sally.

— Laissez-moi réveiller Elaine et la ramener à la maison. Elle acceptera de bon cœur quand nous lui annoncerons qu'elle vous reverra demain.

— Non, il vaut mieux la laisser ici.

— Vous êtes sûre ?

— Tout à fait.

— Alors il ne me reste plus qu'à vous remercier.

Le banquier prit congé d'Anne avec qui il échangea une poignée de main.

— Je vous raccompagne, proposa Sally.

Ils descendirent l'escalier faiblement éclairé.

— Bonne nuit, miss Grandville, la salua-t-il sur le seuil de la porte. Je vous suis très reconnaissant de tout ce que vous venez de faire pour Elaine.

Dans sa voiture garée le long du trottoir, son chauffeur l'attendait. M. Dunstan se dirigeait vers elle quand, tout à coup, il se retourna vers Sally et déclara :

— Votre sœur Anne est très belle.

Sally eut un sourire.

— N'est-ce pas ? approuva-t-elle, heureuse.

Il fut sur le point d'ajouter quelque chose, lui sembla-t-il. Puis il se ravisa et monta dans sa limousine qui démarra aussitôt.

Sally remonta à la mansarde.

— Alors, qu'as-tu pensé de lui ? se hâta-t-elle de demander à sa sœur.

— Je l'ai trouvé moins antipathique que je ne le craignais.

— C'est ma faute. Je vous en avais tracé un portrait trop noir.

— Il est assez distingué. Et pas mal de sa personne.

— Il t'a trouvée très belle. Il me l'a dit au moment où il s'en allait.

Anne ne dit rien. Le compliment lui faisait-il plaisir ou non ? Difficile de le savoir.

Le retour d'Audrey mit un terme à leur dialogue. Elle semblait à la fois fatiguée et excédée. D'un geste brusque elle enleva son chapeau et déposa bruyamment son sac à main sur la table.

— Chut ! lui enjoignit Sally. Elaine dort.

— Ah bon ! Mais que fait-elle ici ? s'étonna Audrey.

En quelques mots, sa sœur la mit au courant des événements de la nuit.

— Et Robert Dunstan est venu ?

— Oui, il vient de repartir, tu l'as raté de dix minutes.

— C'est bien ma veine ! Moi qui meurs d'envie de faire sa connaissance.

Audrey s'étira en bâillant.

— Mon Dieu, que je suis fatiguée ! gémit-elle.

— Tu as passé une bonne soirée au moins ?

— Affreuse !

Sally jeta à sa sœur un regard désapprobateur.

— Te serais-tu encore disputée avec David ?

— Bien sûr !

— Et à quel sujet ?

— Toujours le même : l'argent. Savoir s'il est important d'en avoir ou pas... Dire que j'ai gâché toute ma soirée à discuter avec David alors que si j'étais restée avec vous, j'aurais rencontré Robert Dunstan !

Une ombre chagrinée assombrit le regard de Sally.

— Tu n'as pas dû ménager David !...

— Pourquoi je me serais gênée ? Il est tellement ennuyeux avec sa façon de se prendre au sérieux. Il faut être fou pour se tuer au travail et gagner trois fois rien comme lui.

— Les médecins ne travaillent pas pour l'argent mais pour soulager la souffrance d'autrui, la sermonna Sally. Ils ont une mission à accomplir et non une carrière à réussir.

— C'est ce que David s'est évertué à m'expliquer pendant des heures. Avec beaucoup moins d'éloquence que toi, du reste.

Audrey soupira avant de conclure :

— Ah, que les hommes sont bêtes !

Il y avait tant d'amertume dans sa voix que Sally la dévisagea avec une expression étonnée.

— Audrey, ma chérie, que t'arrive-t-il ?

— Rien ! Et, s'il te plaît, laisse-moi tranquille !

Sans un mot de plus, Audrey disparut derrière le rideau. Désemparées, ses deux sœurs l'entendirent bientôt pleurer sur son lit.

9

— Monsieur le duc voudrait vous parler, Miss. Il vous attend dans la bibliothèque, annonça à Anne le maître d'hôtel de Halstead House.

— Monsieur le duc est à Londres ? s'étonna Anne. Je l'ignorais.

— Il est arrivé la nuit dernière. Il désire avoir un entretien avec vous.

Anne déposa son sac à provisions sur une table du hall d'entrée. Entre midi et deux heures, elle avait couru les magasins pour s'acheter un nouveau chemisier. De peur d'être en retard, elle avait pressé le pas pour rentrer et elle était un peu essouflée. Elle se hâta d'enlever ses gants et suivit le maître d'hôtel jusqu'à la bibliothèque.

— Miss Grandville, Monsieur le duc !

Le duc était assis au coin de la cheminée, un plaid posé sur les genoux.

— Bonjour, miss Grandville. Quel beau temps nous avons aujourd'hui ! dit-il en l'accueillant.

— Oui, splendide.

— Asseyez-vous, je vous prie.

Anne s'installa dans un fauteuil en face de lui. Confuse, elle s'aperçut qu'elle avait gardé son chapeau sur la tête. Un élégant petit chapeau orné d'un ruban et d'un bouquet de fleurs, dont la frivolité devait jurer avec l'aspect solennel de la bibliothèque. Un sourire bienveillant du duc la rasséréna.

— Je voulais vous parler, miss Grandville.

— Oui ?

— Ma mère me cause du souci.

— Vraiment ?

La duchesse de Cheyn jouissait d'une excellente santé. Ces temps derniers, elle faisait même preuve d'un regain d'énergie exceptionnel de la part d'une vieille dame de son âge.

— Vous n'avez aucune raison de vous inquiéter à son sujet, affirma Anne.

Le duc hocha la tête.

— Ma mère vous a-t-elle déjà parlé d'Adrian, son second fils ?

— Celui qui est mort dans un accident de voiture ?

— Oui, c'était un conducteur hors pair, mais il adorait la vitesse. Et elle lui a coûté la vie ainsi qu'à sa femme.

Il soupira tristement et se mit à fixer la cheminée vide sans mot dire. Les souvenirs liés à son frère cadet devaient affluer à sa mémoire.

— Adrian et son épouse, reprit-il enfin, avaient un fils prénommé Richard. Après leur décès, c'est ma mère qui s'est chargée de lui. Mais avec un peu trop de zèle et d'autorité. Elle a voulu régenter tous les aspects de sa vie. Bien vite, Richard s'est révolté ouvertement contre sa tutelle. Il a décrété qu'il mènerait sa vie comme il l'entendait. Dans la famille, nous lui avons donné raison mais son attitude a vexé ma mère. Elle a réagi en lui coupant les vivres, ni plus ni moins. Il y a quelque temps, elle a même décidé de le rayer de son testament.

« Cette situation nous afflige beaucoup, mes sœurs, mon frère et moi. Nous aimerions réconcilier Richard et sa grand-mère avant qu'elle ne meure.

Le duc marqua une pause et fixa Anne.

— Je souhaiterais, miss Grandville, que vous nous aidiez à atteindre ce but.

— Je veux bien. Mais cela ne sera pas facile : vous savez à quel point Mme la duchesse sait se montrer opiniâtre.

— Hélas ! soupira le duc. Cependant, ma mère vous aime et vous estime beaucoup. Vous pouvez réussir à l'influencer, j'en ai la conviction.

— Et si Richard lui présentait ses excuses ? suggéra Anne d'une voix timide.

D'un geste de la main, le duc balaya cette hypothèse.

— Richard a de qui tenir. Il est au moins aussi têtu que sa grand-mère.

— Voilà qui est bien triste !

— Oh oui, surtout lorsque je me rappelle quelle tendresse ma mère éprouvait pour Adrian et sa femme.

— Je ferai mon possible pour vous aider, promit Anne. Mais il faudra agir avec diplomatie : Mme la duchesse a tendance à prendre le contre-pied de ce qu'on lui dit.

Le duc se mit à rire :

— Vous commencez à bien la connaître. Vous êtes très perspicace, miss Grandville.

Anne sourit et se leva.

— Je ferai mon possible, répéta-t-elle.

— Je compte sur vous. Merci infiniment.

Quand elle regagna les appartements de la duchesse, celle-ci était de fort mauvaise humeur.

— Vous êtes en retard : il est déjà deux heures vingt. Où étiez-vous ?

Anne ne souffla mot de l'entretien qu'elle venait d'avoir.

— Veuillez m'excuser, madame la duchesse, j'étais sortie faire des emplettes. Il y avait un monde fou dans les magasins, les vendeuses étaient débordées.

— Vous avez au moins pris le temps de déjeuner, mon enfant ? s'inquiéta la vieille dame en s'adoucissant.

— J'ai mangé un sandwich et bu une tasse de thé.

— C'est ridicule ! Vous devriez faire des repas plus substantiels. Les jeunes femmes d'aujourd'hui se croient belles quand elles sont maigres comme des clous ; à mon avis, cela ne plaît guère aux hommes. Dans ma jeunesse, il fallait être bien en chair pour obtenir du succès. Écoutez-moi, mon enfant : cessez de mener une telle vie de labeur et de jeûne, et mariez-vous.

Anne sourit : cent fois, elle avait entendu la duchesse lui donner ce conseil.

— Tant que je n'aurai pas rencontré l'homme correspondant à mon idéal, il me faudra continuer à travailler, rétorqua-t-elle comme d'habitude.

— Et jolie comme vous l'êtes, personne ne vous fait la cour ?

— Non, personne pour le moment.

Anne s'empressa de changer de sujet ; elle relata à sa maîtresse les événements de la nuit précédente.

— Votre sœur a donc retrouvé sa place, j'en suis heureuse pour elle, commenta la duchesse quand elle eut terminé.

— Elle adore la fillette. Et les excuses de M. Dunstan ont semblé sincères.

— J'espère bien ! De toute façon, les hommes ne comprendront jamais rien aux enfants. Je me souviens de mon mari, il avait les idées les plus absurdes sur la façon d'élever nos garçons et nos filles. Je le laissais dire et faisais tout le contraire. Il ne s'en est jamais aperçu.

— Avec Sally, nous nous demandons souvent qui était la mère d'Elaine.

La duchesse fronça les sourcils.

— Je me souviens de ce mariage, on en avait beaucoup parlé à l'époque, dans les journaux. Mais ma pauvre mémoire me fait défaut. Il faudrait que votre sœur connaisse son nom de jeune fille ; peut-être cela m'évoquerait-il quelque chose.

— Je vois mal Sally poser cette question au père

d'Elaine. Quant aux domestiques, elle entretient peu de rapports avec eux.

Un soupir impatienté échappa à la duchesse.

— Qu'elle s'adresse à la vieille nounou, par exemple ! Elle n'a qu'à lui dire : « Mme Dunstan n'était-elle pas une certaine miss Blake ? Je crois avoir rencontré quelqu'un de sa famille l'autre jour. » Et la nounou lui répondra : « Mais non, vous vous trompez, son nom de jeune fille était... » Ceci ne s'appelle pas entretenir des relations avec les domestiques mais obtenir l'information que l'on désire.

Anne étouffa un rire.

— Que vous êtes drôle, madame la duchesse ! Je présume que dans votre vie vous avez toujours su obtenir ce que vous désiriez.

— Oui, la plupart du temps, je le reconnais. L'audace et le courage sont toujours récompensés.

— Du courage, répéta Anne d'un air pensif. C'est ce qui me manque le plus, j'en ai peur.

— Croyez-vous ?

— Oui, il y a tant de choses qui me font peur : la foule, les malades, la nécessité de lutter pour vivre. Je ne suis pas courageuse. A la différence d'Audrey et de Sally. Je suis la poule mouillée de la famille !

— Pourtant, vous n'avez pas peur de moi.

— C'est faux : vous me terrifiez.

La vieille dame éclata de rire.

— Vous ne le montrez pas, mon enfant, bravo ! Du reste, vous êtes bien différente de mes autres dames de compagnie. Elles, oui, étaient des poules mouillées. Et comme elles m'ennuyaient ! Si vous les aviez entendues pousser de petits cris horrifiés chaque fois que j'exprimais une idée un peu originale ! La nuit, je réfléchissais à ce que je pourrais leur dire le lendemain pour m'amuser à les choquer.

— Vous voilà maintenant privée de ce plaisir par ma faute.

— Ne vous inquiétez pas, mon enfant. Je vous trouve d'une compagnie charmante.

La duchesse arrangea quelques coussins sur son lit.

— A quoi allons-nous occuper notre après-midi ? demanda-t-elle avec une mine gourmande.

— Je pourrais vous faire la lecture. A moins que vous ne préfériez une partie d'écarté ?

— Jouons à l'écarté, choisit la vieille dame. Et n'ayez pas l'impertinence de me battre, miss Grandville. Vous me devez le respect, ne l'oubliez pas.

— Mais je n'ai aucune envie de vous laisser gagner !

La duchesse se mit à rire à nouveau.

— Vous êtes très forte à ce jeu, je le reconnais. Qui vous a si bien appris ?

— Papa, bien sûr. Un hiver, il était tombé malade et on lui avait interdit de lire. Pour l'aider à tuer le temps, mes sœurs et moi jouions à toutes sortes de jeux de société avec lui. Voilà comment nous sommes devenues expertes à l'écarté. Aux échecs aussi.

— J'aurais bien aimé connaître votre père.

Une ombre de nostalgie assombrit le regard d'Anne.

— C'était un homme adorable, prononça-t-elle comme pour elle-même.

— Et vous lui ressemblez ?

— Pas du tout. Sally, oui, en revanche. Aussi bien sur le plan physique que moral. Mon père était un saint et elle suit le même chemin que lui.

— Ne jouerait-elle pas les saintes nitouches, votre sœur ? lança la duchesse.

Son objectif était atteint : sa dame de compagnie venait de se mettre à rougir.

— Je plaisantais, mon enfant, s'excusa la vieille dame. J'aurais grand plaisir à faire sa connaissance. Proposez-lui donc de venir nous rendre visite un après-midi avec la petite Elaine.

— Sally acceptera volontiers, j'en suis sûre. Elle aussi a envie de vous rencontrer.

Sa journée finie, Anne se dépêcha de rentrer à Chelsea pour transmettre à Sally l'invitation de la duchesse de Cheyn. Mais sa sœur n'avait fait que passer à la mansarde : elle était déjà repartie.

— Où est-elle allée ? demanda Anne à Audrey.

— Je n'en ai pas la moindre idée. Elle s'est changée de robe, s'est repoudrée et a filé en quatrième vitesse. Je n'ai même pas eu le temps de lui poser la question !

— Parce que tu parlais de toi, je suppose.

Ce n'était pas dit sur un ton de reproche mais comme une simple constatation.

— Oui, admit Audrey. Je lui racontais un incident qui a eu lieu aujourd'hui entre Nadine Sloe et moi. Elle m'a accusée de mal porter une des robes de la nouvelle collection d'hiver. Quelle mauvaise foi ridicule ! Après ma présentation, trois clientes avaient déjà commandé le modèle. Je ne pouvais être mise en cause.

— Et ensuite ? s'inquiéta Audrey.

— Après avoir écouté ses critiques, j'ai dit à Nadine Sloe : « Si vous voulez, je remets cette robe et nous allons voir ensemble M. Sorrell pour lui demander comment il veut que je la porte. » Elle était folle de rage. Je la regardais avec mon expression la plus innocente. « Ce n'est pas la peine », a-t-elle grommelé avant de tourner les talons. Tu imagines comme sa déroute nous a fait rire, les autres filles et moi !

L'air grave, Anne dévisagea sa sœur.

— Cela ne te pèse pas de collaborer avec quelqu'un qui te déteste ? Moi, je ne le supporterais pas.

Audrey haussa les épaules avec désinvolture.

— Je m'en moque éperdument !

— Tu crois toujours qu'elle est amoureuse de Peter ?

Aussitôt, le visage d'Audrey se ferma.

— Peu m'importe ! murmura-t-elle.

— A propos de Peter, il y a bien longtemps qu'on ne l'a pas vu. D'après Sally, il a dû quitter Londres. Tu es au courant ?

— Non, lança Audrey qui enfilait une paire de bas. Et arrête de me poser des questions idiotes. Il faut que je me prépare : Ben Marlow passe me prendre à sept heures et demie.

— Ah, c'est ce soir sa réception ?

Audrey acquiesça d'un signe de tête puis alla prendre dans la penderie la robe qu'elle avait achetée pour cette soirée.

— Qu'en penses-tu ? demanda-t-elle en la déployant devant sa sœur.

Anne poussa un cri d'admiration.

— Elle est superbe !

C'était une longue robe du soir au décolleté profond, en tulle vert pâle agrémenté de ruché aux épaules.

— Mais elle a dû te coûter une fortune.

— Oui. Pour l'acheter, j'ai gagé ma montre en or au mont-de-piété. Ne va surtout pas le répéter à Sally !

— Elle t'a pourtant avancé quinze livres, la semaine dernière.

— Tu ne crois tout de même pas qu'une robe de Michael Sorrell vaut moins de quinze livres, même si en tant que mannequin, j'ai droit à des rabais ?

— Tu devrais être un peu moins dépensière, Audrey !

Celle-ci haussa les épaules.

— Que veux-tu ? c'est le prix à payer pour ne plus avoir l'air d'une petite provinciale et être dans le vent.

Audrey passa sa robe. Elle lui allait à la perfection. La couleur de l'étoffe faisait ressortir la carnation laiteuse de ses épaules et le feu de sa chevelure. Ses yeux en paraissaient encore plus verts. Ben Marlow pouvait venir la prendre, elle était prête.

Cependant, si Sally avait été présente, l'attitude de sa sœur n'aurait pas manqué de l'inquiéter. La gaieté affichée par Audrey semblait artificielle, sa voix avait des accents peu naturels. On aurait dit qu'elle se forçait à manifester une joie et un entrain qu'elle n'éprouvait pas à l'intérieur d'elle-même.

Installée à une table d'un petit restaurant de Soho, Sally discutait avec David.

— Je m'inquiète pour Audrey, disait ce dernier. Elle n'a pas l'air d'aller bien. Que peut-elle avoir ? Tu le sais ?

— Non.

— Elle est si différente depuis qu'elle est à Londres. Au début, j'ai cru que c'était dû au changement de vie. Maintenant, j'ai la nette impression qu'elle est vraiment malheureuse.

Par délicatesse, Sally se garda de trop abonder dans son sens.

— Tu ne crois pas que tu exagères ? lui demanda-t-elle. Audrey sort, elle s'amuse.

— Peut-être. Mais sans moi.

Elle lui adressa un regard de sympathie.

— Parfois, je me demande si je ne ferais pas mieux d'abandonner la chirurgie et de me lancer dans les affaires, poursuivit David. Je pourrais faire fortune, Audrey serait satisfaite.

— Il n'en sortirait rien de bon : tu ne serais pas heureux, et Audrey non plus par conséquent.

— Sans doute, acquiesça-t-il avec un triste sourire.

Un serveur vint leur apporter les plats qu'ils avaient commandés. Puis leur conversation reprit.

— Je vais peut-être faire de la recherche avec sir Hubert Haydn, annonça David. Tu sais qui c'est ?

— Bien sûr ! Ton père et toi n'arrêtiez pas de parler de lui.

— C'est un très grand savant, un génie.

— Je n'en doute pas.

— Eh bien, sir Hubert m'a proposé de travailler avec lui dans son laboratoire. C'est fabuleux, mais si j'accepte, cela me prendra un temps fou. Je ne pourrai plus voir Audrey.

Sally choisit les mots de sa réponse avec précaution.

— Ce serait peut-être une bonne chose ? Audrey mène une nouvelle vie, elle évolue dans un monde nouveau et je crois que...

Elle hésita.

— ... qu'elle en a un peu assez de voir ses vieux amis, compléta David.

Sally approuva d'un hochement de tête.

— Ne te formalise pas, reprit-elle, ça lui passera. Audrey est très versatile, c'est encore une adolescente par bien des côtés.

— Et toi, quel âge as-tu ? se moqua David.

— Dix-huit ans, tu le sais.

— Et pourtant tu te comportes comme une mère avec chacun de nous. Tu t'efforces de soulager nos problèmes, tu essayes de nous protéger... et nous ne pensons jamais à te remercier.

Les yeux gris de Sally s'embuèrent de tendresse.

— J'agis ainsi parce que je vous aime, David.

— Parfois, je te vois comme la petite fille de cinq ans qui s'amusait à détruire mes châteaux de sable pour me taquiner. Et parfois, comme une très vieille femme pleine d'expérience et de sagesse, que je me sens obligé de consulter avant de prendre une décision importante.

— Tu veux donc mon avis ? Accepte la proposition de sir Hubert Haydn. Peut-être feras-tu une grande découverte scientifique ? Songe à ton père, combien il sera fier de toi.

— Mon cher vieux papa ! s'attendrit David. C'est vrai, si je mettais un terme à ma carrière de médecin, il en aurait le cœur brisé. En même temps, j'aimerais tant pouvoir donner à Audrey ce qu'elle désire.

— Alors elle se mettrait à vouloir autre chose.

— Tu as sans doute raison.

— Mais ne perds pas espoir. Regarde ma mère, elle a fait attendre papa cinq ans avant de l'épouser. Elle était comme Audrey, elle voulait se marier avec un homme riche. Finalement, elle est devenue la femme du petit pasteur d'un village perdu de Cornouailles.

— Merci, Sally, tu m'as redonné courage. Moi aussi j'attendrai cinq ans, s'il le faut, mais j'épouserai Audrey. Je l'aime trop.

Sally lui sourit mais, dans son for intérieur, elle était sûre que jamais sa sœur ne tomberait amoureuse de lui, quoi qu'il fasse. Jamais ils ne se marieraient. Son cœur se serra: pauvre David! Était-il condamné à ne pas trouver le bonheur?

10

Audrey mettait la dernière touche à son maquillage quand Mme Jarvis l'appela pour la prévenir: Ben Marlow était arrivé, il l'attendait en bas, dans le hall. Elle s'élança dans l'escalier. Mieux valait qu'il ne monte pas à la mansarde: elle n'avait pas envie qu'Anne fasse sa connaissance. Audrey refusait de l'admettre mais, au fond d'elle-même, elle avait un peu honte de Ben.

Il avait une trentaine d'années. Il était grand, le teint basané. Ses petits yeux noirs brillaient dans son visage au front trop bas et aux traits irréguliers. Malgré ce physique ingrat, sa réputation de don Juan était bien établie: Ben était riche et célèbre. De plus, il inspirait la sympathie par sa bonne humeur et sa joie de vivre permanentes. Boute-en-train, il aimait faire la fête et s'entourer de nombreux amis.

— Bonsoir, Audrey, dit-il quand elle parvint dans le hall. Vous êtes éblouissante !

— Merci, Ben.

Sa luxueuse Mercedes était garée devant le Saracen's Head. Ben Marlow ouvrit la portière à Audrey et l'aida à prendre place.

— Contente de me voir ? questionna-t-il alors qu'ils roulaient depuis quelques instants.

— Pourquoi le dire puisque c'est évident ?

— Pourquoi ne pas le dire puisque c'est vrai ?

Audrey éclata de rire. Ben était si sûr de lui ! Pourtant, son incroyable assurance tenait une part importante dans la séduction qu'il exerçait sur les autres.

— Qui y aura-t-il, à votre réception ? s'enquit-elle.

— Nous serons en petit comité : je n'ai invité que des amis intimes.

En arrivant au restaurant, la surprise d'Audrey fut donc grande : la table qui leur était réservée était dressée pour trente couverts. De plus, après le dîner, d'autres personnes viendraient se joindre à eux.

Les invités de Ben l'attendaient au bar en buvant des cocktails. A la vue de l'assemblée, Audrey se sentit envahie d'une bouffée d'angoisse. Il n'y avait là que des gens célèbres : sportifs, journalistes, actrices...

Tous en smoking blanc, les hommes étaient d'une élégance irréprochable. Il n'en allait pas de même pour les femmes : affublées pour la plupart de coiffures extravagantes et d'un maquillage voyant, parées de flots de perles et de diamants, elles étaient plutôt vulgaires dans l'ensemble.

A son arrivée, toutes avaient tourné vers Audrey des regards curieux et hostiles. Elles ne connaissaient pas la nouvelle venue qui accompagnait Ben. Elle était jeune et jolie, une rivale en puissance.

Ben présenta donc à Audrey Gloria de Vere, Cynthia Claremont, Desiree Doncaster... Leurs noms prétentieux, des pseudonymes sans doute, dénotaient un mauvais goût certain qui amusa secrètement Audrey.

— Nous pouvons passer à table, annonça enfin Ben après plusieurs tournées de cocktails.

La troupe fit une bruyante irruption dans la salle de restaurant. Disposé sur une estrade, un orchestre jouait une rumba. L'un des invités de Ben, déjà un peu ivre, se mit à exécuter en solitaire quelques pas de danse. Un spectacle qui divertit beaucoup ses amis mais qui ne semblait pas au goût des autres clients de l'établissement.

« Heureusement, personne ne me connaît ici », pensa Audrey.

Les convives s'installèrent.

— Venez vous asseoir à ma droite, lui ordonna Ben Marlow.

D'autorité, une blonde platinée couverte de perles et de rubis prit place à la gauche de Ben.

— Laura, Audrey, les présenta-t-il l'une à l'autre.

La blonde hocha sèchement la tête en ignorant la main qu'Audrey lui tendait. Puis elle se pencha vers Ben et se mit à chuchoter à son oreille en minaudant.

Par discrétion, Audrey se tourna de l'autre côté. Son voisin, un homme d'un certain âge aux tempes déjà grises, ne manquait pas de charme. Il lui adressa un sourire.

— Permettez-moi de me présenter : Toby Dawson.

— Audrey Grandville.

— J'ai beaucoup entendu parler de vous.

— Ah bon ? Et à quelle occasion ?

Mais Ben Marlow ne permit pas à leur dialogue de se poursuivre.

— J'aimerais vous faire un cadeau, Audrey, lui annonça-t-il avec un sourire.

Elle fit mine de protester.

— Vous êtes mon invitée d'honneur, insista-t-il. Cela se fête.

Sous le regard furibond de Laura, il lui tendit une petite boîte précieuse qu'elle prit avec réticence. Après quelques secondes d'hésitation, elle se décida à l'ouvrir : sur un écrin de velours noir, un tube de rouge à lèvres serti de brillants étincelait. Audrey contempla l'objet, incertaine de la conduite à adopter. Ben et elle se connaissaient à peine. En lui offrant un cadeau d'une telle valeur, il l'obligeait à s'engager ouvertement avec lui et elle trouvait ces manières déplaisantes.

— C'est très gentil à vous, dit-elle enfin à Ben, mais il se trouve que j'en ai déjà un.

Elle se tourna vers Laura.

— Ce tube de rouge à lèvres vous plaît, n'est-ce pas ? Alors, il est à vous.

Un bref moment de stupeur frappa l'assemblée.

— Soit ! Si vous estimez qu'il n'est pas assez beau pour vous, lança la blonde avec insolence.

Elle se saisit de l'écrin et le glissa dans son sac à main, tout en jetant à Ben un regard de triomphe.

Son refus allait provoquer la colère de ce dernier, s'inquiéta Audrey. Mais il n'en fut rien. Rejetant la tête en arrière, Ben partit d'un grand éclat de rire.

— Vous avez su me remettre à ma place, lança-t-il. Voyons combien de temps vous m'y maintiendrez...

Audrey jugea plus prudent de changer de sujet.

— Un de vos chevaux a gagné une course aujourd'hui, paraît-il ?

Outre le sport automobile, Ben Marlow avait une autre passion : l'hippisme. Il était propriétaire d'une écurie et ses chevaux s'illustraient chaque saison par des victoires dans les grands prix.

Avec un luxe de détails, Ben entreprit de raconter les exploits de son champion. Passionné par son sujet, il en parlait encore à la fin du repas au grand dépit de Laura qui aurait souhaité monopoliser toute son attention.

Enfin, les bouchons de champagne sautèrent, les coupes se remplirent. L'animation et la gaieté des convives furent à leur comble.

Au lieu de s'amuser, comme elle l'avait espéré, Audrey s'ennuyait ferme. Elle se sentait triste et la mauvaise conscience la gagnait quand elle pensait à la robe longue qu'elle avait acheté exprès pour cette soirée. Elle lui avait coûté si cher ! Par sa faute, Anne et Sally seraient obligées de se priver. Pour quelle raison se montrait-elle aussi égoïste ?

— Je donnerais bien un penny pour connaître vos pensées, glissa soudain Toby Dawson, la rappelant à la réalité.

Audrey s'efforça de prendre un air gai et de se montrer spirituelle.

— Elles valent beaucoup plus qu'un penny.

— Vraiment ? Et à combien les estimez-vous ? Au prix d'un bracelet en diamants ?

Elle ébaucha un sourire.

— Encore plus ! A celui d'une bague de mariage. En or massif, bien sûr.

Sa repartie fit rire Toby Dawson.

— Là vous êtes peut-être un peu trop optimiste, miss Grandville !

Audrey lui jeta un regard surpris. Puis elle comprit : il faisait allusion à Ben Marlow. Incapable de lui répondre, elle sentit ses joues s'empourprer.

Sans paraître s'apercevoir de sa confusion, Toby Dawson poursuivit :

— Je suis un vieil ami de Ben, et laissez-moi vous dire qu'il n'est pas homme à se marier.

Il parcourut lentement la table d'un regard circulaire.

— Toutes ont essayé de se faire épouser par lui. Mais l'hameçon capable de ferrer un tel brochet n'a pas encore été inventé.

Audrey faillit prendre la mouche. Ce discours la choquait. Comment se permettait-il de telles insinuations ? Elle ne voulait pas prendre Ben Marlow dans ses filets ! Pourtant, en y réfléchissant bien, il n'était pas si loin de la vérité... N'avait-elle pas acheté cette robe pour séduire Ben ? Ne continuait-elle pas à caresser l'espoir d'épouser un millionnaire ?

— J'ai fait la connaissance de Ben il y a quelques jours à peine, fut la seule réponse qu'elle trouva en guise de défense.

— N'essayez pas de vous justifier, insista Toby Dawson. Ben a tout pour plaire : il est gentil, intelligent et à la tête d'une immense fortune.

— Est-il aussi riche qu'on le prétend ?

— Peut-être encore plus. Je suis bien placé pour le savoir : je suis son courtier en Bourse, je connais ses avoirs. De plus, son père lui a légué des collections d'œuvres d'art d'une valeur considérable. Quand Ben désire s'offrir un petit plaisir, une réception comme celle-ci, par exemple, c'est très simple : il va vendre un tableau chez Christie's.

Bientôt Audrey se sentit lasse. Cette atmosphère de gaieté artificielle lui pesait de plus en plus. « J'aurais mieux fait de ne pas venir » se dit-elle. Elle eut même envie de s'enfuir et de regagner la mansarde. La douce compagnie de ses sœurs lui manquait.

Lui effleurant le bras, Ben lui demanda de lui accorder une danse. Audrey se leva machinalement et le suivit jusque sur la piste. Les bras de Ben l'enlacèrent et elle se laissa emporter au rythme de la musique. Ils évoluèrent quelque temps en silence. Ben était un merveilleux danseur, leurs pas s'harmonisaient à la perfection.

— Vous n'êtes pas trop fâchée contre moi, j'espère ? lui murmura-t-il en tournoyant.

— Non. Pourquoi le serais-je ?

— Je ne sais pas... J'ai peur d'avoir été maladroit avec mon cadeau. Peut-être aurais-je mieux fait de ne pas inviter Laura.

— Pour quelle raison ?

— Elle est tellement jalouse et possessive.

Laura avait dû être sa dernière maîtresse, comprit Audrey.

— Vous avez dû remarquer, quand j'ai voulu vous offrir ce tube de rouge à lèvres. A cause d'elle, je n'ai pas pu vous parler de tout le dîner alors que j'ai tant de choses à vous dire.

— A quel sujet ?

— A votre sujet, bien sûr.

Il plongea son regard dans le sien.

— Vous êtes si belle, Audrey.

— Comme beaucoup d'autres femmes.

— Non, vous, vous avez quelque chose de différent, et je brûle de découvrir ce que c'est.

— Nous devrions peut-être rejoindre vos amis, suggéra Audrey qu'inquiétait le tour pris par leur dialogue.

— Rien ne presse.

Insensiblement, il la serra un peu plus fort contre lui.

— J'ai été stupide d'inviter tant de gens. La prochaine fois, nous dînerons seuls en tête à tête, vous et moi. Qu'en dites-vous ?

Audrey s'abstint de répondre. La musique cessa. Ben la prit par le bras et ils regagnèrent leur place. Plus la soirée se prolongeait, plus son désenchantement augmentait. « Qu'ai-je donc ? soupira-t-elle dans son for intérieur. Je rêvais d'aller à de telles réceptions, de rencontrer des gens riches et célèbres. Et maintenant que j'y suis, cela ne me plaît pas. »

Elle pensa à Anne. Si sa sœur avait été présente, sa beauté lumineuse aurait éclipsé celle de toutes les autres femmes. Mais les hommes auraient-ils su s'en rendre compte ? Anne était si discrète, elle était incapable de briller en public, de faire de l'esprit pour attirer l'attention sur elle.

« Mon Dieu, soupira encore Audrey, que le monde est mal fait ! »

Ben dut remarquer son air morose.

— On commence à s'ennuyer ici, décréta-t-il. Allons ailleurs !

Le groupe se rendit dans une boîte de nuit à la mode. L'orchestre y était excellent. Audrey dansa beaucoup. Tous ses cavaliers lui firent la cour en utilisant les mêmes lieux communs :

— Que n'ai-je eu le bonheur de vous rencontrer plus tôt !

— Je n'ai jamais tenu dans mes bras une femme aussi ravissante que vous.

— Quand je vous ai vue, j'ai cru à un miracle, à une apparition.

Ces galanteries qu'on lui débitait perdirent vite toute signification. Audrey dansait, dansait encore, comme si elle cherchait à s'enivrer, à oublier la réalité qui l'entourait.

Il se faisait tard. Quelques invités commencèrent à prendre congé.

— Je me sauve, Ben, annonça Toby Dawson, le premier. J'ai un conseil d'administration demain matin à dix heures. Je ne voudrais pas m'y présenter avec la tête de quelqu'un qui a fait la noce toute la nuit.

— Reste encore un peu, tu expliqueras à ces messieurs que c'est ma faute.

— Non, ce ne serait pas raisonnable.

— Comme tu voudras, mon vieux Toby.

Toby s'approcha d'Audrey.

— Bonne nuit, miss Grandville.

C'était l'occasion de s'en aller elle aussi. Elle faillit demander à Dawson de la raccompagner, mais elle n'osa pas.

— J'espère que nous aurons bientôt l'occasion de nous revoir.

Sur ces mots, Toby Dawson s'éclipsa.

— Il s'ennuyait, commenta Ben après son départ. Et je le comprends : cet endroit est sinistre. Allons chez moi boire un verre.

— Oui, excellente idée ! approuvèrent tous ses amis à l'exception d'Audrey.

On s'entassa de nouveau dans les voitures. Audrey se retrouva à l'arrière de la Mercedes de Ben Marlow, coincée entre deux filles. Des danseuses d'une revue à succès du West End. Leur parfum au patchouli emplissait le véhicule. Pendant tout le parcours, elles ne cessèrent de glousser et de se trémousser tout en faisant cliqueter leurs colliers de diamants.

Plus la soirée passait, plus Audrey se sentait étrangère à ces gens.

Heureusement, le trajet fut bref. Situé au sixième étage d'un immeuble, l'appartement de Ben, tout en chromes et miroirs, était ultra-moderne. Un bar était aménagé dans le living-room où un monumental poste de radio diffusait de la musique douce. Partout une profusion de plantes fleuries exhalaient de subtiles senteurs.

— Je me les fais livrer directement de la campagne, expliqua Ben. Je ne connais pas grand-chose aux fleurs mais j'aime qu'il y en ait beaucoup autour de moi.

« C'est tout à fait caractéristique de sa personnalité, songea Audrey. Il ne connaît pas les femmes non plus mais il adore en être entouré. Il a peur du manque. Une attitude très enfantine. »

Son regard tomba alors sur la pendule posée au-dessus de la cheminée. Mon Dieu, déjà trois heures !

Elle s'approcha de Ben qui préparait des cocktails.

— Il faut que je rentre.

— Comment ! A peine arrivée chez moi, vous voulez vous en aller ?

— J'ai besoin de dormir, je fais un travail fatigant.

Ben la dévisagea et se mit à rire :

— Ne me dites pas que passer votre temps à mettre des robes vous épuise ! C'est le rêve de toutes les femmes.

Audrey savait maintenant que le métier de mannequin était dur. Il exigeait une concentration de tous les instants et les longues stations debout étaient éprouvantes. Mais à quoi bon discuter ?

— Il faut que je rentre, insista-t-elle. Pourriez-vous m'appeler un taxi ?

— Il n'en est pas question. Ne m'ôtez pas le plaisir de vous ramener.

— Non, inutile de vous déranger pour moi.

Ben avait déjà remis la veste de son smoking.

— Et vos invités ? Il faut que vous vous en occupiez.

— Ils sont assez grands pour se débrouiller sans moi. Allez, venez, je vous raccompagne.

Il prit Audrey par le bras et l'entraîna vers l'ascenseur.

— Vous avez passé une bonne soirée ? l'interrogea-t-il tandis que la Mercedes parcourait les rues désertes.

Sans lui laisser le temps de répondre, il ajouta aussitôt :

— Non, évidemment. J'organiserai en votre honneur une autre fête avec des gens qui vous conviendront mieux.

— Et quel genre de personnes j'apprécie, selon vous ?

— Je l'ignore. Mais je tiens à vous être agréable.

— C'est très gentil.

La voiture s'immobilisa devant le Saracen's Head. Ben se tourna vers sa passagère.

— Vous me plaisez beaucoup, Audrey. Je vous trouve très séduisante.

Brusquement, le ton de sa voix, la lueur de ses yeux effrayèrent Audrey.

— Merci du compliment, Ben. A présent je me sauve.

— Je vous en prie, ne partez pas déjà !

Il posa la main sur la sienne.

— Il faut que nous parlions. Nous avons tant à nous dire.

— Une autre fois, mais pas ce soir, je tombe de fatigue.

— Profitons du moment présent ! Nous voilà seuls, tous les deux, le reste n'a pas d'importance.

— Non, désolée, il est trop tard.

Le bras de Ben glissa le long de son épaule.

— Soyez gentille, Audrey ! murmura-t-il pendant que ses lèvres se tendaient vers sa bouche.

D'un geste brusque, elle le repoussa, baissa la poignée de la portière et se précipita hors de la voiture. Après un moment de surprise, Ben se lança à sa poursuite. Elle avait déjà mis la clef dans la serrure quand il la rattrapa.

— Bonne nuit, Ben, et merci.

— Attendez, Audrey, vous ne pouvez pas me quitter comme ça !

— Pensez-vous ?

Elle se glissa à l'intérieur et lui claqua la porte au nez. Une fois en sécurité dans le hall, un petit rire la secoua : quelle tête il devait faire ! C'était sans doute la première fois qu'une femme traitait ainsi Ben Marlow.

Audrey resta quelques minutes immobile dans l'obscurité. Enfin, le bruit du moteur s'éleva dans le silence de la nuit : la Mercedes s'éloignait.

Dans la mansarde, Anne et Sally dormaient profondément. Pour ne pas les déranger, elle s'abstint d'allumer la lampe. La clarté de la pleine lune pénétrait à flots dans la pièce. Audrey se déshabilla dans sa lumière blafarde. Sa robe de tulle glissa le long de ses jambes jusque sur le parquet. Elle contempla ce qui n'était plus qu'un petit tas d'étoffe chiffonnée. On aurait dit le triste symbole de cette soirée, l'image de son désenchantement.

« Qu'ai-je donc ? se demanda-t-elle encore une fois. Si au moins je savais ce que je veux. »

Mais dans son cœur la réponse ne faisait aucun doute.

Elle soupira, alla à la fenêtre et regarda la lune. Des larmes brouillaient ses yeux.

11

Il y avait bientôt vingt minutes qu'Anne attendait à la station de Piccadilly. Un autre autobus bondé passa sans s'arrêter. Et il pleuvait à torrents. Elle était trempée : son parapluie n'arrivait pas à la protéger de l'averse, ses pieds prenaient l'humidité par la semelle trouée de ses chaussures.

Elle n'avait pas les moyens de s'en acheter une nouvelle paire. La cuisinière électrique, finalement installée dans l'alcôve du palier avec la permission des Jarvis, avait coûté plus cher que prévu. Désormais, comme en avait décidé Sally, ses sœurs et elle ne devaient plus toucher à leurs économies déposées à la banque. Pour vivre, il ne leur faudrait compter que sur leurs salaires.

— Supposons qu'il nous arrive un coup dur, que l'une de nous, par exemple, tombe malade et doive se faire opérer, avait avancé la cadette. Cet argent nous sera indispensable.

Ses deux sœurs lui donnèrent raison.

— De toute façon, il est indispensable que nous dépensions moins.

A l'évidence, Sally s'adressait à Audrey. Elle était incroyable : elle n'arrêtait pas d'acheter de nouvelles robes, des chapeaux, de la lingerie, des chaussures. A la fin de la semaine, il ne lui restait plus un penny. Elle était obligée d'emprunter à ses sœurs pour pouvoir prendre le bus et ne contribuait plus aux frais de leurs repas communs.

Ce qui se justifiait en partie : le plus souvent, Audrey ne dînait pas à la mansarde. Sa journée chez Michael Sorrell terminée, elle y passait en coup de vent, enfilait une robe du soir et repartait. Toutefois, sa vie mondaine ne semblait pas la combler. Elle, naguère si gaie et expansive, était triste et maussade depuis trois semaines. Elle ne se confiait plus à ses sœurs et communiquait de moins en moins avec elles.

— Qu'est-ce qu'a Audrey, selon toi ? demandait souvent Anne à Sally.

Cette dernière, en général si perspicace, devait confesser qu'elle n'en savait rien.

— C'est une égoïste, avait un jour affirmé Anne avant de se repentir aussitôt d'avoir ainsi blâmé sa sœur.

Sous la pluie toujours diluvienne, l'attente d'Anne se prolongeait.

Elle repensa à sa journée. De passage à Londres, le duc de Cheyn était venu rendre visite à sa mère.

Tous deux s'étaient entretenus en tête à tête pendant près de deux heures. Anne se demandait si elle devait leur porter une tasse de café, quand le tintement de la sonnette résonna. Elle se précipita dans la chambre de sa maîtresse. Assise sur son lit, celle-ci avait un air fatigué.

— Bonjour, miss Grandville, la salua le duc avec un sourire. Comment allez-vous ?

— Bien, je vous remercie.

— Allez dire à Dalton qu'il retire les bijoux de famille du coffre, lui ordonna la duchesse. Vous nous les apporterez.

Comme Anne sortait de la pièce, elle l'entendit qui disait à son fils :

— Ce sont les émeraudes qui devraient rapporter le plus.

Intriguée, elle alla trouver Dalton et le regarda composer la combinaison du vieux coffre-fort.

— C'est le tour des bijoux maintenant, grommela le maître d'hôtel. D'abord ils ont vendu le service en argent Charles II, ensuite les tableaux. Il ne va pas rester grand-chose aux héritiers. Lesquels ne s'intéressent d'ailleurs à rien, si ce n'est aux automobiles... Ah, le bon vieux temps est fini. Bien fini.

— J'espère que non ! s'écria Anne.

— C'est ainsi, Miss, nous n'y pouvons rien : les Cheyn ne sont plus ce qu'ils étaient. Le charme de la vieille Angleterre a vécu. A jamais.

Une expression de nostalgie s'était gravée sur le visage du fidèle serviteur.

— Mais ne faisons pas attendre Mme la duchesse, se reprit-il.

Il se saisit des coffrets de cuir rouge gravé à l'or

fin et les tendit à Anne. Elle s'éloigna. Dans son dos, Dalton avait recommencé à bougonner.

« Je suis née trop tard, soupira-t-elle à part soi. Comme j'aurais aimé vivre à la grande époque de la splendeur des ducs de Cheyn ! »

Tout en gravissant l'imposant escalier de Halstead House, elle imaginait les brillantes réceptions qui devaient s'y donner autrefois, les belles dames de l'aristocratie en toilette du soir, les messieurs en habit. Du salon d'honneur, elle crut entendre s'élever un air de valse sur lequel tourbillonnaient des couples avec une grâce surannée.

— Que ce devait être beau ! s'exclama-t-elle, rêveuse.

Puis elle hâta le pas. La duchesse s'impatientait sûrement. Les bras chargés des coffrets, elle entra dans la chambre et les déposa sur le lit de sa maîtresse.

— Tout est là ? demanda celle-ci.

— J'ai pris ce que Dalton m'a confié.

— Bon, il est au courant... Ah, oui, voici le coffret des émeraudes.

La duchesse manipula la serrure. Avec un petit claquement sec, le coffret s'ouvrit. Anne resta éblouie : sur un fond de velours scintillaient un diadème, un collier, un bracelet, des bagues et des boucles d'oreilles en émeraudes. Les bijoux étaient d'une facture ancienne. Rien n'égalait le feu et le brillant de leurs pierreries.

Bientôt, les perles, les rubis, les diamants et les saphirs sortis des autres coffrets transformèrent le lit de la duchesse en un miroir merveilleux. Anne était éblouie.

La duchesse examina les émeraudes d'un œil expert.

— Oui, affirma-t-elle, nous devrions en tirer un assez bon prix.

— Vous n'allez pas les vendre ! protesta Anne. Ce serait un crime, elles sont si belles.

Sa maîtresse la dévisagea sans sourciller.

— Plutôt vendre nos bijoux que nos terres.

— Vous n'y pensez pas. Ce sont des pièces uniques et...

Les mots manquèrent à Anne. Elle aurait voulu dire que ces bijoux faisaient partie de l'histoire de la famille de Cheyn, qu'ils constituaient un lien inaliénable avec son prestigieux passé et ses traditions.

— L'idée de devoir nous séparer des émeraudes me fend le cœur, mère, intervint le duc. Je vous revois encore le soir où vous les portiez, pour aller au bal de Buckingham Palace. Vous étiez venue m'embrasser dans mon lit avant de partir. Je vous avais trouvée merveilleusement belle.

— Je me souviens encore de ce bal. On m'y avait beaucoup admirée.

La vieille dame soupira :

— Cette époque est hélas révolue, Stebby. Qui pourrait porter ces émeraudes aujourd'hui ? Vous n'êtes pas marié, et elles jureraient sur Eleanor.

Eleanor, se rappela Anne, était l'épouse de lord Henry, le second fils de la duchesse de Cheyn. Elle ne l'avait rencontrée qu'une seule fois ; c'était une femme rondelette, qui ne manquait pas d'humour mais ne possédait certes pas le physique digne de si précieux joyaux.

— Et ses filles n'ont pas le droit de les mettre, ajouta la duchesse.

— En effet, puisque c'est le fils d'Adrian qui devrait hériter du titre.

Cette déclaration fut suivie d'un lourd silence.

— C'est décidé, annonça enfin la duchesse, nous vendons les émeraudes. Nous pourrons ainsi payer nos impôts fonciers et les réparations dont plusieurs de nos fermes ont fait l'objet, cette année.

Puis elle se tourna vers sa dame de compagnie :

— Rapportez les autres coffrets à Dalton.

— Bien, madame la duchesse.

Anne aurait voulu encore protester pour amener sa maîtresse à revenir sur sa décision. Mais cela n'aurait servi à rien. Elle ramassa donc les écrins et sortit.

L'allusion qu'au cours de la discussion le duc avait faite à son neveu lui revint à l'esprit. Elle se demandait à quoi ressemblait Richard et se disait qu'elle aimerait bien faire sa connaissance...

Tenait-il de sa grand-mère ? Possédait-il une personnalité aussi originale que la sienne, une même force de caractère, ou bien était-il pâle et effacé comme ses cousines, les filles de lord Henry et de lady Eleanor ? Ces sages petites provinciales parviendraient à se marier avec un peu de chance, mais leur vie continuerait à se dérouler sans passion ni fantaisie.

Les coffrets remis à Dalton, Anne regagna la chambre de sa maîtresse. Le duc ne tarda pas à prendre congé.

— Me permettez-vous d'admirer encore les émeraudes ? s'empressa de demander Anne dès qu'il fut parti.

— Bien sûr, mon enfant.

Elle se pencha sur les pierres, émerveillée.

— Passez le diadème, lui ordonna la duchesse. J'aimerais voir comment il vous va.

— Vraiment ?

Ravie, Anne se saisit de la couronne d'émeraudes et la posa sur ses cheveux dorés.

La duchesse l'examina.

— Mettez aussi les boucles d'oreilles.

Anne lui obéit. Le contact des pierres précieuses sur ses joues la fit frémir.

— Regardez-vous maintenant !

Elle s'approcha du miroir. Il n'y avait aucun doute : les bijoux convenaient à ravir à son teint de blonde. On aurait même dit qu'elle était née pour les porter.

Fascinée, elle contempla quelques secondes son image avant de se retourner vers la duchesse :

— Comme elles sont belles, ces émeraudes !

— Espérons qu'elles nous rapporteront gros... Vous pouvez les enlever.

Les joyaux retrouvèrent leur écrin.

— Voici un chapitre de ma vie qui se clôt, soupira la duchesse en refermant le coffret. Moi aussi, je peux m'en aller désormais.

— Ne parlez pas ainsi !

— C'est hélas la triste vérité, mon enfant. Vous savez, ces bijoux appartiennent à la famille depuis des siècles. Les boucles d'oreilles ont été offertes par Charles II à une duchesse de Cheyn en hommage à sa grande beauté. Et ce fut mon cadeau de mariage.

La vieille dame s'exprimait d'une voix très basse, presque inaudible, comme si elle se parlait à elle-même et avait oublié la présence de sa dame de compagnie.

— Je le revois encore, pénétrant dans la bibliothèque de mon père. La journée était pluvieuse. J'avais lavé mes cheveux et les faisais sécher devant la cheminée. A l'époque, ma chevelure était splendide, tout le monde l'admirait, elle me tombait jusqu'au creux des reins.

« A l'arrivée de mon fiancé, je me suis levée d'un bond. Mon cœur cognait très fort. Il a traversé la pièce et s'est approché. De plus en plus près. J'ai osé lever la tête et le regarder. L'expression de son visage m'a alors comblée de joie. Vous comprenez, j'étais une très riche héritière ; je le savais, beaucoup d'hommes souhaitaient m'épouser uniquement pour ma fortune. Je craignais que le duc de Cheyn ne m'ait lui aussi demandée en mariage pour cette raison. Mais cet après-midi-là, j'ai eu la révélation de son amour.

« Nous nous sommes regardés longtemps, les yeux dans les yeux, sans dire un mot. Enfin, il a murmuré : "Oh, mon amour, que vous êtes belle !" Il s'est abstenu de me prendre dans ses bras, je ne souhaitais pas qu'il le fasse, du reste. Nous savions que nous nous appartenions l'un à l'autre, quoi qu'il arrive, et pour toujours. A cet instant, j'ai su que j'étais la femme la plus heureuse du monde.

La voix de la duchesse s'était mise à vibrer. Après tant d'années, la passion semblait l'habiter encore avec la même force.

— Nous nous sommes assis côte à côte sur un sofa, devant la cheminée. Et nous avons parlé. De nous-mêmes, de notre avenir, des enfants que nous aurions. C'était la première fois que nous nous trouvions seul à seul depuis le début de nos fiançailles. Nous étions très émus.

« Le jour commençait à tomber, la pénombre avait envahi la pièce. C'est alors qu'il a ouvert le coffret que vous voyez sur mon lit et il en a tiré la tiare.

Les flammes se reflétaient sur les émeraudes. J'étais éblouie, j'avais les larmes aux yeux, des larmes de bonheur. Mon fiancé a élevé la tiare au-dessus de ma tête et a dit : "Permettez que je vous couronne et fasse de vous ma reine." Puis il a posé le bijou dans mes cheveux. Alors seulement il m'a embrassée. Avec une telle tendresse... C'était merveilleux. Jamais je n'avais vécu un moment aussi beau.

La duchesse se tut.

— Oui, vendre ces émeraudes, conclut-elle après un long silence, c'est mettre un point final à l'histoire de ma vie.

— Si je le pouvais, je vous avancerais l'argent dont vous avez besoin, lui assura Anne. C'est si triste de vous voir vous séparer de ces bijoux qui ont une telle valeur affective pour vous.

— Merci, mon enfant... Mais assez de sentiment pour aujourd'hui. Allez chercher le *Times*, vous me le lirez.

La duchesse se repentait-elle d'avoir eu la faiblesse de s'épancher auprès d'Anne ? En tout cas, elle se montra particulièrement pointilleuse et de mauvaise humeur pendant tout le reste de la journée. Elle trouva à redire à tout ce que faisait la jeune fille et celle-ci fut bien soulagée quand arriva enfin l'heure de s'en aller.

La violence de la pluie ne faiblissait pas. Anne frissonna. Elle était transie de froid. En outre, elle se sentait déprimée. La vie qu'elle menait à Londres n'avait rien de réjouissant. Elle avait espéré autre chose : aller au théâtre, au concert, visiter des musées, se rendre à des expositions. Tous ces plaisirs lui étaient hélas refusés. D'abord, parce que tout cela coûtait trop cher. Ensuite, parce que, sa journée terminée, elle était épuisée. De retour à la mansarde, elle dînait avec Sally et bavardait un moment avec elle. A dix heures, elle se mettait au lit. Parfois, elle lisait un peu. La plupart du temps, elle s'endormait tout de suite, morte de fatigue.

Un bus s'arrêta enfin à la station.

— Ce n'est pas malheureux ! s'exclama rageusement une femme qui faisait la queue devant elle.

Les parapluies se refermèrent. Chacun se rua à l'intérieur du véhicule. Anne eut la chance de trouver une place assise. Heureusement, car elle était exténuée. De plus, elle avait mal à la tête et il régnait dans l'autobus une odeur désagréable de sueur et de vêtements mouillés qui lui donnait des nausées.

Le trajet lui parut interminable. Quand elle descendit à son arrêt de Town Hall, il pleuvait encore. Elle se hâta vers le Saracen's Head. Dès qu'elle serait rentrée, elle prendrait un bain chaud, cela lui ferait du bien.

Elle gravissait les premières marches quand la voix d'Audrey provenant du palier de la mansarde l'arrêta :

— C'est toi, Anne ?

— Oui, j'arrive.

— Sois un ange ! J'ai oublié le lait, pourrais-tu aller en acheter une bouteille ? Tu sais que Sally ne supporte pas de boire son thé sans un nuage de lait.

— Entendu, j'y vais.

— Merci, tu es un amour.

Anne ressortit donc. La pluie avait redoublé. Par chance, la boutique du laitier n'était pas loin. Elle prit aussi une miche de pain au cas où Audrey aurait aussi oublié d'en acheter.

Depuis l'installation de la cuisinière électrique, les sœurs s'étaient réparti les courses. Il revenait à Sally de se fournir chez le boucher et le poissonnier. Audrey était chargée du lait et du pain. Anne des fruits et des légumes.

Mais Audrey omettait la plupart du temps de s'acquitter de sa tâche. Anne ou Sally descendaient alors au dernier moment acheter ce qui manquait. Mais quand elles étaient trop fatiguées, Mme Jarvis les dépannait.

« Puisque Audrey est si peu souvent là, songea Anne comme elle progressait le long du trottoir détrempé, je vais proposer de la remplacer pour le laitier. Ce sera beaucoup plus simple. »

De retour au Saracen's Head, Anne s'aperçut que de petites flaques d'eau ruisselaient de ses semelles trouées. Elle se déchaussa et monta à la mansarde, ses chaussures à la main. Audrey était en train de se préparer pour sortir.

— Tu as trouvé du lait ?... Merci, je suis impardonnable de ne pas y avoir pensé.

Anne se sentait si lasse qu'elle ne prit pas la peine de répondre à sa sœur. Des frissons la parcouraient, son front était brûlant.

— J'ai besoin de prendre un bain. Est-ce que c'est possible ?

Audrey affecta un air coupable.

— Excuse-moi, je viens de faire ma toilette, il n'y a plus d'eau chaude.

— Tant pis !

Elle commença à enlever ses vêtements trempés. Elle était à bout de forces. Chaque geste lui coûtait. Elle était certainement malade.

— Il reste de l'aspirine ?

Audrey, qui se coiffait devant le miroir, se retourna.

— Je ne sais pas. J'en ai pris la semaine dernière, un soir que j'avais la migraine... J'ai peut-être fini le tube. Regarde dans le tiroir.

Dans le tiroir, il y avait bien un tube d'aspirine, mais il était vide.

— Tu aurais pu dire que tu avais pris le dernier cachet, tu ne crois pas ?

— J'ai oublié, répliqua Audrey avec désinvolture. Au fait, qu'est-ce que tu as ? Mal à la tête ?

— Un début de rhume, je pense.

— Ma pauvre chérie ! Les rhumes d'été sont les plus terribles. Les plus contagieux aussi. Surtout ne me le passe pas !

La porte de la mansarde s'ouvrit alors : Sally fit son entrée dans la pièce.

— M. Dunstan m'a fait raccompagner en voiture, annonça-t-elle, ravie. C'est gentil, n'est-ce pas ? Son chauffeur a dû passer par la Chambre des communes pour y déposer un message, voilà pourquoi je suis en retard. Mais au moins je n'ai pas pris la pluie.

— Ce n'est pas comme moi, fit Anne.

Sally regarda sa sœur.

— C'est vrai, tu es trempée. Il faut que tu prennes un bain.

— Il n'y a plus d'eau chaude.

Sally s'aperçut tout de suite qu'Anne n'allait pas bien. Elle s'approcha de sa sœur, lui posa la main sur le front : il était brûlant.

— Tu as de la fièvre, tu devrais te mettre au lit.

Comme une petite fille, Anne laissa Sally finir de la déshabiller et lui enfiler sa chemise de nuit. Elle se glissa entre les draps, leur contact la fit trembler.

— Je vais te préparer une bouillotte, décida Sally. J'en ai pour deux minutes.

Dès qu'elle fut partie, Audrey s'approcha du chevet d'Anne.

— Pardonne-moi, si j'avais su que tu étais malade, je ne t'aurais pas demandé d'aller chercher le lait.

— Ne t'inquiète pas. Je suis juste un peu fatiguée, c'est tout.

— Moi aussi, je suis éreintée à la fin de mes journées.

— Alors pourquoi ne passes-tu pas plus souvent tes soirées avec nous ?

— Pour m'ennuyer à ne rien faire, alors que je m'amuse tant dans les boîtes de nuit ?

— Tu en es sûre ?

— Mais oui.

Anne, trop lasse, ne poursuivit pas la discussion.

Sally revint bientôt avec la bouillotte et un bol de lait chaud.

— J'ai acheté de la sole pour le dîner, dit-elle. Du poisson te fera du bien.

Anne eut un pauvre sourire.

— Je n'ai pas faim, je ne dînerai pas.

— Il le faut : un rhume se nourrit, dit-on.

Un coup de sonnette prolongé retentit.

— C'est pour moi ! s'écria Audrey. Je me sauve. J'espère que tu iras mieux demain, Anne.

Elle envoya un baiser du bout des doigts à ses sœurs et s'en alla. Le bruit de ses pas décrut rapidement dans l'escalier.

— Avec qui sort-elle ? interrogea Sally. Est-ce qu'elle te l'a dit ?

Anne fit un signe négatif de la tête.

— Avec Ben Marlow, je suppose, poursuivit la cadette. Enfin... je ne comprends pas Audrey, elle ne se confie plus à nous.

Elle soupira puis partit faire cuire la sole. Quand elle fut de retour, Anne haletait.

— J'ai mal, gémit-elle.

— Où, ma chérie ?

— J'ai l'impression de ne plus arriver à respirer.

— Je vais te mettre un autre oreiller.

Sally prit celui de son lit et le disposa sous la tête de sa sœur. Une sourde inquiétude venait de la gagner : la maladie d'Anne était peut-être plus grave qu'il n'y paraissait ?

12

Audrey gravissait d'un pas lourd l'escalier menant à la mansarde. Il était tard dans la nuit, elle se sentait fatiguée, abattue.

Dans le courant de l'après-midi, Ben lui avait téléphoné à son travail pour lui rappeler qu'elle avait promis de passer la soirée en sa compagnie. C'était d'accord, lui avait-elle confirmé.

— Comment faudra-t-il que je m'habille ? lui avait-elle demandé.

— Comme bon vous semblera.

— Voyons, Ben, je ne peux pas mettre la même toilette pour aller au théâtre, dans une boîte de nuit ou à une réception. Dites-moi ce que nous ferons.

Ben joua les mystérieux :

— J'ai l'intention de vous emmener voir quelqu'un qui compte énormément pour moi.

— Une robe chemisier conviendra-t-elle ?

— Quoi que vous portez, vous êtes toujours ravissante.

A sept heures et demie, Ben passa la prendre à la mansarde. Au lieu de se diriger comme d'habitude vers le West End, la puissante Mercedes traversa le Park et s'engagea dans une avenue conduisant à St. John's Wood.

— Où allons-nous ? s'enquit Audrey.

— Dîner avec ma mère. Je désire vous la présenter.

Elle ne put cacher sa surprise.

— Votre mère ? répéta-t-elle, dubitative.

— Oui, elle est venue passer quelques jours à Londres. Vous ne voyez pas d'inconvénient à faire sa connaissance ?

— Au contraire.

Audrey ne mentait pas. Elle était réellement curieuse de rencontrer la mère de Ben Marlow. Elle en avait si souvent entendu parler ! C'était une ancienne serveuse de bar qui avait épousé un brillant ingénieur ayant fait fortune grâce à l'une de ses inventions. Mais si la mémoire de ce dernier inspirait le respect, on ne manquait pas, dans l'entourage même de Ben, d'ironiser à demi-mot sur le passé de sa mère.

Audrey songeait qu'à travers elle, elle comprendrait la personnalité de Ben.

Une phrase qu'aimait répéter son père lui revint à l'esprit : « Les gens ne sont jamais aussi simples que ce qu'ils paraissent. »

Cette maxime s'appliquait bien à Ben. Sa personnalité était autrement plus complexe que ce qu'elle avait cru, au début de leur relation. Il n'était pas ce play-boy prétentieux et un peu stupide dont il affectait les manières. Mais qui se cachait réellement derrière cette façade ? Audrey n'aurait pas su le dire avec certitude.

La Mercedes s'arrêta devant un élégant pavillon de briques rouges, dans une petite rue paisible bordée d'arbres. Devant la maison s'étendait un jardinet planté de rosiers-buissons et agrémenté de plates-bandes de fleurs exotiques. Précédant Audrey, Ben poussa le portail, gravit le perron et sonna à la porte d'entrée. Quelques instants plus tard, une bonne d'un âge respectable, vêtue à l'ancienne d'une coiffe et d'un tablier blancs, parut sur le seuil.

— Bonsoir, Ellen, la salua Ben d'un ton cordial.

— Bonsoir, Monsieur Ben.

— Ma mère est-elle descendue ?

— Oui, elle s'est installée dans la véranda. Elle vous y attend.

— Très bien. Vous venez, Audrey ?

Elle le suivit jusqu'à une pièce vitrée, pleine de fleurs et de plantes vertes. Dans un fauteuil capitonné se tenait une vieille dame toute menue.

Son apparence étonna beaucoup Audrey. Elle l'avait imaginée grande, forte, exubérante. Une réplique, en plus âgée, des blondes platinées, telle Laura, qui constituaient l'entourage habituel de Ben. Au contraire, Mme Marlow mère semblait modeste et digne. Sa chevelure de neige était coiffée en un chignon strict. Avec son petit nez pointu chaussé d'une paire de lunettes cerclées d'or, elle ressemblait à une femme de lettres.

— Bonsoir, maman, lui lança Ben.

— Ah, c'est toi, mon garçon !

La vieille dame leva son regard de son livre et sourit. Plus jeune, elle avait dû être très belle, pensa Audrey en découvrant son visage aux traits fins.

Ben se pencha vers elle et l'embrassa avec tendresse.

— Je te présente Audrey, maman.

Mme Marlow dévisagea la jeune femme qui accompagnait son fils. Elle lui tendit la main. Une petite main d'apparence fragile mais ferme et énergique.

— Bonjour.

— Bonjour, madame.

— Asseyez-vous, je vous en prie.

Audrey s'exécuta et prit un siège aux côtés de la vieille dame.

— Je suis enchantée de faire votre connaissance, poursuivit cette dernière.

— C'est très aimable à vous de me recevoir, répliqua Audrey.

— Ben m'a beaucoup parlé de vous. Ainsi vous êtes venue à Londres avec vos deux sœurs pour y gagner votre vie. Vous plaisez-vous dans notre capitale ?

— Beaucoup. Et j'ai eu la chance de trouver rapidement un travail.

— Vous êtes mannequin dans une maison de couture, n'est-ce pas ?

— Oui, chez Michael Sorrell.

— Et la robe que vous portez est l'une de ses créations. Elle est superbe.

Audrey acquiesça.

— La maison consent des rabais aux mannequins. Nous pouvons acheter des modèles de haute couture à des prix tout à fait intéressants.

— Je me demande souvent comment les jeunes femmes d'aujourd'hui font pour être d'une telle élégance. Les articles de luxe coûtent si cher de nos jours.

Le regard de la vieille dame examina avec plus d'attention la tenue d'Audrey. Elle sembla apprécier en connaisseuse. Puis elle se tourna vers Ben.

— Et toi, mon fils, qu'as-tu fait de beau aujourd'hui ?

— J'ai passé mon après-midi aux courses.

Elle hocha la tête, l'air désapprobateur.

— Tu as joué et, bien sûr, la chance ne t'a pas souri !... Mon garçon, quand auras-tu un peu plus de plomb dans la cervelle ? Souviens-toi de ce que disait ton père : « Il faut être stupide pour perdre son temps et son argent sur les hippodromes. »

Avec une expression plus sévère encore, elle fixa son fils.

Puis, d'une façon tout à fait inattendue, un éclat de rire la secoua.

— Au moins tu t'es bien amusé ! Comment en vouloir à Ben s'il prend du bon temps ? Son père et moi avons travaillé si dur pour faire fortune. Nous étions déjà vieux quand nous sommes devenus riches. Nous n'avons pas pu en profiter. C'est quand on est jeune qu'il faut jouir de la vie, n'est-ce pas ?

— Bien sûr, l'approuva Audrey avec chaleur.

Mme Marlow lui inspirait une sympathie de plus en plus vive. Elle la trouvait simple, spontanée. En sa présence, Ben redevenait un petit garçon sage et timide.

Il fut bientôt l'heure de passer à table. Le repas, préparé par Ellen, s'avéra délicieux : du poulet sauté, de la salade, des fruits du jardin. Pour finir, une crème fouettée que Mme Marlow avait elle-même préparée.

— Ben a toujours raffolé de mes crèmes, dit-elle à Audrey avec une fierté manifeste. Hélas, le pauvre garçon n'a plus souvent l'occasion d'en manger.

— Elle était sublime, maman, je me suis régalé.

— Tant mieux, mon fils. J'y pense : tu devrais venir passer une semaine avec moi à la campagne. Je te préparerai de bons petits plats. Tu en as besoin, tu es maigre comme un clou.

Ben se mit à rire.

— Et tu m'engraisseras au point de me rendre obèse ! Il faudrait que je renouvelle ma garde-robe, tu te rends compte des frais !

— Ben sait toujours avoir le dernier mot, s'amusa la vieille dame. En fait, il ne supporte pas de s'éloigner de Londres alors que moi, j'adore la campagne. Je possède une petite ferme dont je m'occupe. Mes vaches sont magnifiques. Deux d'entre elles ont mis bas la semaine dernière... Mais cela ne vous intéresse pas, je suppose.

— Détrompez-vous ! protesta Audrey. Quand j'étais petite, nous avions deux vaches en Cornouailles. Ma mère tenait à ce que nous buvions le meilleur lait. Nous avons fini par nous en séparer. D'après mon père, nous infligions aux éleveurs de la région une concurrence déloyale..

— Si vous avez déjà gardé des vaches, vous savez combien ces bêtes sont attachantes. Comme je le dis souvent à Ben, ce sont mes meilleures amies. De plus, elles sont d'une intelligence extraordinaire. Elles comprennent presque tout.

Ben adressa un sourire complice à sa mère.

— J'espère qu'elles t'obéissent au doigt et à l'œil.

— Oui, pas comme toi, mon garçon.

Un éclat de rire général accueillit ses propos.

Le dîner terminé, Ben et Audrey prirent congé de Mme Marlow qui aimait se coucher tôt et se rendirent dans une boîte de nuit du West End : un endroit à la mode où ils retrouvèrent nombre d'amis et de connaissances.

Tandis qu'ils prenaient un verre au bar, Audrey repensa à la charmante vieille dame qui avait su la séduire, à l'atmosphère paisible du pavillon de St. John's Wood, à leur conversation sur la crème fouettée et les vaches.

A ses côtés, Ben échangeait des plaisanteries avec quelques jeunes femmes aux maquillages tapageurs, aux lèvres trop peintes, et qui riaient à gorge déployée à chacun de ses bons mots... de celles qui croient que la nature produit le lait directement en bouteille !

— Vous êtes bien silencieuse, lui fit remarquer Ben à plusieurs reprises. Qu'avez-vous ?

— Rien, je vous assure.

En fait, c'était lui qui occupait les pensées d'Audrey. L'énigme qu'il constituait à ses yeux demeurait intacte. Qui était le véritable Ben ? La coqueluche des nuits de Londres ? Le fils tendre et aimant ? Elle n'arrivait pas à trancher.

La soirée commencée dans le calme et la sérénité se terminait dans la gaieté superficielle et la musique tonitruante de cette boîte de nuit. Vers deux heures du matin, Audrey réussit à convaincre Ben de la raccompagner à Chelsea.

Il la déposa devant le Saracen's Head sans essayer de lui dérober un baiser, cette fois.

« Que je suis fatiguée ! » gémit Audrey en gravissant lentement l'escalier.

Parvenue sur le palier, elle entendit à sa grande surprise un bruit de voix provenant de la mansarde. Elle poussa la porte. Une lampe était allumée. Elle reconnut la silhouette de David.

— David ! s'exclama-t-elle. Que fais-tu ici à pareille heure ?

Sally écarta le rideau.

— Anne est malade, annonça-t-elle tout bas à sa sœur. J'étais inquiète, j'ai appelé David.

Audrey se tourna vers le jeune homme.

— Qu'est-ce qu'elle a ?

— Ce n'est rien de grave, à mon avis. Une légère pointe de pleurésie. Je repasserai demain matin voir comment les choses évoluent.

Affectueusement, il posa la main sur l'épaule de Sally.

— Il faut que tu te reposes, tu devrais te coucher.

Puis s'adressant à Audrey, il s'enquit plus sèchement :

— Et toi, tu as passé une agréable soirée ?

— Excellente, merci, répliqua-t-elle sur le même ton. Et si tu veux savoir, quand je suis partie, j'ignorais qu'Anne était malade.

— C'est vrai, intervint Sally. Anne s'est contentée de nous dire qu'elle se sentait lasse.

David ramassa ses instruments et les rangea dans sa trousse de cuir. Audrey le regardait faire en silence.

— Il y avait longtemps que tu n'étais pas venu nous voir, David, lui dit-elle enfin.

Sa réponse claqua sans aucune aménité :

— J'ai été très occupé.

— Ah bon ! Tu as tellement de malades ?

— En plus de l'hôpital, je fais de la recherche en

collaboration avec sir Hubert Haydn. Sally ne t'en a pas parlé ?

— Oui, elle m'en a touché un mot.

Audrey enleva sa veste. Avec une feinte désinvolture, elle la jeta sur le dossier d'un fauteuil.

— Et tu vas découvrir le remède miracle qui guérira toutes les maladies ?

— Non, c'est hélas scientifiquement impossible.

David referma sa trousse.

— Tu sais ce que tu dois faire pour Anne, Sally, enchaîna-t-il. Si elle allait plus mal, n'hésite pas à me téléphoner. De toute manière, je reviendrai l'examiner demain matin.

— Tu es très gentil, David. Merci, merci encore.

Il fit un geste de la main comme pour récuser ses témoignages de reconnaissance.

— C'est tout naturel... Bonne nuit, Sally. A toi aussi, Audrey.

— Rentre bien, lui souhaita celle-ci.

Elle eut un sourire.

— J'ai trouvé très amusant de te voir dans l'exercice de ta profession, David.

— J'ai réussi à t'amuser, j'en suis ravi.

Ils se défièrent du regard. Ce fut Audrey qui céda et baissa les yeux la première.

— Inutile de me raccompagner, dit David à Sally avant de s'en aller.

Elle referma la porte derrière lui et s'apprêta à se coucher.

— Dis-moi la vérité, l'arrêta Audrey. La maladie d'Anne est-elle grave ?

— Je ne te le cache pas, elle m'a fait peur. Elle ne parvenait plus à respirer, c'est pourquoi j'ai appelé David. Il lui a donné un sédatif pour la faire dormir et d'autres remèdes. Ça devrait aller.

Audrey, l'air contrit, fixa sa sœur cadette.

— Je me sens fautive, lui confessa-t-elle. J'avais oublié d'acheter le lait ce soir. J'ai demandé à Anne de redescendre à ma place. Elle est ressortie sous l'averse. Elle ne serait pas tombée malade si j'avais été moins égoïste !

Sally la prit par l'épaule.

— Ne te culpabilise pas comme ça, ma chérie. Anne avait déjà pris froid avant. Les semelles de ses chaussures étaient trouées.

— Si elle est gravement malade, je ne me le pardonnerai pas. En plus, tu sais à quel point la maladie lui fait horreur.

— Prions pour que ce ne soit rien.

Sally attira Audrey dans un coin de la mansarde pour être bien sûre qu'Anne n'entendrait pas ses propos.

— David m'a dit, chuchota-t-elle, qu'il pouvait s'agir d'une crise d'appendicite. Elle en présente certains symptômes. Il l'examinera mieux demain avant d'établir son diagnostic.

Audrey se jeta alors dans les bras de sa sœur.

— Oh, mon Dieu, mon Dieu, gémit-elle tandis que des larmes emplissaient ses yeux. J'ai eu une attitude si horrible à votre égard ces derniers temps. Je me suis éloignée de vous. Pourtant, vous êtes ce que j'ai de plus cher au monde... Mais il ne faut pas trop m'en vouloir : j'étais si malheureuse.

— Je l'avais compris, ma chérie.

Avec tendresse, Sally la serra plus fort contre sa poitrine.

— Allons, ne pleure pas.

— Je suis désolée. Tellement désolée.

— Je t'en prie, calme-toi.

Les pleurs d'Audrey cessèrent peu à peu.

Les deux sœurs se déshabillèrent et se mirent au lit. Sally s'endormit tout de suite. En revanche, le sommeil fuyait Audrey. Les yeux grands ouverts dans l'obscurité, elle repensa à Ben et à sa mère, à leur fin de soirée dans la boîte de nuit du West End. Ils avaient dansé ensemble, joue contre joue... Puis elle revit David, l'expression de son visage. Lc ton de sa voix l'avait accusée. Il ne l'avait pas couvée de ce regard tendre et admiratif qu'il lui réservait d'habitude.

« Ça m'est parfaitement égal », se dit-elle.

Mais non, il n'en était rien et elle le savait. David, Anne et Sally étaient les trois personnes qui comptaient le plus pour elle. Leur affection était solide, bien réelle. Pas comme ces bulles de champagne qui pour Ben Marlow et ses amis paraissaient contenir l'essentiel de la vie.

David, Anne et Sally !

« Et qui d'autre ? » se demanda-t-elle dans le fond de son cœur.

13

Le lendemain matin, comme promis, David repassa à la mansarde vers neuf heures. Il s'était fait accompagner par le docteur Drayson, son chef de service à l'hôpital St. Anthony.

Frederick Drayson était un petit homme frêle au sourire d'une douceur désarmante. Il possédait aussi de très belles mains de chirurgien. Avec délicatesse, il examina longuement Anne.

Puis il entraîna Sally sur le palier afin de lui parler sans être entendu.

— Il faut hospitaliser votre sœur, lui déclara-t-il d'emblée.

Sally blêmit.

— Mais rassurez-vous, poursuivit le praticien, c'est pour la mettre en observation et procéder aux examens et radios qui s'imposent.

— Qu'a-t-elle, docteur ?

— Puis-je vous parler franchement ?

— Bien sûr.

— Un de ses poumons me donne quelques inquiétudes. Peut-être n'est-ce pas grand-chose, juste un effet de la fièvre, mais je préfère m'en assurer. En outre, votre sœur a ce que l'on appelle communément une appendicite chronique. Il vaudrait mieux l'opérer.

— Mon Dieu... balbutia Sally. Je n'arrive pas à y croire. Anne a toujours été en excellente santé. De plus, la maladie lui fait horreur.

— Comme à chacun de nous, répliqua le chirurgien avec bienveillance. Votre sœur saura affronter cette épreuve avec courage, j'en suis persuadé.

D'un geste paternel, il tapota l'épaule de Sally.

— Ne vous inquiétez pas : nous prendrons bien soin d'elle. Le docteur Carey y veillera en personne. Je sais combien il vous aime. Que de fois je l'ai entendu louer les qualités des gentilles et jolies sœurs Grandville !

Sally ne put s'empêcher de sourire.

— Ne croyez pas tout ce que raconte David sur nous. Il est de parti pris.

Frederick Drayson tira sa montre de la poche de son gilet.

— Il faut que je m'en aille à présent, annonça-t-il. Dites au docteur Carey que je ne rentre pas à l'hôpital, j'ai une visite à faire en ville. Je le verrai en début d'après-midi. Quant à votre sœur, je vais demander qu'on vienne la chercher en ambulance ; elle arrivera d'ici une heure.

— D'ici une heure ! répéta Sally, consternée.

Le chirurgien parti, elle regagna la mansarde et communiqua à David le message de son chef de service.

— Je dois m'en aller moi aussi, dit David. J'ai une consultation à onze heures.

Il se tourna vers la malade.

— Au revoir, Anne. Garde bon moral, nous allons vite te remettre sur pied.

— Merci, David, tu as été très gentil, lui répondit-elle avec un pauvre sourire.

Sally raccompagna David dans l'escalier.

— C'est horrible, murmura-t-elle comme ils atteignaient le palier du troisième étage. Le docteur Drayson pense qu'il faut hospitaliser Anne. Une ambulance va venir la chercher dans une heure. Il a aussi parlé d'opération.

Une note de désespoir avait vibré dans sa voix. Affectueusement, David la prit par l'épaule.

— Ma pauvre petite Sally, tu es bouleversée, bien sûr. Mais je t'en prie, ne t'inquiète pas : Drayson est un excellent chirurgien, Anne ne saurait être en de meilleures mains.

— Elle va être malheureuse à l'hôpital : elle ne supporte pas la maladie.

— Je sais.

— Est-ce qu'elle ne pourrait pas rester ici ? Je m'occuperai d'elle, je la soignerai.

David hocha la tête.

— C'est impossible, décréta-t-il fermement. Mais je veillerai à ce qu'une chambre individuelle lui soit attribuée.

— Oui, s'il te plaît, je ne vois pas Anne en compagnie d'autres malades. Leur présence lui serait intolérable.

— Fais-moi confiance ! Elle sera hospitalisée dans les meilleures conditions.

— Merci, David, balbutia-t-elle.

Sans pouvoir contenir ses larmes, elle le suivit du regard tandis qu'il finissait de descendre l'escalier. A son retour dans la mansarde, Anne ouvrit les yeux. Elle paraissait calme, presque reposée. Les médicaments prescrits par David avaient produit leur effet.

Sally s'assit à son chevet.

— Le docteur Drayson affirme que tu n'as rien de grave, ma chérie. Il a pourtant décidé de t'hospitaliser à St. Anthony. Il veut que tu passes des examens et des radios.

— M'hospitaliser ? répéta Anne d'une voix apeurée. Non... je ne veux pas.

— Tu dois te montrer raisonnable : il n'y a pas d'autre solution. David me l'a confirmé.

Anne soupira :

— Bon, s'il le faut... Mais j'espère que je n'y resterai qu'un jour ou deux.

— Espérons-le !

Soulagée de voir Anne se soumettre sans autre protestation, Sally commença à rassembler quelques affaires dont sa sœur aurait besoin à l'hôpital.

Dans une valise, elle rangea des chemises de nuit, une robe de chambre, un nécessaire de toilette. Elle y ajouta une photographie de leur père et une petite statuette en porcelaine de l'Enfant Jésus. Un objet de piété qui avait toujours orné la cheminée de leur chambre, au presbytère. Sa vue réconforterait Anne, quand elle serait à l'hôpital.

La valise était bouclée quand l'ambulance arriva. Une jeune et sympathique infirmière accompagnée de deux brancardiers se présenta à la mansarde. Ils emmenèrent Anne sur une civière. Sally mit un chapeau, enfila une veste et leur emboîta le pas.

Le spectacle de sa sœur qu'on installait dans l'ambulance la bouleversa. Un bref vertige lui fit tourner la tête. Dans un effort de volonté, elle se ressaisit et monta à son tour dans le véhicule.

Pendant le trajet, elle s'entretint avec l'infirmière. Leur conversation porta sur David.

— A St. Anthony, tout le monde aime le docteur Carey. Il est si gentil. Il n'y a pas bien longtemps qu'il est avec nous, mais il est très populaire. Aussi bien auprès des malades que du personnel soignant. Je dois vous l'avouer: nombre de mes collègues seraient ravies de passer une soirée avec lui.

L'infirmière adressa à Sally un clin d'œil complice.

— Il faut dire qu'il est assez mignon, ajouta-t-elle avec un sourire rêveur.

Sally acquiesça avant de déclarer non sans une certaine fierté:

— Mes sœurs et moi connaissons David depuis que nous sommes toutes petites.

— Vous êtes parentes avec lui, n'est-ce pas?

— Non, amies seulement.

— Oh, pardonnez-moi ! Si j'avais su, je ne me serais pas permis de parler de lui de cette manière. Je croyais que le docteur Carey et vous étiez cousins.

— C'est un peu vrai, sourit Sally. Et vous n'avez pas à vous excuser, je partage votre avis : David possède beaucoup de charme.

L'infirmière eut un petit rire gêné.

— Il ne faut pas m'en vouloir. Nous avons l'habitude de nous exprimer d'une façon assez leste dans les salles de garde. Le docteur Carey vous l'a peut-être dit.

— En effet. Il m'a dit aussi combien il était heureux de travailler à St. Anthony.

— Cela ne m'étonne pas : c'est l'hôpital de Londres où règne la meilleure ambiance.

Ces propos se virent confirmés dès leur arrivée à l'hôpital. Anne fut accueillie chaleureusement par l'infirmière en chef : une quinquagénaire aux cheveux gris dont la douceur, le calme et l'assurance professionnelle étaient faits pour rassurer et inspirer confiance.

Anne fut transportée en ascenseur au cinquième étage où se trouvait sa chambre. C'était une agréable petite pièce aux murs peints en blanc dont la porte-fenêtre donnait sur les jardins de l'hôpital.

— La chambre est exposée plein sud, expliqua l'infirmière en chef. Votre sœur bénéficiera du soleil une grande partie de la journée. Nous avons pensé qu'elle s'y plairait.

— C'est très gentil à vous, la remercia Sally.

On installa Anne dans le lit. Une belle lumière dorée emplissait la pièce. Sally demeura quelque temps au chevet de sa sœur.

— Je vais sortir t'acheter des fleurs, des livres et me restaurer un peu, annonça-t-elle enfin. Je reviendrai en début d'après-midi, d'accord ?

— Tu ne me laisseras pas trop longtemps seule ?

— Non, ma chérie, je te le promets.

Sally se dirigea vers la porte. Elle se retourna. Un rayon de soleil jouait dans les cheveux d'or de sa sœur, mais l'effroi emplissait ses beaux yeux bleus fatigués. Ses doigts étaient nerveusement crispés sur le bord du drap.

« O Seigneur ! » pria Sally dans le fond de son cœur, « faites qu'elle se rétablisse vite. S'il vous plaît. »

Dehors, Sally se retrouva dans une longue rue grise caractéristique de cette partie de Londres. Après avoir fait ses emplettes, elle se rendit dans un bar où elle commanda un sandwich. Il était immangeable. Quant au café qu'on lui servit ensuite, elle lui trouva un goût amer et elle ne finit pas sa tasse. L'addition réglée, elle reprit le chemin de St. Anthony.

Dans le couloir menant à la chambre d'Anne, quelqu'un la héla :

— Miss Grandville !

Une infirmière accourait vers elle.

— Le docteur Carey a vu votre sœur. Il voudrait vous dire un mot à son sujet. Il m'a demandé de le prévenir dès que vous seriez de retour.

Sally la suivit dans un bureau d'où l'infirmière téléphona à David :

— Miss Grandville est à mes côtés... Souhaitez-vous lui parler ?... Très bien.

Elle tendit le combiné à Sally.

— Allô, David ?

— Oui, Sally... Dis-moi, as-tu déjeuné ?

— Je viens de prendre un sandwich dans un bar.

— Ce n'est pas un repas. Accompagne-moi au petit restaurant où j'ai l'habitude de prendre mes repas.

— Et Anne ? Il faut que je reste près d'elle.

— Non, au contraire, il vaut mieux la laisser seule. Nous lui avons administré un calmant, elle doit dormir.

— Bon, dans ce cas...

— Rendez-vous dans trois minutes à l'entrée principale. Ne me fais pas attendre.

— Je vais essayer.

Avant de rejoindre David, Sally voulut vérifier qu'Anne dormait et qu'elle n'avait pas besoin d'elle. Elle entrebâilla doucement la porte de la chambre de sa sœur et jeta un coup d'œil à l'intérieur. Les rideaux de la fenêtre avaient été tirés, la pièce était plongée dans la pénombre. Sur son lit, Anne était assoupie. Sa respiration était régulière, son visage détendu paraissait encore plus beau que d'habitude.

Rassurée, Sally s'éloigna sur la pointe des pieds. Dans le couloir, elle croisa l'infirmière qui s'occupait d'Anne.

— Ma sœur dort. A quelle heure pensez-vous qu'elle se réveillera ?

— Pas avant trois heures.

— Très bien, merci.

Elle prit l'ascenseur et retrouva David.

— Tu as l'air épuisé, remarqua-t-il comme ils franchissaient les grilles de l'hôpital.

— Oh, je suis juste un peu fatiguée : je n'ai pas beaucoup dormi cette nuit.

— Il ne faudrait pas que tu tombes malade à ton tour, Sally.

— Il n'y a aucun risque, mais je me fais du souci pour Anne.

— Nous allons la sortir d'affaire, crois-moi. Et arrête de t'inquiéter comme ça tout le temps !

— Tu es bien cassant aujourd'hui, David !

Il lui adressa un sourire amusé.

— Excuse-moi, j'oublie parfois que tu n'es plus une petite fille que je peux gronder comme autrefois.

Sally changea tout à coup de sujet :

— Il paraît que toutes les infirmières sont folles de toi.

A sa grande surprise, David se mit à rougir.

— Ce ne sont que des racontars, protesta-t-il.

— Qui contiennent une bonne part de vérité. Sinon tu ne réagirais pas si violemment. Et l'infirmière qui me l'a dit m'a paru très sincère.

Il haussa les épaules, agacé.

— Plus un mot là-dessus, veux-tu !

Au restaurant, David commanda d'autorité le menu pour tous les deux.

— Je n'ai pas si faim, assura Sally.

— Tu as eu des émotions, il faut que tu manges.

— Bien, docteur, puisque vous le dites...

Pendant le repas, leur conversation fut animée. David parla de ses travaux avec sir Hubert Haydn.

— Il voudrait que je quitte l'hôpital pour me consacrer exclusivement à nos recherches, mais Drayson s'y oppose avec énergie. Quand je ne suis pas de garde à St. Anthony, je passe mes soirées et la plupart de mes nuits au laboratoire. C'est passionnant. Nous sommes sur le point de faire une découverte capitale.

— Magnifique ! Et de quoi s'agit-il ?

Il se lança dans de savantes explications auxquelles Sally ne comprit pas grand-chose, mais l'enthousiasme manifesté par David, la lueur qu'elle voyait briller dans ses yeux lui réchauffaient le cœur.

Le déjeuner fini, David consulta sa montre.

— Il faut que je retourne à l'hôpital, annonça-t-il. Tu as mangé de bon appétit finalement. Tu te sens mieux ?

— Oui, beaucoup mieux. Merci, David.

Ils s'acheminèrent ensemble vers St. Anthony. Arrivée à l'hôpital, Sally se souvint de son intention d'appeler Elaine.

— Y a-t-il un téléphone dont je pourrais me servir ? s'enquit-elle.

— Viens dans mon bureau, tu utiliseras le mien.

Après avoir longé d'innombrables couloirs, monté et descendu des escaliers, ils se retrouvèrent devant une porte sur laquelle était vissée une plaque au nom du docteur Carey. David introduisit Sally dans son bureau. Une pièce accueillante qu'il avait aménagée avec goût et qui reflétait sa personnalité. Une bibliothèque contenant d'austères traités de médecine et des collections de revues scientifiques occupait un pan de mur. Sur le manteau de la cheminée s'alignaient des coupes d'argent, les trophées sportifs remportés par David du temps où il était étudiant. Il y avait aussi quelques photographies d'équipes de football et de cricket dont il avait fait partie.

Dans ce décor, un tableau au cadre doré attira tout de suite l'attention de Sally. C'était une huile peinte par le père de David représentant la baie de St. Chytas. Certes, il ne s'agissait que de l'œuvre d'un amateur, mais il avait su avec fidélité reproduire les sables dorés, les falaises déchiquetées, les rouleaux gris et verts de l'océan.

Émue, Sally contempla ce paysage des Cornouailles qu'elle aimait tant.

— Ah, si seulement nous pouvions être encore là-bas ! soupira-t-elle.

David lui sourit.

— St. Chytas te manque vraiment autant ?

— Oui. Et je déteste Londres.

— Cela ne m'étonne pas : tu es une enfant des Cornouailles. Dans son tableau, papa aurait dû penser à te représenter en train de courir sur la plage.

— C'est vrai, David, j'ai le mal du pays.

— Pauvre petite sirène arrachée à son océan natal ! la taquina-t-il avec gentillesse.

Une soudaine envie de pleurer gagna Sally. Pour qu'il ne s'en aperçoive pas, elle se retourna et alla se placer devant la bibliothèque.

— Quel homme sérieux tu fais ! s'exclama-t-elle tout en examinant les lourds volumes disposés sur les rayonnages. Parmi tous tes livres, il n'y a pas un seul roman policier, je parie.

— Non, ça serait de mauvais goût dans le bureau d'un chirurgien.

Ils se mirent à rire.

Sur la cheminée, la pendulette indiquait deux heures moins le quart.

— Il faut que je me dépêche, fit David, sinon je vais être en retard à ma consultation. Après ton coup de fil, tu peux rester un moment ici et te reposer.

Demeurée seule, Sally contempla de nouveau le tableau de la baie de St. Chytas. Avec une nostalgie grandissante, elle admira la beauté du ciel, de l'océan. Les pleurs qu'elle avait refoulés envahirent ses yeux.

En larmes, elle se laissa tomber dans le fauteuil de David. Le front posé sur le bras, elle resta immobile, comme effondrée, pendant de longues minutes. Puis elle sursauta : il lui fallait téléphoner, se souvint-elle.

Après avoir communiqué au standard le numéro qu'elle désirait, elle attendit d'avoir la ligne. Ce fut Robert Dunstan qui lui répondit.

— Miss Grandville ?... Oui, votre sœur Audrey m'a prévenu ce matin... Comment se porte la malade ?

Sally le mit au courant des derniers rebondissements.

— Elle est donc hospitalisée à St. Anthony... Puis-je vous demander le numéro de sa chambre ?

— Oui. Le 563, cinquième étage.

— J'aimerais lui envoyer des fleurs.

— Que c'est gentil ! Cela lui fera très plaisir.

— Au fait, comptez-vous venir donner ses leçons à Elaine, demain ?

— Je pense. Mais je vous demanderai la permission de m'absenter entre midi et deux heures, pour faire un saut à l'hôpital.

— Choisissez plutôt une autre heure, sinon vous n'aurez pas le temps de déjeuner.

La délicatesse dont il faisait preuve étonna Sally. Elle demeura muette un instant.

— Alors c'est Elaine qui va en pâtir, objecta-t-elle finalement.

— Rassurez-vous, elle n'y verra aucun inconvénient. Et moi non plus.

— Merci beaucoup.

Sally raccrocha. Depuis la fugue de sa fille, le banquier était méconnaissable. Il avait abandonné ses manières revêches et autoritaires pour se montrer affable, compréhensif. Pour le plus grand bien d'Elaine, du reste.

« C'est un homme bizarre, se dit Sally, mais je l'aime bien maintenant ».

Elle pensa à son père. C'était lui qui lui avait appris à connaître la nature humaine, qui lui avait fait comprendre que chez tout être se cache un besoin fondamental d'affection. Il lui avait enseigné le pouvoir de l'amour.

Soudain, un élan de bonheur la submergea. « Que j'ai de la chance d'avoir autour de moi tant de gens à aimer et tant de gens qui m'aiment ! Anne, Audrey, Elaine, M. Dunstan, les Jarvis qui ont été si bons pour nous... Et David, tellement affectueux et serviable. »

« Oui, j'ai de la chance », se répéta-t-elle en inclinant sa joue sur le bras du fauteuil de David.

14

Allongée sur son lit d'hôpital, Anne admirait les fleurs qui emplissaient sa chambre : le splendide bouquet d'œillets que lui avait fait envoyer la duchesse de Cheyn, les glaïeuls avec la carte de Ben Marlow lui souhaitant un prompt rétablissement, les anémones offertes par les Jarvis.

Sur sa table de nuit, il y avait trois gardénias achetés par Sally. La forme délicate de leurs pétales la ravissait et elle ne se lassait pas de leur parfum.

A sa grande surprise, on lui avait aussi apporté une énorme corbeille d'orchidées de la part d'Elaine et de son père. Des orchidées ! Pour elle ! Ces fleurs exotiques et précieuses représentaient le comble du luxe à ses yeux. Jamais elle n'aurait imaginé qu'on lui en offrirait un jour.

« Que de gentillesse et de générosité ! » se répétait-elle. L'affection que tout le monde lui avait manifestée l'émouvait et l'aidait à supporter son épreuve.

Elle allait beaucoup mieux maintenant. Mais le docteur Drayson et David finirent par lui révéler la vérité : il fallait l'opérer de l'appendicite. La nouvelle la remplit tout d'abord d'effroi. Puis elle parvint à se ressaisir.

— Si vous jugez que c'est nécessaire, prononça-t-elle d'une voix qui tremblait tout de même un peu.

Le docteur Drayson lui adressa son beau sourire si doux et réconfortant.

— Oui, miss Grandville, cela s'impose. Mais n'ayez crainte : il s'agit d'une opération bénigne. N'est-ce pas, docteur Carey ?

Celui-ci acquiesça.

Dès que le patron eut quitté sa chambre, Anne, l'air inquiet, se tourna vers David.

— Cette opération va coûter très cher. Comment ferons-nous pour la payer ?

— D'après Sally, vous devriez pouvoir vous débrouiller.

— Ce qui signifie qu'Audrey et elle vont devoir se priver encore plus à cause de moi...

Elle réfléchit un moment.

— Quel est le prix de cette chambre ? demanda-t-elle enfin.

David se vit contraint de lui avouer la vérité :

— Dix livres par semaine.

— C'est énorme !

Anne prit une longue inspiration.

— S'il en est ainsi, déclara-t-elle, je veux être transférée en salle commune.

David vint s'asseoir au bord du lit et lui prit la main.

— Voyons, Anne, tu es beaucoup mieux ici. S'il le faut, je suis tout disposé à vous aider financièrement.

— Il n'en est pas question. Je te le répète, j'exige d'être conduite en salle commune. Tout de suite.

— Allons, montre-toi raisonnable, ne refuse pas mon offre.

— C'est très gentil de ta part, David. Mais je le sais, tu ne gagnes pas beaucoup à l'hôpital, et tu envoies de l'argent à ton père tous les mois. Je veux aller en salle commune.

— Tu y seras malheureuse.

— Je verrai bien. En attendant, je t'en prie, ordonne mon transfert. Et surtout n'en parle pas à Sally, elle s'y opposerait.

— Je ne ferai rien sans son accord.

Une expression de dignité offensée se lut sur le visage d'Anne.

— Je suis pourtant l'aînée ! protesta-t-elle. Il est grand temps que je prenne des décisions sans en référer à Sally. Elle n'a que dix-huit ans après tout, c'est encore une gamine.

— Sally, une gamine ?... Elle me donne parfois l'impression d'être ma grand-mère.

La formule les fit rire, puis David, retrouvant son sérieux, déclara, embarrassé :

— Je ne sais pas que décider, Anne.

— S'il te plaît, fais ce que je te demande.

Son ton était si déterminé que David céda.

— D'accord. Mais il est possible qu'il n'y ait pas de lit disponible dans l'immédiat.

— Je prendrai le premier qui se libérera.

— Bon... si tu veux.

Il la dévisagea avec un sourire.

— Tu es vraiment une chic fille, Anne. Comme Audrey et Sally. J'ai beaucoup de chance de vous connaître.

— Allons, David, pas de flatteries !

Il lui pressa la main, se leva et sortit de la chambre.

Demeurée seule, Anne réfléchit à ce qu'impliquait sa décision. Certes, tout son être se révulsait à la pensée de se retrouver avec d'autres malades, d'être témoin de leurs souffrances. Mais sa conviction n'en était pas pour autant ébranlée : elle avait raison d'exiger son transfert en salle commune. Ses sœurs éprouveraient assez de difficultés pour rassembler l'argent nécessaire aux frais de son opération. Il serait injuste de leur imposer de plus grands sacrifices.

« Pourquoi, pourquoi suis-je tombée malade ? » se reprocha-t-elle. Puis son regard se posa à nouveau sur les magnifiques fleurs qui l'entouraient. Elle s'en trouva réconfortée. Comment désespérer en sachant qu'il y avait tant de bonté et de gentillesse au monde ?

« Oui, dans mon malheur, j'ai de la chance, beaucoup de chance. »

Ses paupières se fermèrent, elle s'assoupit. Un moment plus tard, une infirmière vint la réveiller.

— Vous sentez-vous en état de recevoir une visite ?

— Oui... Qui est-ce ?

— Un monsieur.

L'infirmière retourna dans le couloir et s'entretint un instant avec le visiteur annoncé. Puis la porte s'ouvrit... et Robert Dunstan apparut. Les yeux écarquillés de surprise, Anne regarda le banquier s'avancer dans sa chambre. L'angoisse lui serra soudain le cœur : il venait lui annoncer qu'il était arrivé un malheur à Sally.

Il fut bientôt à son chevet.

— Mes affaires m'ont appelé dans le quartier, j'ai donc profité de l'occasion pour passer vous rendre visite, bien que votre sœur m'ait donné de bonnes nouvelles de vous ce matin encore.

Anne poussa un soupir de soulagement : grâce à Dieu, ses craintes n'étaient pas fondées.

Elle lui tendit la main et s'efforça de sourire.

— C'est très aimable à vous.

Robert Dunstan prit un siège à ses côtés.

— Je vous remercie, poursuivit Anne, pour les fleurs qu'Elaine et vous m'avez envoyées. Elles sont superbes.

— Elles vous plaisent, j'en suis ravi.

— C'est la première fois de ma vie que l'on m'offre des orchidées.

Il eut un sourire.

— Nous ne sommes pas les seuls, dit-il en désignant les autres bouquets, à avoir pensé à vous.

— Tout le monde s'est montré si gentil avec moi.

Anne soupira.

— Mais je dois vous l'avouer, il m'est pénible d'être couchée ici à ne rien faire tandis qu'Audrey et Sally sont en train de travailler.

— A propos de votre sœur, elle fait une excellente

gouvernante pour Elaine, je m'en rends compte maintenant. Cet après-midi, elles sont toutes deux allées voir la duchesse de Cheyn, « la duchesse d'Anne », comme l'appelle ma fille.

— Elle en a certainement été très contente.

— D'autant qu'elle doit trouver le temps long sans votre compagnie.

Au fur et à mesure de leur conversation, Anne sentait ses réticences fondre peu à peu. « Il n'est pas si terrible que cela », pensa-t-elle. La première fois où elle l'avait vu à la mansarde, le soir de la fugue d'Elaine, elle l'avait trouvé assez déplaisant. A présent, son point de vue sur lui se modifiait. Sa présence lui devenait agréable. L'expression sérieuse et intelligente de son visage la séduisait.

Le regard de Robert Dunstan, constata-t-elle, fixait depuis un moment la photographie de son père posée sur la table de nuit.

— Ce visage me dit quelque chose, finit-il par déclarer.

— Il s'agit d'un portrait de mon père.

— A.C. Grandville ?

— Oui, Arthur Christopher.

— Mais je le connais ! Il a écrit des livres, n'est-ce pas ?

— En effet, papa a publié divers ouvrages sur l'histoire et les légendes des Cornouailles.

— J'ai eu l'occasion de le rencontrer il y a trois ou quatre ans à Londres. Il était venu donner une conférence à laquelle j'avais assisté. Nous avions eu ensuite une discussion passionnante tous les deux.

« Quelque temps plus tard, dans un essai de votre père, j'avais trouvé une référence à une pièce de théâtre espagnol. J'avais eu très envie de la lire, mais dans toutes les librairies, l'ouvrage était introuvable. J'avais alors écrit à votre père pour lui demander de me communiquer le texte de la pièce. Je me souviens vaguement de l'adresse. C'était à St. ... St. ...

— St. Chytas.

— Oui... Et votre père m'avait envoyé l'exemplaire de sa bibliothèque. Avec des notes de sa main très judicieuses. Elles m'avaient beaucoup éclairé sur l'œuvre.

— Je crois me rappeler ce livre. Ne comportait-il pas des illustrations assez amusantes d'un dessinateur espagnol ? Un certain... de Perez.

— Quelle mémoire !... L'auriez-vous lu vous aussi ?

— Pas dans l'original. Mon espagnol n'est pas assez bon, mais dans une traduction établie par mon père. Il avait l'intention de la publier. Je ne sais pour quelles raisons, cela ne s'est pas fait.

Ils continuèrent ainsi à parler des travaux d'Arthur Christopher Grandville et de littérature. Des sujets qui les passionnaient tous deux. Et Anne ne vit pas le temps passer.

— Je vais vous laisser, annonça Robert Dunstan une demi-heure plus tard. Je ne voudrais pas que vous vous fatiguiez par ma faute. Je reviendrai vous voir à une autre occasion, si vous le permettez.

— Volontiers.

La décision qu'elle avait prise lui revint alors à l'esprit. Elle s'assombrit.

— Que se passe-t-il ? s'inquiéta le banquier. Vous ne tenez pas à me revoir, c'est cela ?

Elle hésita :

— C'est que... je ne serai plus dans cette chambre. On va me transférer en salle commune.

— Ah ! Et pour quelle raison ?

— Une chambre individuelle comme celle-ci coûte trop cher.

— C'est absurde ! Si vous m'y autorisez, je serai...

Anne ne lui permit pas de continuer.

— Non, monsieur Dunstan, mes sœurs et moi ne saurions accepter une aide financière de votre part. Nous sommes pauvres mais fières.

— Pourtant, je vous assure, je me ferais un plaisir de...

— Je vous en prie, inutile d'insister.

— Comme vous voudrez.

Elle lui adressa un sourire.

— Avant de partir, j'aimerais que vous me fassiez une promesse.

— Oui, laquelle ?

— Ne parlez pas à Sally de mon intention d'aller en salle commune. Elle s'y opposerait.

Il lui rendit son sourire. Un lien de complicité se tissait entre eux.

— Je vous le promets, lui assura-t-il. Et je reviendrai vous voir où que vous soyez.

Le banquier prit congé d'elle. Après lui avoir serré la main, un peu plus longtemps peut-être qu'il n'aurait convenu, il remit son chapeau et sortit.

« Il est très sympathique, finalement, se dit Anne dès que la porte se fut refermée. Je m'étais trompée sur son compte. »

Elle regarda la corbeille d'orchidées qu'il lui avait offerte.

« Ce doit être étrange d'être à la fois si riche et si seul », pensa-t-elle.

Bien souvent Sally lui avait parlé des tristes conditions dans lesquelles Elaine vivait à l'appartement. Cela ne devait pas être très gai pour son père non plus. Elle l'imaginait passant de longues heures solitaires dans son bureau. Il n'avait personne à qui parler, à qui faire partager ses joies, ses doutes, ses espérances.

« Oui, il doit être seul, terriblement seul. »

Au même instant, par une étrange coïncidence, Sally se trouvait en présence d'une autre personne qui souffrait de solitude. Sur son lit, emmitouflée dans un châle, la duchesse de Cheyn se plaignait avec amertume :

— Votre sœur compte-t-elle rester encore longtemps à l'hôpital ? Mes journées sont lugubres sans elle, je m'ennuie à mourir.

— Elle pense beaucoup à vous.

— J'espère bien ! Mais il n'est pas très élégant de sa part d'être tombée malade. Elle devrait laisser ce privilège aux vieilles dames comme moi.

— Anne nous a conseillé de venir vous voir pour vous distraire, intervint alors Elaine.

Sans doute intimidée par le grand âge de la duchesse, la fillette était restée muette, jusque-là.

— Que comptes-tu faire pour me distraire, mon enfant ?

— Je pourrais lire. Mais je vous préviens : quand les mots sont trop longs, il m'arrive de ne pas bien les prononcer. Ou encore je pourrais arranger vos fleurs. D'après miss Grandville, je suis très douée pour les bouquets.

— Anne y excelle aussi, affirma la duchesse, elle a un goût exquis. Depuis son absence, ma femme de chambre se charge de composer mes bouquets, c'est une véritable catastrophe !

Elle soupira :

— Ah si vous saviez comme votre sœur me manque !

— Et à nous aussi ! répliqua Sally.

La note d'émotion et de sincérité qui avait vibré dans sa voix n'échappa point à la vieille dame.

— Vous vous aimez beaucoup toutes les trois, commenta-t-elle. Et vous avez raison : vous possédez chacune de grandes qualités. J'ai fait la connaissance de votre deuxième sœur, elle est adorable.

Sally n'en crut pas ses oreilles.

— Voulez-vous parler d'Audrey ?

— Oui, elle a eu l'amabilité de venir me voir avant-hier soir. Et elle est repassée hier m'apporter un livre qu'elle était allée me chercher à la bibliothèque. Elle a un charme fou.

— En effet.

— Tous les hommes doivent tomber à ses pieds.

La duchesse se mit à examiner Sally d'un œil critique. Avec son franc parler coutumier, elle déclara ensuite :

— Mais vous, mon enfant, vous n'avez pas la beauté de vos sœurs.

— C'est vrai : je suis le vilain petit canard de la famille !

— En revanche, d'après Anne, vous êtes la plus intelligente et la plus réfléchie. Il se pourrait que ce soit vous qui l'emportiez en fin de compte.

Sally fit une moue dubitative.

— Qu'entendez-vous par là ?

— Vos sœurs et vous êtes venues à Londres chercher fortune. C'est-à-dire un mari. Et je vous vois bien épouser l'homme de votre vie avant Audrey et Anne.

— Cela me paraît improbable.

— Pourquoi donc ?

Le tour pris par la discussion embarrassait Sally. Elle se leva tout à coup de son fauteuil.

— Que pouvons-nous faire Elaine et moi pour vous être utiles, madame la duchesse ? demanda-t-elle.

— Vous évitez de répondre à ma question ! Trouvez-vous que ce ne sont pas des propos à tenir devant une petite fille ?

— Peut-être...

La duchesse pouffa : la pudeur de Sally l'amusait.

Sur le chemin du retour, Elaine ne cessa de parler de la duchesse de Cheyn. Celle-ci l'avait beaucoup impressionnée.

— Qu'elle est vieille ! Elle doit avoir au moins cent ans !

— Non, pas autant, la détrompa Sally. Tu sais, il est très rare que quelqu'un atteigne cet âge.

— Cela vous plairait de devenir centenaire, miss Grandville ?

— Je préférerais mourir avant de devenir une charge pour les autres.

— Les gens qui vous aiment s'occuperaient de bon cœur de vous. Moi, par exemple.

— C'est gentil, ma chérie. Mais vois-tu, je n'ai pas encore vingt ans, et le problème ne se pose pas pour le moment.

Elaine s'empressa de revenir au sujet qui la préoccupait : la duchesse.

— Elle se sent très seule sans Anne, vous ne croyez pas ?

— Sans aucun doute. Du reste, la solitude est le drame de la plupart des personnes âgées.

— Il n'est pas nécessaire d'être vieux pour être seul.

La lucidité de cette remarque était surprenante dans la bouche d'une enfant. Curieuse de savoir où elle voulait en venir, Sally se contenta de répondre :

— Bien sûr que non !

— Moi, miss Grandville, j'ai vécu dans la solitude jusqu'à ce que vous deveniez ma gouvernante. Papa aussi est très seul, il me semble.

Émue, Sally ne trouva pas tout de suite les mots qui convenaient.

— Quand on est seul, poursuivit la petite fille, on éprouve encore plus fort le besoin d'aimer quelqu'un.

— Oui, ma chérie, tu as tout à fait raison.

Lorsqu'elles furent de retour à l'appartement, le thé les attendait dans la chambre d'Elaine. Il y avait une surprise pour celle-ci : un gâteau glacé sur lequel son prénom avait été écrit. Grâce à l'intervention de Sally, Gertie, la cuisinière, s'efforçait depuis quelque temps de préparer des mets susceptibles de plaire à la fillette.

— Que c'est beau ! Que c'est beau ! répétait la petite fille en contemplant la pâtisserie.

— Il faudra que tu remercies Gertie, lui suggéra Sally.

— Je lui en garderai une part pour qu'elle y goûte.

— Excellente idée ! A présent, ma chérie, va te laver les mains avant de manger.

Elles finissaient de prendre le thé quand le valet de pied entra dans la chambre : on demandait miss Grandville au téléphone. Sally se leva d'un bond. On l'appelait d'urgence de l'hôpital St. Anthony, pensa-t-elle. A cause d'Anne.

Elle se précipita dans le hall et se saisit du récepteur.

— Allô... allô... prononça-t-elle sur un ton chargé d'angoisse.

Une voix d'homme, juvénile, lui répondit :

— Est-ce vous, Sally ?

— Oui... Qui est à l'appareil ?

— Vous ne me reconnaissez pas ?

Après un instant de réflexion, elle s'exclama :

— Peter !... Depuis le temps !... Où étiez-vous passé ?... Audrey s'est bien gardée de nous dire que vous étiez de retour !

— Et pour cause ! elle l'ignorait. Et je ne veux pas que vous lui parliez de mon coup de téléphone. Ai-je votre parole ?

Sally hésita :

— Je ne sais pas. Audrey ne me semble pas heureuse depuis plusieurs semaines. Parfois je me demande si cela n'a pas un rapport avec vous.

— J'espère bien que oui !

— Alors pourquoi ne passez-vous pas la voir ?

— Je ne peux pas vous l'expliquer pour le moment, Sally. Mais ayez confiance en moi, j'agis comme il le faut.

— De quelle manière ?

— Je travaille dur. Pour Audrey.

— Vous peignez ?

— Non, j'ai abandonné la peinture. Je me suis mis à travailler pour l'avenir. Le mien et celui d'Audrey... Maintenant donnez-moi de ses nouvelles.

— Je vous l'ai déjà dit : elle me paraît malheureuse. A part cela, elle est en bonne santé.

— Parfait... Une autre question : y a-t-il un homme dans sa vie ?

Sally se tut.

— Dites-moi la vérité, insista Peter, je vous en prie.

— Je l'ignore, se décida-t-elle à lui répondre. Audrey sort beaucoup. Presque tous les soirs. C'est tout ce que je sais.

— Merci, Sally.

— Au fait, d'où téléphonez-vous ?

Mais Peter avait raccroché. Lentement, elle reposa le combiné sur son support.

15

Robert Dunstan travaillait dans son bureau. La porte s'entrebâilla et Sally se glissa dans la pièce.

— J'aimerais vous parler, monsieur Dunstan. Auriez-vous un moment à me consacrer ?

Le banquier se leva.

— Bien sûr.

Il lui approcha un fauteuil.

— Asseyez-vous, je vous en prie.

— Je ne vous dérange pas ?

— Pas du tout. J'ai toujours le temps quand il s'agit d'écouter ce que vous avez à me dire, miss Grandville.

Il accompagna ses propos d'un sourire cordial.

— Cela n'a rien d'urgent, en fait, assura-t-elle en lui souriant en retour.

Depuis un mois, la nature de leurs rapports avait bien changé. Elle n'avait plus peur en sa présence, désormais. Il leur arrivait même de plaisanter et de rire ensemble.

— Que se passe-t-il donc ? s'enquit le banquier. Elaine aurait-elle commis quelque nouvelle sottise ?

— Non, elle est d'une sagesse exemplaire en ce moment. Je suis très fière de mon élève.

— De quoi est-il question alors ?

Sally hésita :

— Eh bien... j'ai une proposition à vous soumettre.

— Oui ?

Elle prit une profonde inspiration.

— Comme vous le savez, l'opération d'Anne a été couronnée de succès, commença-t-elle. Grâce à Dieu, son poumon n'était pas atteint. Et elle se rétablit. Mais le docteur Drayson veut qu'elle parte en convalescence pendant un mois.

— Où ?

— J'aimerais qu'elle aille en Suisse ou dans le sud de la France. Hélas, nos moyens ne nous le permettent pas. J'ai donc décidé de la ramener à la maison.

— A la maison ?

— Oui, à St. Chytas. Nous trouverons facilement à nous loger dans un cottage du village. Il faudra que je demeure à ses côtés pendant une dizaine de jours. Je voulais donc vous demander l'autorisation d'emmener Elaine avec nous. Le coin est magnifique : il y a l'océan, la plage. Elle s'y plaira.

Un long silence suivit. Au lieu d'accepter tout de suite, comme elle l'avait espéré, Robert Dunstan, les sourcils froncés, réfléchissait.

— La Suisse serait plus appropriée à une convalescence, dit-il enfin. Sous prétexte d'y envoyer ma fille en vacances, nous pourrions suggérer à Anne de l'accompagner. Vous seriez aussi du voyage, bien sûr et tout ceci à mes frais, bien entendu... Qu'en pensez-vous ?

Elle hocha la tête.

— Votre proposition me touche beaucoup, mais la réponse est non. Je connais Anne, elle n'accepterait pas. Moi non plus, du reste. Et ne vous méprenez pas : je ne vous ai pas parlé de la Suisse et du sud de la France pour quémander votre aide.

— Je n'en doute pas, miss Grandville. Je vous connais.

— Merci.

— Mais il est ridicule de refuser mon offre. Je ne comprends pas vos raisons.

Sally hésita, cherchant ses mots. Elle aurait voulu pouvoir s'expliquer sans le froisser.

— Il en va de la santé de votre sœur. Pourquoi n'acceptez-vous pas ? insista le banquier.

— C'est impossible : notre père nous a élevées dans des principes moraux qui nous l'interdisent.

Il haussa les épaules, dépité.

— Soit, n'en parlons plus !

Il se leva alors soudain de son fauteuil et se mit à arpenter la pièce d'un pas nerveux. Son expression s'était assombrie, quelque chose visiblement le tourmentait.

Sally ne put s'empêcher de le questionner au bout d'un moment :

— Qu'avez-vous, monsieur Dunstan ?

Il s'immobilisa en face d'elle, la fixant avec un sérieux presque pathétique.

— Il ne vous sera peut-être pas agréable d'entendre ce que j'ai à vous dire.

— Je suis prête à courir ce risque.

Après un instant d'indécision, il se décida :

— Eh bien, voilà : j'aime votre sœur.

— Quoi ! sursauta-t-elle. Vous aimez Anne ?

— Oui, de tout mon cœur.

Cet aveu produisit sur Sally l'effet d'une bombe. M. Dunstan amoureux d'Anne ! C'était inouï ! Tout d'abord, elle fut incapable de parler.

— Mais vous la connaissez à peine, finit-elle par objecter. Que je sache, vous ne l'avez rencontrée qu'à une seule occasion.

— Détrompez-vous ! Je lui ai rendu plusieurs visites à l'hôpital. Aussi bien quand elle était dans sa chambre qu'en salle commune.

— Elle ne m'en a jamais dit un mot !

— Moi non plus. Par pudeur, sans doute.

Un sourire intimidé étira les lèvres du banquier. On aurait dit qu'il était redevenu un petit garçon gauche et peu sûr de lui, l'espace d'un instant.

— Vous savez à présent, ajouta-t-il. Et j'aimerais que vous m'aidiez, Sally.

Il l'avait appelée par son prénom, elle s'en aperçut tout à coup.

— Je ne peux pas obliger Anne à tomber amoureuse de vous, répliqua-t-elle.

— Non, mais vous pourriez intercéder en ma faveur, lui faire comprendre à quel point je l'aime.

— Car vous l'aimez, vous en êtes sûr ?

— Oui, affirma-t-il d'un ton solennel, comme s'il prononçait un serment.

Il retourna s'asseoir à son bureau. Ses doigts se mirent à jouer avec le bouchon d'un encrier qu'il dévissait et revissait d'un geste saccadé. Son regard se reporta sur Sally.

— Je voudrais vous parler de moi, essayer de

vous faire saisir par quel cheminement je suis devenu l'homme que vous connaissez.

Elle l'encouragea d'un sourire.

— Je le sais, Sally, commença-t-il, je vous ai semblé dur, inhumain, parfois agressif. C'est la vie qui m'a forcé à être ainsi. A dix ans, j'étais pourtant d'une sensibilité excessive. En classe, j'étais un élève très brillant, toujours prix d'excellence en fin d'année. Mais je ne m'amusais jamais avec les autres. Mon père me l'interdisait : il exigeait que je consacre tout mon temps à étudier pour réussir. Les autres se moquaient de moi. De mon côté, je les méprisais et je restais dans mon coin, seul et triste. Toutes mes années de collège se sont déroulées de cette manière.

« A l'université, j'ai réussi à me faire quelques rares amis. Mais je les ai vite perdus de vue ; mon père, qui nourrissait d'immenses ambitions pour moi, m'envoya en stage dans de grandes banques, à Genève et à Paris. J'y ai beaucoup appris, au point qu'à vingt-quatre ans on me considérait déjà comme un génie de la finance. De retour en Angleterre, j'ai travaillé avec mon père à son cabinet. L'année suivante, un cancer l'a emporté. Puis je me suis marié... »

Il s'interrompit. Son regard se détourna de Sally, parcourut la pièce avant de revenir sur elle. Il semblait hésiter à continuer.

— Oui, avec qui ? le relança-t-elle.

— Avec la fille d'un banquier de Londres. Une femme d'une intelligence remarquable et douée d'un sens aigu des affaires. Elle connaissait les stratégies boursières aussi bien que moi, si ce n'est mieux. Dans les premiers temps, j'ai cru être amoureux d'elle. Puis j'ai vite déchanté en découvrant combien elle était ambitieuse. Elle avait une soif immense de pouvoir. Rien d'autre ne l'intéressait.

« A la naissance d'Elaine, j'ai espéré qu'elle changerait, qu'elle deviendrait plus douce. Rien de tel n'a eu lieu. Au contraire, ma femme ne décolérait pas : elle aurait voulu avoir un garçon. Sans doute pour reporter sur lui ses ambitions. Elle détestait Elaine. J'ai commencé à avoir peur. Pour ma fille comme pour moi.

Se livrer à ces confidences exigeait de lui un effort douloureux. Il sortit un mouchoir de sa poche, s'en épongea le front.

— Ma vie conjugale est devenue un enfer, poursuivit-il après un soupir. Les disputes se succédaient sans cesse entre ma femme et moi. A cause d'Elaine.

Il se leva tout à coup. Une expression de souffrance déformait ses traits.

— Me croirez-vous, Sally ? J'ai été heureux quand elle est morte. Oui, heureux. J'ai cru que ma fille était sauvée.

L'émotion brisa sa voix.

— Hélas, en grandissant, Elaine est devenue une enfant de plus en plus renfermée et difficile. J'ai eu l'impression d'avoir gâché ma vie, de n'être bon qu'à gagner de l'argent. Toujours plus d'argent. Et à quoi cela sert-il ? A rien !

Il eut de la main un geste d'impuissance.

Son récit avait bouleversé Sally. Oui, il fallait qu'elle l'aide.

— Pourquoi ne reprendriez-vous pas tout à zéro ? lui suggéra-t-elle d'une voix douce.

— Croyez-vous cela possible ?

— Oui. Mon père disait toujours que, quand on a bâti sur de mauvaises fondations, il ne faut pas hésiter à en creuser de nouvelles.

— Je suis trop vieux pour recommencer ma vie.

— Pourtant, si je vous ai bien compris, c'est ce que vous envisagez de faire.

— Avec votre sœur ?

— Oui, avec Anne.

Un sourire illumina le visage du banquier.

— C'est vrai : j'aimerais l'épouser, fonder un foyer avec elle et mener une nouvelle existence.

— Lui avez-vous dit que vous l'aimez ?

— Non, je n'ai pas encore osé me déclarer. C'est ridicule, mais j'ai peur. Sans doute à cause de l'importance de l'enjeu.

— Si vous l'aimez aussi fort, vous saurez amener Anne à vous aimer, lui affirma Sally. Mais il faut vous montrer patient : elle déteste qu'on la presse. Le mieux, si vous êtes d'accord...

— Je suis d'accord, s'empressa-t-il de déclarer.

— Le mieux serait que vous passiez à St. Chytas quand nous y serons. Vous pourriez descendre dans un hôtel de St. Ives et venir nous voir en voiture. Ne serait-ce pas pour vous l'occasion de vous retrouver seul avec Anne et de lui parler, dans un décor plus propice que votre appartement ?

— Pourquoi ? Qu'a-t-il, cet appartement ?

— Oh, il est très bien. Mais j'ai peur qu'il ne soit pas tout à fait au goût d'Anne.

— Et quels sont ses goûts ?

— Il vous appartient de les découvrir.

Le regard de Robert Dunstan pétilla de joie.

— C'est entendu, Sally : emmenez Elaine à St. Chytas, je vous y rejoindrai. Et si vous avez des problèmes d'argent, je vous en prie, n'hésitez pas à me le dire.

— Merci.

— C'est moi qui vous remercie de me faire confiance et d'accepter de m'aider. Puis-je en conclure qu'il ne vous sera pas trop désagréable de m'avoir comme beau-frère ?

Il avait posé cette question sur un ton grave.

— J'étais bien loin de m'attendre à cela, lui répondit-elle. Mais, pour vous parler franchement, oui, j'en serais heureuse.

Ils échangèrent alors une chaleureuse poignée de main, comme s'ils venaient de conclure un accord dont tous deux se réjouissaient.

— Puisque je peux compter sur votre amitié, j'ai le sentiment d'avoir déjà gagné la moitié de la bataille ! plaisanta le banquier.

— Et dire qu'au début je vous prenais pour mon pire ennemi !

— Cela vous servira de leçon, la taquina-t-il. Il ne faut jamais juger les gens trop vite.

— Mais j'ai peut-être tort de changer aussi rapidement d'avis sur vous...

Il lui adressa un clin d'œil amusé.

— Comme d'habitude, Sally, vous avez le dernier mot.

Elle pouffa :

— Je suis une femme, ne l'oubliez pas.

— Je m'en étais déjà rendu compte.

Sa journée avec Elaine terminée, Sally prit le chemin de l'hôpital St. Anthony. Pendant le trajet, elle ne cessa de se remémorer l'étrange conversation qu'elle avait eue avec Robert Dunstan. Elle n'en revenait pas : il aimait Anne, il voulait l'épouser ! Qui aurait pu imaginer une telle éventualité ?

A mieux y réfléchir, certains indices auraient dû lui mettre la puce à l'oreille. Depuis qu'elle était hospitalisée, Anne recevait chaque jour de somptueuses corbeilles de fleurs de la part de Robert Dunstan. De son côté, elle manifestait un intérêt accru pour tout ce qui concernait l'appartement de Park Lane. Elle demandait des nouvelles d'Elaine de plus en plus souvent. Sally lui en donnait volontiers, ce qui amenait tout naturellement la conversation sur le père de la petite fille.

Ne l'avait-elle pas évoqué en termes trop défavorables ? N'avait-elle pas exagéré les problèmes et les difficultés qu'elle avait rencontrées au début ? Peut-être avait-elle influencé négativement Anne ? Elle le regrettait à présent.

Elle devrait désormais mesurer ses paroles, songeait Sally tandis qu'elle franchissait le seuil de la salle commune où Anne bavardait gaiement avec sa voisine de lit.

Au début, Sally avait été persuadée que sa sœur ne supporterait pas cette promiscuité. Elle avait tenté de la convaincre de retourner en chambre individuelle. Mais rien n'y avait fait : Anne était restée inflexible. Avec une grande force de caractère, elle s'était adaptée à la nouvelle situation.

Certes, les choses n'avaient pas dû être faciles mais elle avait réussi à dominer l'horreur viscérale que lui avait longtemps inspirée le spectacle de la maladie des autres. Cette expérience l'avait transformée, la rendant plus généreuse, plus humaine. Elle acceptait maintenant la vie telle qu'elle était.

Sally s'approcha.

— Bonsoir, ma chérie.

Puis, se tournant vers la malade couchée dans le lit voisin :

— Comment allez-vous aujourd'hui, madame Hull ?

— Beaucoup mieux, merci.

Anne aussi allait mieux. Elle avait bien meilleure mine. Même si elle avait maigri, elle était toujours très belle. Dans son visage diaphane, ses yeux semblaient encore plus grands et plus clairs. Ses cheveux avaient conservé tout leur éclat d'or.

Anne dévisagea sa sœur qui arborait un large sourire.

— Tu m'as l'air toute guillerette, Sally. Que t'arrive-t-il ?

— J'ai une proposition à te faire. Tu seras d'accord, j'en suis sûre.

— Dis-moi vite !

— Nous partons lundi prochain pour St. Chytas.

— Toi et moi ?

— Oui, et nous emmenons Elaine. Je ne peux pas la laisser seule à Londres... Tu n'y vois pas d'inconvénient ?

— Bien sûr que non ! C'est une enfant adorable. Elle s'amusera bien à la plage.

— J'ai télégraphié à Mme Barkus pour lui annoncer que nous logerions chez elle. Tu prendras la chambre de devant. Elaine et moi celle du premier étage.

— Tu as tout prévu, je vois !... Et qu'en dit M. Dunstan ?

— Il est ravi qu'Elaine nous accompagne. Il se propose même de passer nous voir et de rester deux ou trois jours.

Était-ce le fruit de son imagination ? Mais Sally

crut remarquer qu'à cette nouvelle sa sœur avait rougi...

— Cela fera plaisir à Elaine, murmura-t-elle pour tout commentaire.

Sally eut alors la tentation de lui révéler que le banquier l'aimait. Puis elle se ravisa. Sa sœur risquait de s'effaroucher et tout serait gâché.

— A mon avis, tu n'es pas tout à fait étrangère à sa décision, se hasarda-t-elle pourtant à glisser.

Cette fois-ci, le doute n'était plus permis : les joues d'Anne s'étaient empourprées.

16

Avant leur départ en Cornouailles, Sally et Elaine retournèrent rendre visite à la duchesse de Cheyn. Celle-ci les reçut dans son petit salon où il lui arrivait de passer l'après-midi.

— Nous sommes venues vous dire au revoir, lui annonça la petite fille que la perspective de leur prochain voyage ravissait. Nous regrettons beaucoup que vous ne puissiez pas nous accompagner.

Ces mots touchèrent la duchesse. Elle eut un sourire plein de charme qui laissait deviner combien elle avait dû être belle dans sa jeunesse.

— Merci, mon enfant, c'est très gentil à toi, mais te rends-tu compte du fardeau que je serais pour vous, alors que vous aurez déjà la charge d'une malade ?

— Anne sera bientôt guérie, protesta la fillette. Miss Grandville dit qu'elle se rétablira très vite grâce au bon air de la mer. D'ailleurs, elle va déjà beaucoup mieux. Hier elle s'est levée pour la première fois et elle a fait quelques pas. Elle se sentait juste un peu faible sur ses jambes.

— Ce qui est bien normal quand on est resté si longtemps couchée, commenta la duchesse.

Puis elle se tourna vers Sally.

— Ainsi votre sœur se remet ?

— Oui, Anne accomplit tous les jours des progrès spectaculaires. Néanmoins, il est prévu qu'elle soit transportée à St. Chytas en ambulance. Le docteur Drayson craint qu'un voyage en train ne représente trop de fatigue pour elle.

— Il a parfaitement raison.

— Mais nous, intervint Elaine, nous prendrons le train ! Nous aurons des couchettes dans un wagon-lit. Qu'est-ce qu'on va s'amuser !

— Je n'en doute pas, admit la duchesse tout en lançant un regard interrogatif à Sally.

— C'est M. Dunstan qui nous l'offre, expliqua brièvement celle-ci.

— Bien sûr ! Il désire que sa fille et sa gouvernante voyagent dans les meilleures conditions possibles.

Les yeux espiègles de la vieille dame scrutèrent Sally. Elle devait s'imaginer, supposa la jeune fille, que le banquier s'intéressait à elle. Quel dommage qu'elle ne puisse pas lui révéler qu'en vérité, c'était de sa sœur Anne qu'il était tombé amoureux. La nouvelle aurait sans doute réjoui la duchesse. Mais il était trop tôt pour en parler. Même à Anne d'ailleurs. Et Sally se contenta de sourire, l'air embarrassé.

Du reste, elle se sentait un peu mal à l'aise ce jour-là. Anne l'avait chargée d'une mission qui lui pesait : plaider auprès de la duchesse de Cheyn la cause de son petit-fils Richard.

— Non, Anne, avait d'abord refusé Sally. Ce n'est pas mon rôle. Tu t'en occuperas à ton retour de St. Chytas.

— C'est long un mois. Et la duchesse est si âgée...

Les sœurs restèrent silencieuses. Évoquer l'éventualité d'une mort prochaine de la vieille dame les attristait toutes les deux.

— S'il te plaît, rends-moi ce service, reprit Anne. Tu es beaucoup plus habile que moi pour traiter ce genre d'affaires.

— Cela me gêne : la duchesse me connaît à peine. Elle va juger ma démarche impertinente.

— Tu sauras trouver les mots qui conviennent. D'ailleurs, tu réussis toujours tout ce que tu entreprends.

— Crois-tu ?

— Oui, bien sûr !

Une moue dubitative resserra les lèvres de Sally.

— Je ne sais pas, soupira-t-elle. Surtout pour les choses qui me tiennent le plus à cœur.

— De quoi veux-tu parler ?

Sally hocha la tête.

— Bouche cousue, c'est un secret, dit-elle selon la formule rituelle qu'elles utilisaient dans leur enfance.

Elle réfléchit durant un court instant.

— Bon, trancha-t-elle, j'essaierai d'intervenir en faveur de Richard, si l'occasion s'en présente.

— Merci, je savais que je pouvais compter sur toi.

— Je ferai mon possible, mais ne t'attends pas à un miracle.

Maintenant qu'elle se trouvait au pied du mur, Sally ne savait comment s'y prendre pour aborder la question avec la duchesse. Pendant ce temps, Elaine allait d'une table à l'autre et s'extasiait devant les innombrables bibelots précieux qui y étaient exposés.

— Qu'est-ce que c'est, madame la duchesse ? demanda-t-elle en montrant une petite épée d'argent qu'elle avait sortie de son fourreau.

— C'est un coupe-papier.

— Quel objet magnifique ! s'exclama la fillette.

— Un cadeau de Noël de mes enfants, expliqua la duchesse. Il y a bien longtemps. A cette époque, Stebby devait avoir à peine quatorze ans.

Sally saisit aussitôt la perche qu'elle lui tendait :

— Avez-vous des photographies de vos enfants quand ils étaient petits ?

— Oui, des centaines ! J'ai chargé mes dames de compagnie d'en constituer des albums. Aimeriez-vous les regarder ?

— Volontiers.

— Ils sont rangés dans la bibliothèque. Allez les chercher, si vous voulez.

Sur un rayonnage s'alignaient de volumineux albums aux reliures de cuir bleu estampées de la couronne ducale. Sally en choisit un au hasard et retourna s'asseoir à côté de la duchesse.

— Pendant que vous regardez les photos, puis-je aller dire bonjour à Dalton, miss Grandville ? demanda Elaine.

Ce fut la vieille dame qui lui répondit :

— Je sais pourquoi tu as envie de voir ce brave Dalton. C'est à cause des fruits confits qu'il te donne ! Tu peux y aller. Mais je ne voudrais pas que ta gouvernante me reproche d'encourager ta gourmandise. Alors, s'il te plaît, n'en mange pas trop.

— Je vous le promets, assura la fillette qui sortit du salon à toutes jambes.

— C'est étrange comme tous les enfants se ressemblent, commenta la duchesse dès que la porte se fut refermée. Pas un qui ne raffole de sucreries. Moi aussi, quand j'étais petite, j'adorais les bonbons et les friandises. Les temps changent, les mœurs évoluent mais les goûts des enfants demeurent.

— C'est vrai, l'approuva Sally.

Puis, avec précaution, elle ouvrit l'album à la première page.

— Regardez cette photo, lui indiqua la duchesse en pointant son index. Nous y sommes tous, mon mari, mes cinq enfants et moi.

Sally se pencha un peu.

— Ah oui, vous voilà au bras du duc de Cheyn... Que vous étiez belle !

— Je me souviens encore du jour où ce cliché a été pris. Notre photographe attitré était venu exprès de Londres pour nous faire une série de portraits de famille. Avant la séance de pose, les incidents domestiques s'étaient multipliés. Stebby s'était cogné contre un meuble et saignait du nez. Je ne sais plus pour quelle raison, mes deux filles s'étaient querellées, Catherine pleurait comme une Madeleine. Mon mari était furieux. Au moment de nous ranger sous les projecteurs du photographe, nous faisions tous de drôles de tête !

« La photo aurait été abominable si Adrian, mon second fils, n'avait été là pour détendre l'atmosphère. Petit garçon, il possédait un sens aigu du comique et de réels talents d'imitateur. Nous posions devant l'objectif, raides, renfrognés, quand Adrian se mit à psalmodier, avec la voix du pasteur du village : "Prions, mes bien chers frères !" Tous les membres de la famille éclatèrent de rire. Et la photo fut réussie.

Du doigt, elle indiqua le garçonnet au grand sourire qui se tenait à gauche du duc de Cheyn.

— C'est lui, Adrian.

— Il s'est tué dans un accident de voiture, n'est-ce pas ?

La duchesse acquiesça d'un signe de tête.

— De toute manière, Adrian serait mort tragiquement quelques années plus tard, j'en suis sûre. Il aurait participé à la dernière guerre comme pilote de chasse et aurait pris les risques les plus fous aux commandes de son avion. Il voulait toujours faire les choses mieux et plus vite que les autres.

Elle eut un sourire.

— Cher Adrian, murmura-t-elle comme à part soi, c'était mon préféré.

— Il est mort en laissant un fils, m'a dit Anne.

La duchesse se raidit aussitôt.

— Oui, confirma-t-elle à contrecœur.

— Ressemble-t-il à son père ? A-t-il lui aussi le goût du risque et de la vitesse ?

— Je ne sais pas. Nous nous sommes fâchés tous les deux. Il y a bien longtemps que je ne l'ai vu.

— Comme c'est triste !

La vieille dame se renfrogna.

— Les liens familiaux sont si précieux et si forts, poursuivit néanmoins Sally. On ne peut jamais les rompre tout à fait. A ce propos, mon père racontait une histoire assez extraordinaire qui lui était arrivée. Voulez-vous l'entendre ?

Les sourcils de la duchesse se froncèrent. L'air irrité, elle fixa la jeune fille. Sa curiosité finit toutefois par l'emporter.

— Soit ! accepta-t-elle d'un ton brusque.

Sally commença ainsi :

— Au début de son ministère à St. Chytas, un soir, mon père fut appelé au chevet de Mme Mullin, une vieille femme très malade qui avait cinq fils. Elle lui demanda s'il accepterait de procéder au partage de son bien entre ses enfants une fois qu'elle serait morte. Il donna son accord. De dessous son oreiller, Mme Mullin tira une boîte à biscuits qu'elle lui confia. A la grande surprise de mon père, elle contenait huit cents livres en pièces d'or, d'argent et de cuivre. A force de privations, la vieille femme, veuve d'un modeste pêcheur, avait accumulé au fil des ans une véritable fortune.

« "De quelle manière souhaitez-vous que je répartisse cet argent ?" l'interrogea mon père. "Vous le diviserez entre mes quatre fils." "Comment ! Mais vous avez cinq fils !" La vieille femme hocha la tête avec obstination : "Je sais ce que je dis : j'ai quatre fils, et vous leur distribuerez à chacun une part égale."

« Mon père n'insista pas. Il connaissait bien la famille et se souvenait que le cadet, Arthur, après une dispute avec sa mère, avait quitté le village. La rumeur disait qu'il s'était engagé dans l'armée. La guerre de 14 venait d'éclater, Arthur devait se trouver quelque part au front dans le nord de la France.

« Mon père emporta la précieuse boîte au presbytère où il la mit en sécurité. Quelques semaines plus tard, une nuit, il se réveilla en sursaut avec l'impression que Mme Mullin avait instamment besoin de lui. Incapable de se rendormir, il s'habilla et se rendit à la maison de la vieille femme. Un de ses fils l'accueillit sur le seuil : "C'est bizarre, monsieur le pasteur, je m'apprêtais justement à aller vous chercher. Ma mère est morte il y a dix minutes."

« Mon père réconforta la famille, puis il prit les dispositions pour les obsèques. Les jours qui suivirent, il eut la sensation que Mme Mullin se tenait sans cesse à ses côtés et lui demandait avec insistance quelque chose. Après l'enterrement, il réunit les quatre frères pour procéder au partage suivant les volontés de la défunte. L'illusion de la présence de celle-ci s'était encore accrue, au point qu'il s'étonnait même que les autres ne s'aperçoivent de rien.

« Après avoir ouvert la boîte contenant le trésor, il déclara : "Voici huit cents livres dont vous héritez de votre mère. Elle m'a chargé d'en faire..." Stupéfait, il s'entendit ajouter : "cinq parts égales pour chacun de ses fils." Il comprit alors que c'était les mots que Mme Mullin avait souhaité qu'il prononce. Désormais, elle pouvait reposer en paix.

Sally ménagea une pause dans son récit. Son regard évitait celui de la duchesse. N'était-elle pas en train de lui faire la leçon d'une façon trop appuyée et maladroite ?

— Un an plus tard, poursuivit-elle malgré tout, Arthur revint au village. Il avait perdu un bras à la guerre, et sa poitrine s'ornait d'une médaille militaire. Tout le monde fut très fier de lui à St. Chytas et le traita en héros. Il ne tarda pas à se marier. Grâce à l'argent hérité de sa mère, il ouvrit avec sa femme une épicerie dans la rue principale du village. Ils la tiennent encore aujourd'hui. Ce sont des gens charmants, estimés de chacun.

La duchesse resta silencieuse.

Pour se donner une contenance, Sally se remit à feuilleter l'album.

— Ah, voici une autre photo de vos enfants, ils sont plus grands là.

La vieille dame ne réagit toujours pas.

L'album fini, Sally se leva pour aller en chercher un autre. Quand elle revint s'asseoir près de la duchesse, celle-ci sortit enfin de son mutisme :

— Dans des circonstances identiques, pensez-vous que votre père aurait eu le même comportement vers la fin de sa vie ?

— J'en suis persuadée. Sa foi a toujours été inébranlable.

— Vous savez, mon enfant, quand on devient vieux comme moi, on a tendance à faire preuve d'entêtement et à manquer de générosité.

Elle soupira :

— C'est mon cas avec Richard.

— Puisque vous en avez conscience, vous pourriez changer d'attitude et vous réconcilier avec lui.

— Croyez-vous, miss Grandville, qu'il soit agréable de s'être dévouée à son petit-fils pour qu'il vous traite ensuite de « vieille folle » ?

— Des mots qu'il aura prononcés dans un moment d'emportement. Mais il ne le pense pas dans le fond de son cœur.

Contre toute attente, la duchesse sourit à Sally.

— Qui vous a parlé de Richard ? l'interrogea-t-elle. Anne ?

— Oui.

— Et qui lui en a parlé à elle ?

— Votre fils, le duc de Cheyn. Cette dissension au

sein de votre famille l'attriste beaucoup. De même que son frère et ses sœurs.

Il y eut un silence.

— Eux aussi aimaient lord Adrian, ajouta Sally.

La duchesse eut un geste d'impatience.

— L'amour ? Qu'en connaissent-ils ? Ce n'était pas leur fils !

Mais le ton de sa voix se radoucit aussitôt :

— Vous avez pourtant raison : mes enfants éprouvaient une immense affection les uns pour les autres.

— Et si lord Adrian vous manque, songez combien il doit aussi manquer à son fils.

— Je me le demande. Richard m'a toujours semblé un garçon peu sensible.

— Peut-être ne savait-il pas bien exprimer ses sentiments. Ou encore était-il jaloux de vous ?

La duchesse fixa Sally d'un air incrédule.

— Jaloux de moi ! répéta-t-elle. Quelle idée !

— Je veux dire... quand deux êtres aiment la même personne, une certaine jalousie s'installe souvent entre eux. Si Richard était très attaché à son père, il se peut que, consciemment ou pas, il vous ait prise pour une rivale.

La vieille dame resta un long moment pensive.

— Il y a sans doute du vrai dans ce que vous dites, mon enfant, murmura-t-elle enfin.

Le retour d'Elaine, les lèvres barbouillées de sucre, mit un terme à leur dialogue.

— Savez-vous ce que Dalton m'a montré, miss Grandville ? questionna la fillette. Un bateau dans une bouteille ! Il l'y a introduit par un tour de magie. C'est merveilleux, non ?

— Oh oui, ma chérie.

Sally consulta sa montre.

— Il faut que nous rentrions. Nous avons nos valises à préparer.

En se mettant debout, elle heurta du coude l'album posé sur le bras du fauteuil.

— Attention, miss Grandville ! s'écria Elaine qui s'élança et rattrapa au vol le gros livre avant qu'il ne tombe.

Plusieurs photos se détachèrent des pages et s'éparpillèrent sur le parquet.

— Je suis désolée, fit Sally. Excusez-moi.

Elle ramassa les photos.

— Dois-je les remettre à leur place ?

— Non, ce n'est pas la peine. Donnez-les-moi, lui ordonna la duchesse.

La vieille dame se mit à les classer elle-même.

— Tenez, voici une photo de Richard.

L'image représentait un jeune homme élancé posant en grand uniforme de grenadier de la garde. Sally l'examina avec attention puis elle faillit pousser un cri. Dominant son émoi, elle rendit la photo à la duchesse.

Il était temps de prendre congé, maintenant.

— Au revoir, madame la duchesse, la salua Elaine. Nous soignerons bien Anne et, je vous le promets, elle reviendra vite vous tenir compagnie.

— Tu es bien mignonne, mon enfant. Je vous souhaite un bon voyage à toutes les trois, et un agréable séjour à St. Chytas.

— Ça va être formidable ! trépigna la fillette.

Les visiteuses allaient quitter le salon, quand la voix de la vieille dame les arrêta sur le seuil de la porte :

— Miss Grandville, vous pourrez annoncer à

votre sœur que la mission de son ambassadrice a réussi.

Sally se retourna.

— Ce qui signifie que vous êtes disposée à vous réconcilier avec Richard ?

— En effet... Je souhaite mourir en paix.

La décision que la duchesse venait de prendre la rendait heureuse. Un très beau sourire, plein de tendresse, illuminait son visage parcheminé.

17

Dans le vestiaire réservé aux mannequins, Audrey se déshabillait. Sur un cintre, elle suspendit avec soin le modèle qu'elle venait de présenter devant un parterre de millionnaires américaines. Puis elle remit son chemisier blanc et sa jupe bleue.

— Je meurs de faim ! lança-t-elle à une autre jeune femme qui, assise devant une coiffeuse, arrangeait son maquillage. Heureusement, il est l'heure de déjeuner.

— Quelqu'un t'a invitée ?

— Oui, cela me changera des infectes salades du bar du coin.

— Tu as de la chance d'être aussi mince. Moi, pour garder la ligne, je suis obligée de suivre un régime très strict. Si tu savais comme c'est dur quand on a un appétit féroce comme le mien !

— J'aurai une pensée émue pour toi, tout à l'heure, devant mon assiette, pouffa Audrey.

Après avoir ajusté son chapeau sur sa tête, elle

quitta le vestiaire. La matinée avait été épuisante. C'était l'époque de la présentation des collections d'hiver. Sans une seconde de répit, elle avait passé toilette sur toilette et multiplié les défilés devant de richissimes clientes accourues d'Europe et d'Amérique pour admirer les derniers modèles de Michael Sorrell.

Dehors brillait un grand soleil d'été. « Comme j'aimerais partir quelques jours ! » soupira-t-elle. Hélas, il n'en était pas question. Et dans une heure à peine, il lui faudrait se remettre à la tâche.

Comme convenu, Ben Marlow l'attendait devant la maison de couture. En l'apercevant, il sortit de sa Mercedes et s'avança à sa rencontre.

— Vous êtes en retard, Audrey ! lui dit-il sur un ton de reproche.

— Impossible ! J'ai arrêté de travailler exactement à une heure moins cinq.

Ben lui sourit.

— L'essentiel, c'est que vous soyez là. Toujours aussi ravissante.

— Et vous toujours aussi galant.

Ils prirent place dans la voiture. La Mercedes s'élança.

— Où allons-nous ? s'enquit Audrey.

— J'ai réservé une table au Ritz Grill. J'ai choisi un endroit tranquille car nous devons parler. J'ai des choses importantes à vous dire.

— Je vous avertis, Ben, nous ne pourrons guère nous attarder. Je dois être rentrée à la maison de couture à deux heures précises, sinon Nadine Sloe ne me le pardonnerait pas. Je me demande encore pourquoi elle me déteste à ce point.

— C'est compréhensible : vous représentez un danger pour toute jolie femme.

— Peut-on dire que Nadine Sloe soit jolie ?... Oui, sans doute, mais je la trouve tellement antipathique !

En as du volant, Ben conduisait avec dextérité. La Mercedes se faufilait à toute allure dans le flot de la circulation. Après avoir emprunté Berkeley Street, traversé Piccadilly, la voiture s'immobilisa bientôt devant l'entrée du Ritz, dans Arlington Street.

A l'intérieur du luxueux restaurant, un maître d'hôtel conduisit Audrey et Ben jusqu'à leur table.

— J'ai commandé notre repas à l'avance, annonça celui-ci. Je sais que votre temps est limité, j'ai donc cru bon de prendre les devants. Le vin est déjà devant nous.

— C'est parfait, approuva Audrey en ôtant ses gants.

Avec une élégance désinvolte, elle posa ses coudes sur la table et appuya son menton sur ses mains.

— Vous êtes toujours si gentil avec moi, Ben, ajouta-t-elle.

Il la dévisagea avec une gravité soudaine. Il attendit que le serveur s'éloigne, après avoir rempli leurs verres, et se pencha vers elle :

— C'est ce que je désire, Audrey, être gentil avec vous... très gentil.

— Et vous y réussissez fort bien ! En revanche, je crains pour ma part de me montrer souvent ingrate. Je ne vous ai même pas remercié pour les fleurs splendides et les fruits que vous avez envoyés à Anne, à l'hôpital. Elle en a été très touchée.

Ben sembla gêné.

— Ne me remerciez pas, protesta-t-il. C'était la moindre des choses.

— Anne vous en est très reconnaissante ; elle m'a chargée de vous le dire.

Une ombre de mélancolie assombrit les yeux verts d'Audrey.

— Elle part demain en Cornouailles, continua-t-elle. Sally aussi. Elle prend le train ce soir avec la petite fille dont elle est la gouvernante.

Elle soupira :

— Comme j'aimerais pouvoir les accompagner ! Rester seule à Londres sans elles ne m'enchante guère. De plus, j'ai très envie de quelques jours de repos en ce moment.

— N'ayez pas peur, je serai là pour vous distraire et vous tenir compagnie.

— Merci, mais ce n'est pas comme un départ en vacances.

Ben but une gorgée de vin blanc.

— Écoutez, Audrey, lui dit-il en reposant son verre, vous n'avez qu'à abandonner votre emploi. Il est ridicule de travailler lorsqu'on n'en a pas envie.

Une brusque irritation perça dans son regard.

— Croyez-vous que je travaille pour mon plaisir ? s'emporta-t-elle. J'en ai besoin, figurez-vous. Pour les gens ordinaires comme moi, l'argent ne tombe pas du ciel. Peut-être ne le savez-vous pas !

— Je vous ai froissée, excusez-moi. Telle n'était pas mon intention.

Leur conversation s'interrompit : un serveur disposait devant eux des plats qui paraissaient délicieux. Ben commença à manger et Audrey ne tarda pas à l'imiter. La bonne chère alliée au vin blanc frais modifièrent son humeur. Elle se sentit mieux, sa colère retomba. Elle jeta un regard à Ben : il avait l'air tout penaud et tout triste.

Le remords la gagna. Elle ne le payait pas de retour pour toutes ses amabilités. Sans lui et sa gentillesse, ces dernières semaines auraient été insupportables.

D'un mouvement impulsif, elle posa sa main sur la sienne.

— Je suis désolée de m'être fâchée, lui déclara-t-elle avec ce sourire irrésistible dont elle se servait depuis toute petite, quand elle voulait se faire pardonner.

Ben retint sa main.

— J'ai quelque chose à vous demander, Audrey.

— Oui ?

Il parut hésiter. Il sortit son étui à cigarettes de la poche de sa veste, en alluma une. Après en avoir tiré une longue bouffée, il se décida :

— Je vous ai emmenée voir ma mère, vous vous en souvenez ?

— Bien sûr. Comment va-t-elle ?

Il ignora sa question.

— Je l'ai fait pour une raison très précise, continua-t-il. Je voulais que vous fassiez connaissance toutes les deux.

Audrey pouffa, moqueuse :

— Cela me paraît évident, non ?

— Pas tout à fait. Il m'est souvent arrivé de présenter des femmes à ma mère. Jamais aucune ne lui a plu. Sauf vous. Elle vous a trouvée très bien à tous les points de vue. Elle m'a même dit que vous étiez faite pour moi.

Les sourcils froncés, Audrey le dévisagea. Elle n'était pas sûre d'avoir bien compris.

— En clair, qu'est-ce que cela signifie ?

— Eh bien... que maman aimerait que je vous épouse.

— Comment, Ben ! Me demanderiez-vous en mariage parce que votre mère le veut ?

— Je le veux aussi, dit-il avec sérieux. Je vous admire, Audrey. Vous m'avez plu tout de suite. Je suis sûr que ma mère ne se trompe pas. Les femmes ont une intuition infaillible parfois et je peux lui faire confiance. Elle sait mieux que personne ce qui me convient.

— C'est ridicule, Ben ! Vous n'êtes même pas amoureux de moi, et vous le savez.

— Oui, je le suis. Mais vous ne m'avez pas laissé vous le prouver. Vous savez garder vos distances : je n'ai même pas réussi à vous arracher un baiser.

Il haussa les épaules.

— Et même si nous ne sommes pas follement épris l'un de l'autre, nous apprendrons à nous aimer avec le temps. J'en ai la conviction.

— Oh, Ben, Ben !

Le sourire moqueur d'Audrey s'évanouit. Des larmes lui vinrent aux yeux. Ben l'émouvait : sous ses allures de play-boy il cachait un cœur simple, celui d'un petit garçon qui essayait de se conformer aux désirs de sa mère.

— Écoutez, poursuivit-elle, je suis très touchée mais le mariage est une chose grave. Un homme et une femme ne s'engagent pas pour toute une vie sans s'aimer. Sans s'aimer vraiment. Sinon ils courent à l'échec.

— Je suis amoureux de vous !

Audrey secoua la tête.

— Non, pas tout à fait, Ben.

— Au moins laissez-moi la possibilité de le devenir.

Elle poussa un soupir.

— On ne devient pas amoureux. On l'est ou on ne l'est pas. Voilà tout.

— Vous êtes faite pour moi, Audrey. Je veux vous épouser.

— Parce que votre mère vous l'a dit.

— Ce n'est pas la seule raison, même si elle compte, je le reconnais. Maman est une femme avisée, elle sait ce qui est bien pour moi. J'ai toujours suivi ses conseils et cela m'a réussi jusqu'à présent.

Audrey lui adressa un sourire. Cher Ben, la confiance qu'il mettait en sa mère avait quelque chose d'attendrissant ; elle n'eut pas le cœur de le contredire mais il était temps de dissiper les équivoques.

Elle le regarda droit dans les yeux.

— La vérité, Ben, c'est que moi... je ne suis pas amoureuse de vous.

— Je vous apprendrai à m'aimer. Et vous serez heureuse avec moi. Nous voyagerons autour du monde, nous achèterons une maison à Londres, une autre à la campagne. Nous aurons des chevaux, des voitures. Je vous offrirai les toilettes des plus grands couturiers. Je vous couvrirai de bijoux, de fourrures. Bref, de tout ce qu'une femme peut désirer.

C'était étrange : n'avait-elle pas rêvé de mener cette vie de luxe et d'opulence que Ben lui faisait miroiter ? En venant à Londres, son but n'avait-il pas été d'épouser un millionnaire ? Et voilà qu'au moment où l'occasion s'en présentait, elle refusait. Pour quelle raison ?

Au plus profond de son cœur, la réponse ne souffrait aucun doute...

Un serveur vint leur apporter le café. Audrey en but une gorgée tandis que Ben la dévisageait en silence. Il avait une expression tendre, angoissée, qu'elle ne lui avait jamais vue auparavant. Il attendait sa réponse.

Audrey reposa sa tasse sur la table.

— De nombreuses femmes vous sont tombées dans les bras à cause de votre fortune, n'est-ce pas, Ben ? Me croyez-vous capable de me comporter comme elles ?

Une grimace douloureuse déforma le visage de Ben.

— Vous ne voulez donc pas comprendre ! Je vous aime, je veux vous épouser... Acceptez-vous de devenir ma femme ?

Il lui faisait de la peine. Elle l'avait blessé et elle s'en voulait... mais elle ne devait pas céder pour autant.

— C'est non, lui répondit-elle d'une voix qu'elle voulut à la fois ferme et douce. Vous verrez, un jour, vous rencontrerez une femme bien plus jolie et plus agréable que moi. Vous l'aimerez et vous serez heureux avec elle. Vraiment heureux.

— Impossible, je ne tomberai jamais amoureux d'une autre que vous.

Elle haussa les épaules puis regarda sa montre.

— Je suis désolée, Ben, il faut que je m'en aille, annonça-t-elle en ramassant son sac et son chapeau. Si je perdais mon emploi, je serais obligée de vous épouser rien que pour votre argent !

— Au moins vous deviendriez ma femme.

Audrey se leva.

— Non, Ben, vous exigez beaucoup plus de la vie... Tout comme moi du reste.

Ils regagnèrent la Mercedes. Le trajet du Ritz Grill à la maison de couture s'effectua en silence.

Au moment de se quitter, Ben retint un instant Audrey par la main.

— Je vous estime tant, lui murmura-t-il. Vous ne ressemblez à aucune des femmes que j'ai connues. Vous êtes franche et honnête. C'est ce qui me plaît chez vous.

— Merci, Ben. Voilà le plus beau compliment que vous m'ayez jamais fait.

Il se pencha vers elle.

— Sachez-le, je ne considère pas votre refus comme définitif. Je vous attendrai. Des années s'il le faut. Mais vous deviendrez un jour ma femme.

— Vous vous lasserez vite, j'en suis sûre.

Elle ne lui accorda qu'un sourire avant de sortir de la voiture.

— Je vous téléphonerai demain matin ! lui cria Ben tandis qu'elle s'éloignait sur le trottoir.

En guise de réponse, Audrey lui adressa un salut de la main et se précipita vers l'entrée de la maison de couture. Malgré sa hâte, elle était en retard. Les mannequins, déjà prêts à participer au premier défilé de mode de l'après-midi, avaient quitté le vestiaire.

Audrey se dépêcha de passer la robe du soir noire que l'habilleuse lui avait préparée et alla vite rejoindre la file des autres jeunes femmes. Le harassant tourbillon des défilés devant les clientes reprit.

Vers la fin de la journée, le rythme du travail se ralentit un peu. L'esprit plus disponible, Audrey put repenser à son déjeuner avec Ben. A vrai dire, sa demande en mariage l'avait surprise. Bien sûr, elle savait qu'elle lui plaisait, mais de là à imaginer qu'il lui proposerait de l'épouser ! Pauvre Ben ! Il était si enfantin. Au point d'en devenir émouvant. Mais une chose était certaine : pour sa part, elle n'éprouvait pas l'ombre d'un sentiment amoureux pour lui.

Elle croyait changer pour la dernière fois de la journée, quand l'habilleuse fit irruption dans le vestiaire.

— Audrey ! Miss Sloe vous demande de présenter de nouveau le « Lys tigré ».

— Oh, zut ! marmonna Audrey entre ses dents.

« Lys tigré » était le nom d'une robe du soir d'une extrême élégance que Michael Sorrell avait dessinée exprès pour elle. Tout en soie aux chatoiements dorés, elle s'harmonisait à ravir avec le feu de sa chevelure. Pour la présenter, elle devait tenir dans ses bras un bouquet de lys tigrés. C'était une toilette superbe qu'Audrey adorait montrer d'habitude mais, pour l'heure, elle était exténuée et n'avait qu'une envie : regagner la mansarde et y prendre une bonne tasse de thé.

« Nadine Sloe se fait un plaisir de m'embêter », pesta-t-elle, tout en se rhabillant.

Dans le salon où Audrey pénétra, il ne restait que trois clientes. Un épais carnet de commandes à la main, Nadine Sloe se tenait debout à leurs côtés.

De sa démarche gracieuse, Audrey s'avança le long de la moquette grise, virevolta dans un bruissement soyeux et repartit en sens inverse. Sa présentation avait du succès : dans son dos, s'élevaient les exclamations admiratives des clientes.

Elle effectua un nouveau demi-tour. Du coin de l'œil, elle aperçut une silhouette masculine qui se glissait au fond du salon. L'aspect du nouveau venu lui sembla vaguement familier. Elle le regarda mieux. Un cri faillit alors s'échapper de sa poitrine. C'était Peter !

Il venait de s'approcher de Nadine Sloe et lui parlait à l'oreille.

Gardant avec difficulté le contrôle d'elle-même, Audrey termina son exhibition puis regagna les coulisses. Ses jambes la soutenaient avec peine tant son trouble était grand. Toute tremblante, elle s'adossa à une cloison. Dans sa poitrine, son cœur battait la chamade. Elle cacha son visage entre ses mains. Peter ! Peter ! Il était revenu ! Mais était-ce pour elle ?

Dans le vestiaire, les autres mannequins bavardaient et riaient mais Audrey ne les entendait pas. Elle n'avait conscience que du sang qui cognait à ses tempes.

Le rideau gris s'écarta tout à coup sur Nadine Sloe :

— Peter Aird voudrait vous voir, Audrey, lui annonça-t-elle d'un ton sec.

Audrey se redressa et parvint à balbutier :

— Maintenant ?

— Oui, il vous attend en bas, dans le hall d'entrée. Votre journée est terminée, vous pouvez aller le rejoindre.

— Je vous remercie.

En hâte, Audrey se changea. Elle saisit son sac à main, mit son chapeau et, sans même un regard au miroir, se rua vers l'ascenseur. Quand elle déboucha dans le hall d'entrée, il était désert. Mon Dieu ! Peter était-il reparti ? Oh non !

La réceptionniste la héla alors depuis son guichet :

— Audrey ! Un jeune homme vous attend dehors.

— Merci beaucoup.

Elle se précipita à l'extérieur. Debout sur le trottoir, Peter lui tournait le dos. Les mains dans les poches, il regardait les voitures passer. Audrey suspendit son pas et l'observa un instant, mi-ravie mi-anxieuse. Enfin elle le rejoignit.

— Bonjour, Peter.

Il lui fit face.

— Bonjour, Audrey.

Le regard de tendresse dont il l'enveloppa la fit frémir.

— Pourquoi êtes-vous resté absent si longtemps ? l'interrogea-t-elle.

— C'est ce que je suis venu vous expliquer.

Sa voiture était garée quelques mètres plus loin. Peter aida Audrey à y prendre place. Il démarra et conduisit en silence. Elle l'examina à la dérobée : il avait changé, lui sembla-t-il. L'expression de son visage était plus grave, on aurait dit qu'il avait mûri au cours de ces semaines...

Il s'arrêta sous les arbres d'une allée déserte. Le regard de Peter se tourna lentement vers Audrey.

— Je suis revenu, lui dit-il.

— Je vois.

— Voulez-vous savoir pourquoi ?

— Bien sûr.

— Je suis revenu pour vous épouser.

A ces mots, une onde de joie submergea Audrey. Elle se jeta dans ses bras. Ses lèvres cherchèrent les siennes.

— Oh, Peter, Peter ! balbutia-t-elle tandis que des pleurs d'attendrissement ruisselaient le long de ses joues.

De toute sa vie elle n'avait éprouvé un bonheur aussi intense. Elle ne serait plus jamais seule. Elle appartenait à Peter. Et Peter lui appartenait.

Ils s'embrassèrent longtemps. Avec une fougue et une ferveur qui les enivraient tous deux.

— Je vous ai donc beaucoup manqué, ma chérie, chuchota-t-il entre deux baisers.

— Oui, Peter, énormément. Mais, dites-moi, pourquoi avez-vous disparu ainsi ?

— Parce que je vous aimais.

— J'ai eu si peur de vous avoir perdu. Vous auriez pu m'écrire, me dire où vous étiez. Pour quelle raison n'en avez-vous rien fait ?

Des larmes à nouveau embuèrent ses yeux. Peter effleura ses lèvres qui tremblaient.

— C'est une longue histoire, lui répondit-il. Je vous la raconterai en détail. Mais plus tard. Pour l'instant, il vaudrait mieux que je vous ramène au Saracen's Head.

— Si vous voulez.

Ils prirent la direction de Chelsea. Audrey avait incliné la tête sur l'épaule de l'homme qu'elle aimait. Pendant tout le trajet, un allègre petit refrain chanta dans sa tête : « Il est de retour et le reste m'est indifférent. » Heureusement, elle avait su dire non à Ben Marlow. Une évidence s'imposait à elle maintenant : on ne peut se marier sans amour.

— Peter, Peter ! murmura-t-elle au comble de la tendresse.

Il lui jeta un bref regard.

— Ne me parlez pas sur ce ton, ma chérie. Je serais capable de lâcher le volant pour vous embrasser et nous aurions un accident.

Audrey éclata de rire.

Enfin, la voiture se gara devant le pub de M. et Mme Jarvis.

Il était encore tôt; Sally n'était pas rentrée à la mansarde. Après avoir déposé son sac et son chapeau sur un fauteuil, Audrey vint se blottir dans les bras de Peter.

— Vous savez, ma chérie, lui chuchota-t-il à l'oreille, moi aussi, j'ai eu très peur de vous perdre.

— J'ai été stupide : je n'ai pas voulu admettre que j'étais folle de vous.

— Oh, mon amour ! mon amour !

Il captura sa bouche. Leur baiser fut long, passionné. Un bruit de pas résonna alors dans l'escalier. A contrecœur, ils s'écartèrent l'un de l'autre. La porte s'ouvrit, Sally parut sur le seuil de la mansarde. Elle adressa un sourire à sa sœur et s'apprêtait à lui parler quand elle découvrit la présence de Peter. Une expression d'étonnement ravi éclaira son visage.

— Peter ! s'écria-t-elle. Quelle bonne surprise ! Depuis quand êtes-vous de retour ?

— Depuis cet après-midi.

Le regard de Sally revint sur Audrey. Sa sœur rayonnait. Jamais elle n'avait été aussi belle.

— Si tu savais comme je suis heureuse, Sally ! s'écria Audrey en venant l'embrasser.

— Ce qui veut dire ? s'enquit Sally qui croyait deviner ce qui se passait.

— Qu'Audrey et moi allons nous marier, répondit Peter.

— C'est merveilleux, mes enfants !

— Oui, murmura Audrey tout en jetant ses bras autour du cou de Peter.

Sally fixait le jeune homme avec un sourire amusé.

— Votre retour tombe bien, Peter. Je voulais justement vous voir.

Il haussa les sourcils.

— Ah ! Et pour quelle raison ?

— Parce que j'ai découvert qui vous êtes.

18

— Vous avez joué les Sherlock Holmes, Sally ? plaisanta Peter. J'imaginais plutôt que ce serait Anne qui découvrirait la première le pot aux roses.

— Quel pot aux roses ? questionna Audrey en fronçant les sourcils.

Sally consulta le jeune homme du regard.

— Qui le lui dit ? Vous ou moi ?

— Un instant ! s'écria sa sœur. Que les choses soient bien claires ! J'ignore ce que vous allez m'apprendre mais mes sentiments ne changeront pas. J'aime Peter. Pour toujours.

— En êtes-vous sûre ?

— Absolument !

— Même si vous apprenez des horreurs sur mon compte ?

— Cela m'est égal... pourvu que vous m'aimiez aussi.

Peter la serra dans ses bras.

— Je suis fou de vous, ma chérie.

Il s'adressa alors à Sally qui les fixait d'un œil attendri :

— Voulez-vous lui dévoiler le terrible secret ?

— Tout compte fait, je préférerais que vous vous en chargiez.

— Soit !... Êtes-vous prête à recevoir un choc, Audrey ?

— Je le suis.

Malgré les sourires complices qu'échangeaient Peter et Sally, Audrey semblait anxieuse.

— Voilà, je ne m'appelle pas Peter Aird mais Richard Peterfield Sebastian Fenwick, commença le jeune homme.

— Fenwick ? répéta Audrey.

Elle réfléchit un instant avant d'ajouter :

— C'est le nom de famille des Cheyn, n'est-ce pas ?

— Qu'elle est intelligente ! Elle a trouvé du premier coup.

— Alors, Peter...

La voix d'Audrey se troubla.

— Vous... vous êtes...

— Le petit-fils de la duchesse de Cheyn, compléta Peter.

Il se tourna vers Sally.

— Dites-moi, comment avez-vous réussi à découvrir ma véritable identité ?

— C'est simple : j'ai rendu visite à la duchesse cet après-midi et j'ai vu votre photo dans l'un de ses albums.

— Ah, bon ! J'aurais pensé qu'elle avait jeté tout ce qui pouvait lui rappeler mon existence.

— Ce n'est pas le cas. Vous êtes même rentré en grâce. C'est pour vous annoncer la bonne nouvelle que je désirais vous voir. Elle compte vous écrire.

— M'écrire ? s'étonna Peter. Que lui prend-il ?

— Elle regrette votre brouille et veut vous proposer une réconciliation.

— Qui a pu la faire changer d'idée ? Vous, Sally ?

— Peut-être... En tout cas, j'espère que vous accepterez.

— Je ne sais pas. Ma grand-mère est un tyran, elle fait marcher tout le monde à la baguette dans la famille. Pour ma part, je n'ai aucune envie d'obéir à ses décrets.

Audrey, blottie dans ses bras, leva son regard vers lui.

— Je n'y comprends rien, avoua-t-elle. Expliquez-moi... Et d'où vient ce nom de Peter Aird ?

— C'est moi-même qui me le suis donné. J'ai simplifié mon prénom Peterfield en Peter. Et Aird est le nom de jeune fille de ma mère.

— Qu'est-ce qui vous a poussé à vous débaptiser ainsi ?

— Il est sans doute temps que je vous raconte mon histoire.

Peter alla s'asseoir dans un fauteuil et alluma une cigarette. Les deux sœurs s'installèrent en face de lui pour l'écouter.

— A l'époque où mon père et ma mère se sont tués dans un accident de voiture, commença-t-il, je venais d'être admis dans le régiment des grenadiers de la garde. Leur mort m'a tellement affecté que j'ai éprouvé le besoin de changer de vie. Mon grand-père maternel possédait une entreprise de construction navale sur les bords de la Clyde, en Écosse. J'ai décidé d'aller y travailler comme ouvrier. Une activité manuelle pénible me permettrait de ne plus penser sans cesse à la disparition tragique de mes parents. J'ai avisé ma grand-mère, la duchesse, de mes intentions. Elle est entrée dans une colère noire. « Tu ne peux déroger à la tradition, s'est-elle emportée, il y a toujours eu un membre de la famille dans les grenadiers de la garde. » J'ai eu beau lui expliquer que les temps avaient changé, elle n'a rien voulu entendre. Notre conversation s'est envenimée. Je lui ai affirmé que je mènerais ma vie à ma guise, que cela lui plaise ou non. Elle l'a très mal pris. Et nous nous sommes quittés fâchés.

« Je me suis rendu en Écosse, auprès de mon grand-père maternel. Il a bien voulu m'embaucher dans son entreprise. J'étais tellement fâché contre la duchesse que j'ai décidé de couper les ponts avec les Cheyn et de me faire appeler Peter Aird.

« Au bout d'un an, la guerre a éclaté. J'ai été rappelé en tant que réserviste et envoyé en France avec mon régiment. Après le rembarquement de Dunkerque, j'ai poursuivi les combats dans les sables du désert de Libye sous le commandement du général Montgomery, puis j'ai participé à la campagne d'Italie. Cent fois j'ai failli être tué mais j'ai eu de la chance. Finalement, je n'ai reçu qu'un éclat d'obus au cours de la libération de Rome.

— Vous avez été blessé ? s'émut Audrey. Vous ne me l'aviez pas dit.

— Oh, ça n'a pas été bien grave. Une légère lésion des muscles de la jambe gauche. Je m'en suis vite remis mais j'ai néanmoins été réformé. La mort dans l'âme : j'aurais aimé combattre jusqu'à la victoire définitive.

« De retour en Angleterre, j'étais plutôt déprimé. J'avais vu tant d'horreurs au cours de cette guerre. J'avais côtoyé la mort de près, presque tous mes compagnons d'armes étaient tombés sous mes yeux. Je n'étais plus le même. L'envie de travailler comme ouvrier m'était passée. J'écrivis à mon grand-père Aird pour le lui signifier et décidai de me fixer à

Londres. Je possédais un joli coup de crayon : gagner ma vie en faisant des illustrations pour des magazines devait être possible. Je n'étais pas heureux mais j'étais indépendant. Je recevais quelques commandes, je me débrouillais. Puis Audrey est entrée dans ma vie.

Il écrasa sa cigarette dans le cendrier, se leva et vint prendre place aux côtés d'Audrey. Sa main se posa sur son épaule.

— C'est vous que j'attendais depuis des années, lui murmura-t-il.

— Êtes-vous tombé amoureux de moi tout de suite, Peter ? lui demanda-t-elle d'une voix vibrante d'émotion.

— Oui, dès le premier instant où je vous ai aperçue. Je l'ai immédiatement compris : vous étiez celle qui incarnait mon idéal.

Il fut sur le point de la prendre dans ses bras et de l'embrasser avec toute la passion qu'il ressentait pour elle. Mais la présence de Sally l'obligea à refréner son élan. Il en finit avec ses explications :

— Quand j'ai disparu, il y a quelques semaines, je suis retourné voir mon grand-père Aird en Écosse. Il a bien voulu accepter de me réembaucher. Mais à un poste de responsabilité, cette fois-ci. Il m'a même avoué souhaiter me voir prendre sa succession dans quelque temps. Il y a beaucoup de travail dans la construction navale à l'heure actuelle, les carnets de commande sont pleins. Après les destructions de la guerre, la Grande-Bretagne doit reconstituer sa flotte.

« Je ne veux pourtant pas bercer Audrey d'illusions. Mon salaire n'est pas très élevé pour le moment. Les premiers temps de notre mariage, nous serons obligés de nous accommoder d'un train de vie modeste.

— La pauvreté ne me fait plus peur, affirma Audrey. Je ne suis plus fascinée par le luxe. Il n'y a plus qu'une chose qui compte pour moi à présent : devenir votre femme. Le reste m'est parfaitement égal.

Peter lui sourit.

— Nous ne nous quitterons plus désormais, ma chérie.

Puis, s'adressant à Sally :

— Me pardonnez-vous, maintenant que vous avez entendu mon histoire ?

— Je n'ai rien à vous pardonner personnellement. J'espère seulement que vous ferez la paix avec votre grand-mère.

— Pourquoi donc ? Audrey et moi pouvons très bien nous passer d'elle.

— Peter ! Elle est très vieille, elle souhaite mourir sereine et réconciliée avec vous.

— En ce qui me concerne, je n'ai aucune raison de renouer des liens avec elle.

— Vous savez, elle est beaucoup plus sensible que vous semblez le croire.

Sally se ménagea une pause. Il lui fallait trouver les mots les plus susceptibles de le toucher.

— Et elle aimait très fort lord Adrian votre père, ajouta-t-elle. Peut-être ne la comprendrez-vous que lorsque vous aurez un enfant avec Audrey. Il sera alors trop tard, je le crains.

Audrey prit la main de Peter et l'étreignit.

— Sally a raison, déclara-t-elle. Il faut que vous fassiez la paix avec la duchesse.

— Je le ferai si vous le désirez.

— Je le veux. Je souhaite aussi que vous lui annonciez notre mariage.

— Soit ! Nous irons la voir ensemble. Et je lui présenterai mes excuses.

Un sourire satisfait éclaira le visage d'Audrey.

— Que c'est drôle ! pouffa-t-elle. Je vais entrer dans la famille des Cheyn. Je ne vous l'ai pas encore dit mais j'ai déjà fait la connaissance de votre grand-mère. Je la trouve très sympathique.

— Moi, elle me terrorise. Heureusement, vous serez là pour me protéger !

— Quelle poule mouillée vous faites ! se moqua-t-elle.

— Cet heureux dénouement fera grand plaisir à votre oncle, le duc de Cheyn, intervint Sally. Votre brouille avec sa mère le chagrinait beaucoup. Il avait même demandé à Anne d'intervenir auprès d'elle en votre faveur.

— Oncle Stebby est un homme adorable. Je n'oublierai jamais l'affection qu'il m'a témoignée à la mort de mes parents.

D'une façon inattendue, un grand éclat de rire secoua alors Sally. Sa sœur la dévisagea, les yeux écarquillés.

— Je viens de penser à quelque chose d'amusant : Anne rêvait d'épouser un duc et c'est toi qui vas devenir duchesse.

— Comment, duchesse ?

— Oui, tu seras la prochaine duchesse de Cheyn.

Audrey fixa Peter.

— Seriez-vous l'héritier du titre ? le questionna-t-elle sur un ton de reproche.

Il acquiesça d'un vigoureux hochement de tête.

— Oh, non ! gémit-elle. Je ne serai jamais à la hauteur.

— Au contraire. Jamais, dans l'histoire de la famille, il n'y aura eu plus belle duchesse de Cheyn que vous.

Il se pencha au-dessus d'Audrey. Avec une infinie tendresse, il déposa un baiser sur son front.

— Que m'importe d'être duchesse ou femme de ménage, chuchota-t-elle, pourvu que je devienne votre femme.

— Et nous allons nous marier très vite.

— Quand ?

— Après-demain.

Les deux sœurs se récrièrent ensemble.

— C'est bien trop tôt, il faut attendre un peu !

— Pour quelle raison ?

— Pour qu'Audrey puisse se constituer un trousseau.

— Inutile ! Elle a déjà tant de toilettes.

— Alors... pour qu'elle fasse connaissance des membres de votre famille.

— Ce ne sera pas long.

— J'ai une idée ! s'exclama soudain Sally. Venez nous rejoindre à St. Chytas. Vous vous marierez dans l'église du village. Là où nous avons été baptisées toutes les trois et où papa a si longtemps officié.

— Oui, oui ! approuva Audrey, enthousiaste. Je suis d'accord, si Peter l'est aussi.

— Cela me convient tout à fait, assura celui-ci. J'avais peur que vous n'exigiez une grande cérémonie.

— L'affaire est entendue, conclut Sally, un grand sourire aux lèvres. Le mieux serait que vous arriviez dans trois ou quatre jours. Le temps que j'installe Anne et que je vous trouve quelque chose à louer dans le village. En attendant, vous ferez les présentations à la famille.

— Quarante-huit heures suffiront, trancha Peter.

— Au fait, j'y pense, et ma robe de mariée ? s'inquiéta Audrey.

— Nadine vous en procurera une.

— Nadine ? Vous n'y pensez pas ! Jamais elle n'acceptera de me rendre un tel service.

Audrey se mit à fixer Peter d'un œil inquisiteur.

— Maintenant, j'aimerais bien savoir ce qui s'est passé au juste, entre Nadine Sloe et vous.

Le jeune homme eut un petit rire.

— Je vais vous dire la vérité, Audrey. Nadine était la fille de la meilleure amie de ma mère. Nous avons grandi côte à côte. Probablement, nos deux mères avaient formé le vœux de nous voir mariés ensemble un jour. Mais rien de tel n'a eu lieu. Nadine et moi sommes amis intimes, voilà tout.

— Elle est amoureuse de vous, accusa Audrey.

— Je ne crois pas. Nadine éprouve pour moi l'affection d'une grande sœur. Et elle ne me refuse rien. Vous avez vu, elle n'a pas fait de difficultés pour vous engager chez Michael Sorrell quand je le lui ai demandé.

— Il n'empêche : elle ne peut pas me voir.

— Quelle importance maintenant ?

— C'est vrai, puisque nous sommes réunis. Pour la vie.

Ils s'enlacèrent avec ferveur.

— Sally doit nous trouver bien égoïstes, remarqua Peter.

— Mais non, je comprends. A présent, je dois

vous abandonner : il faut que je prépare mes valises.

Sally se glissa de l'autre côté du rideau et commença à assembler les affaires qui lui seraient nécessaires pour son séjour en Cornouailles. Elle entendait Peter et Audrey converser tout bas. Le sens de leur propos lui échappait, mais le ton de leur voix exprimait un ravissement réciproque.

Le miracle s'était accompli : Audrey avait trouvé le bonheur. Dans son for intérieur, Sally récita une brève action de grâces pour en remercier le Seigneur.

Ses bagages bouclés, Peter et Audrey l'accompagnèrent en voiture jusqu'à Park Lane. Ils se dirent au revoir.

— Vous veillerez bien sur elle, Peter, l'exhorta Sally.

Audrey passa les bras autour du cou de sa sœur et lui murmura :

— C'est moi qui veillerai sur lui. Si tu savais comme je suis heureuse ! Follement heureuse.

Elaine attendait sa gouvernante dans le hall de l'appartement.

— Oh, miss Grandville, s'exclama-t-elle, que je suis contente de partir en voyage ! Regardez le cadeau que papa m'a fait. Un vrai cartable.

Elle exhiba une grosse serviette de cuir rouge sur laquelle étaient inscrites ses initiales.

— Il est très beau, apprécia Sally.

A cet instant, Robert Dunstan sortit de son bureau et les rejoignit.

— Bonsoir, miss Grandville. Voici les billets des couchettes. Je vous mènerai moi-même à la gare.

— C'est très gentil.

Tous trois passèrent à la salle à manger où les

attendait un succulent repas préparé par Gertie. Ils se mirent à table.

— J'ai l'intention d'arriver en Cornouailles après-demain, annonça le banquier. Qu'en pensez-vous, miss Grandville ?

Sally éclata de rire :

— Ce ne sont pas les occupations qui nous manqueront ce jour-là !

— Pourquoi ? demanda Elaine.

Sally annonça à la fillette et à son père les fiançailles de Peter et d'Audrey.

— Et ils vont se marier quand nous serons à St. Chytas ! exulta la petite fille. Oh, comme j'aimerais être demoiselle d'honneur ! Vous pourrez demander à votre sœur si elle veut bien, miss Grandville ?

— Je ne sais pas si elle acceptera : la cérémonie doit être très simple.

Devant la déception de l'enfant, Sally ajouta aussitôt :

— Va tout de même dire à ta nounou de mettre dans ta valise ta plus jolie robe. La blanche avec la ceinture à nœud bouffant bleu serait parfaite pour une demoiselle d'honneur.

— Je cours le lui demander, s'écria Elaine en bondissant hors de la pièce.

Sally et Robert Dunstan restèrent seuls face à face. Après un moment de silence, le banquier demanda à mi-voix :

— Et pour moi, croyez-vous qu'il y ait une chance ?

— Pour vous parler avec franchise, je l'ignore.

— A l'occasion du mariage de votre sœur, ma présence à St. Chytas ne sera-t-elle pas de trop ?

— Absolument pas ! Vous serez le bienvenu.

— Vraiment ?

— Oui, je vous l'assure. Pour ma part, j'espère de tout cœur que vous saurez vous faire aimer d'Anne. Et je vous aiderai de mon mieux.

Le visage du banquier s'illumina.

— Merci, Sally, lui déclara-t-il. Vous êtes merveilleuse.

19

Allongée dans une chaise longue, Anne se reposait dans le jardin. Une douce brise marine caressait ses joues. Un sentiment de paix profonde et de bien-être l'habitait. Le ciel était d'un bleu limpide. Les brumes matinales s'étaient dissipées, le soleil avait fini par percer les nuages et les avait chassés comme par enchantement.

Derrière elle se dressait la masse du presbytère, la chère vieille maison de son enfance. Quelle joie elle éprouvait de se retrouver dans ces lieux si familiers ! Rien n'avait changé : il y avait toujours la pelouse au vert tendre et ses plates-bandes mal entretenues, le grand chêne où ses sœurs et elle s'amusaient à grimper quand elles étaient petites et où elles déchiraient leurs robes, les massifs de rhododendrons parfaits pour jouer aux gendarmes et aux voleurs. Et, au-delà, le court de tennis envahi par les mauvaises herbes.

Oui, elle était de retour à la maison. Anne en arrivait même à se demander si Audrey, Sally et elle en étaient jamais parties ! Ces quelques mois passés à

Londres lui paraissaient maintenant presque aussi irréels qu'un rêve. Un rêve où s'étaient dissipées certaines de ses illusions...

Le souvenir de la soirée où toutes trois avaient décidé de quitter St. Chytas pour aller chercher fortune à Londres lui revint à l'esprit. Elle s'entendait encore déclarer: « Moi, je voudrais épouser un duc. » Et c'était à Audrey qu'un tel sort allait échoir ! Du reste, celle-ci tiendrait beaucoup mieux qu'elle le rôle de duchesse.

Le monde de l'aristocratie avait perdu à ses yeux une grande partie de son prestige. Il ne la fascinait plus. Elle revoyait la vieille duchesse de Cheyn se débattant au milieu de ses factures, contrainte de vendre les bijoux de famille pour acquitter ses impôts, pestant contre ses fermiers parce qu'ils tardaient à payer leurs loyers. Non, ce n'était pas l'existence qu'elle avait rêvé de mener.

Mais son séjour à Londres ne se résumait pas pour elle à ce désenchantement. A l'hôpital St. Anthony, elle avait vécu une expérience qui l'avait transformée d'une manière fondamentale. La maladie, la souffrance lui avaient jusqu'alors inspiré une profonde aversion. Elle avait souhaité vivre dans un monde de conte de fées, telle une créature à part, immatérielle, à l'abri des contingences physiques.

Depuis son hospitalisation, tout cela avait changé.

Anne se rappela les premiers moments où elle s'était retrouvée dans la salle commune. Quelle terrible épreuve cela avait été ! Allongée dans son lit, elle fixait la fenêtre en face d'elle en se répétant : « Il ne faut pas que je regarde les autres malades. Elles sont hideuses, elles me répugnent. Je les déteste. »

Il lui avait fallu mobiliser toute sa volonté pour

ne pas faire appeler David et exiger d'être tout de suite ramenée dans sa chambre individuelle.

Puis, peu à peu, elle avait commencé à s'habituer à l'atmosphère qui régnait dans la salle commune. Elle s'était intéressée à ses voisines. A ses côtés, il y avait une femme dont les deux fils étaient morts à la guerre. Elle venait de subir une très grave opération à l'estomac. Pourtant, elle souriait et essayait de faire preuve d'optimisme et de bonne humeur.

— Je suis toujours vivante, ce n'est pas si mal, disait-elle à Anne. C'est ce que je me répète sans cesse.

Son courage émut Anne au point de lui faire venir les larmes aux yeux.

Le lit en face du sien était occupé par une jeune fille qui avait à peu près son âge. Un autobus l'avait renversée un samedi soir, comme elle allait à un rendez-vous avec son fiancé. Elle affrontait néanmoins son malheur avec une solide dose d'humour.

— Quelle manque de chance ! Au moment de mon accident, je portais un tailleur tout neuf. Il est en pièces maintenant. Et dire que j'avais économisé trois mois de salaire pour pouvoir me l'acheter !

Il était comique de l'entendre déplorer la perte de son vêtement quand elle aurait pu se lamenter sur les multiples fractures qui avaient brisé ses membres.

Au bout de quelques jours, Anne connaissait la plupart des autres malades de la salle commune. Elle avait écouté leurs histoires. Dans l'adversité, ces femmes se révélaient d'un courage admirable. Et elle eut honte d'avoir pu éprouver de l'aversion et du dégoût pour elles. Anne s'était même prise d'affection pour elles.

Une nuit que le sommeil la fuyait, elle vit la sœur de garde qui effectuait sa ronde dans la salle commune. Le faisceau de sa lampe vint un instant illuminer le visage du petit Enfant Jésus dont la statuette était posée sur sa table de chevet. Ce fut une révélation. Anne comprit tout à coup le sens du mot « amour ». L'élan qui pousse certains êtres à se dévouer à leur prochain. L'idéal auquel son père avait consacré toute sa vie et qui rendait Sally toujours disponible à autrui, toujours prête à écouter et à rendre service.

« Oui, c'est cela l'amour, murmura Anne, l'amour que le Christ est venu enseigner aux hommes sur terre. »

Son âme venait de naître à une vérité essentielle. Elle s'en trouva transformée. Les barrières qui longtemps l'avaient tenue à l'écart des autres tombaient. Elle n'avait plus peur, elle se sentait libre. Elle était disposée à donner et à recevoir, à aimer et à être aimée.

Le lendemain, à six heures, la sœur trouva Anne endormie, la statuette de l'Enfant Jésus serrée entre ses bras. Son visage rayonnait d'une joie si pure qu'on aurait dit une sainte.

A partir de cette nuit-là, le regard d'Anne sur les choses et les êtres ne fut plus le même. Tout lui parut contenir une parcelle de beauté. Jusqu'à cette salle d'hôpital qui lui avait semblé au début l'image même du plus affreux des cauchemars.

Elle aurait aimé pouvoir s'épancher et raconter à quelqu'un la métamorphose qui s'était opérée en elle. Mais le phénomène était si profond, si mystérieux qu'elle était incapable de trouver les mots susceptibles d'en rendre compte. Et elle n'en dit rien. Pas même à Sally.

Anne tourna la tête vers le presbytère. La vieille bâtisse lui sembla symboliser parfaitement tout ce qu'elle avait enfin compris. Extérieurement, avec ses façades décrépies, elle n'avait rien de séduisant. Mais, à l'intérieur y régnaient la bonté, l'amour et la générosité. Il en allait de même avec les gens : il suffisait de gratter sous la surface pour découvrir la beauté de leur âme.

L'arrivée de Sally, un verre de lait à la main, interrompit le cours de ses pensées.

— Tiens, bois, ma chérie !

— Encore du lait ! protesta Anne. Si ça continue, je vais engraisser et devenir énorme.

— Sois sage et fais ce qu'on te dit ! Ce sont les instructions du docteur, il faut que tu t'alimentes beaucoup pendant toute ta convalescence.

— D'accord, je n'ai pas envie de discuter. Je me sens si bien ici. Que c'est bon d'être de retour chez nous.

Un éclair de joie illumina le visage de Sally.

— C'est ce que je n'arrête pas de me répéter : nous sommes de retour ! Toutes les trois !

— J'ai parfois l'impression que nous ne sommes jamais parties.

— Te souviens-tu du soir où nous avons décidé d'aller vivre à Londres ? Nous pensions nous embarquer pour une grande aventure.

— Oui, acquiesça Anne, et nous ne savions pas ce qui nous attendait !

— Cela ne s'est pas mal terminé pour Audrey... Au fait, je viens de recevoir un télégramme de Peter. Ils font le voyage en voiture. Ils comptent arriver en fin d'après-midi, vers six heures.

— Ils ont dû quitter Londres aux aurores.

Sally eut un bref éclat de rire.

— Tu imagines la tête d'Audrey quand elle découvrira que nous sommes au presbytère ? A ce propos, je viens d'écrire au pasteur pour le remercier. Il a été vraiment très gentil de nous laisser la maison.

D'un regard circulaire, Sally embrassa le jardin puis le bâtiment.

— Ce cher vieux presbytère, soupira-t-elle, émue. Tout y est resté comme autrefois. Grâce à Dieu, le pasteur et sa femme n'ont apporté aucune modification.

— Je trouve même leurs meubles aussi laids que l'étaient les nôtres.

— Oh, Anne ! protesta Sally, mi-outrée mi-amusée. Notre mobilier m'a toujours paru magnifique.

— Cela ne m'étonne pas de ta part, tu es une sentimentale.

— Quoi de plus normal que d'aimer sa maison ? se défendit la cadette. Hier matin, quand le pasteur est venu m'annoncer qu'il partait en vacances avec sa femme et qu'il mettait le presbytère à notre disposition, j'ai failli lui sauter au cou et l'embrasser.

— Tu l'aurais scandalisé !

— Je ne crois pas. Il mesurait le plaisir que me faisait son offre.

— Il a été très aimable, il faut le reconnaître.

Anne prit l'air pensif.

— Au fait, où dormiront Audrey et Peter ?

— Elle prendra son ancienne chambre. Et lui la chambre d'ami.

Quand Anne eut fini son lait, Sally lui reprit le verre des mains.

— Il est temps que j'arrête de bavarder, annonça-t-elle. Je dois retourner m'occuper du dîner. Élaine m'aide. Elle est ravie : c'est la première fois qu'on l'autorise à participer aux travaux de la cuisine.

— Pauvre petite fille de riches ! sourit Anne.

— Apprendre à faire la cuisine est très important pour son éducation. En ce moment, elle te prépare elle-même quelque chose pour le thé. Tu feras semblant d'être surprise.

— Tout ce que je souhaite, c'est que ce ne soit pas trop bourratif. Après l'énorme déjeuner que tu m'as servi à midi et ce verre de lait, je n'ai plus très faim.

— Tu auras retrouvé l'appétit à l'heure du thé.

Sally s'éloigna vers la maison puis revint tout à coup sur ses pas pour dire à sa sœur :

— J'ai oublié de t'en avertir : le père d'Elaine devrait arriver dans le courant de l'après-midi.

Anne eut une expression étonnée.

— M. Dunstan ? Déjà ?

— Comme je n'aurai guère de temps à lui consacrer, tu seras gentille de lui tenir compagnie.

— Entendu, accepta Anne. Mais, dis-moi, passera-t-il la nuit au presbytère ?

— Non, il a réservé une chambre d'hôtel à St. Ives. En tout cas, nous le retiendrons à dîner.

— Bon... avertis-moi quand il arrivera.

— D'accord.

Sally repartie, les yeux d'Anne ne tardèrent pas à se fermer. A la senteur de la brise venue de l'océan se mêlait le parfum des fleurs du jardin. Les feuilles des arbres caressées par le vent bruissaient avec douceur. Bientôt, elle s'assoupit.

Elle dormait depuis environ une heure quand la vague impression d'une présence à côté d'elle traversa son sommeil. Elle se réveilla : Robert Dunstan était allongé sur l'herbe à quelques pas d'elle. Sur le moment, c'est à peine si elle le reconnut : on aurait dit un autre homme, sans ses éternels costumes sombres qu'il portait toujours à Londres. Il était vêtu d'une veste de tweed et avait mis une cravate de couleur vive.

Il ne s'était pas aperçu qu'Anne ne dormait plus. Son regard était fixé vers la mer, il paraissait absorbé dans ses pensées. Anne put l'observer à la dérobée. Il paraissait plus jeune que dans son souvenir. Son visage intelligent semblait plus détendu, moins sévère.

Il tourna tout à coup la tête vers elle et découvrit qu'elle était réveillée. Il lui sourit.

— Je n'ai pas troublé votre sommeil, j'espère ?

Anne lui répliqua par une autre question :

— Y a-t-il longtemps que vous êtes là ?

— Un certain moment. Votre sœur m'a dit que je vous trouverai au jardin. Je vous y ai bien trouvée mais endormie.

— Excusez-moi !

— Il n'y a pas de quoi. J'ai passé de très agréables minutes à attendre votre réveil.

— C'est magnifique ici, n'est-ce pas ? Sally vous a-t-elle dit que nous avons habité cette maison jusqu'à notre départ pour Londres ?

— Oui, et je me demande comment vous avez eu le courage de quitter un endroit aussi charmant.

Il paraissait sincère. La simplicité du vieux presbytère et son jardin mal entretenu le séduisaient.

— L'idée d'aller vivre à Londres nous enthousiasmait, lui expliqua Anne. Nous sommes néanmoins ravies d'être de retour.

— Je vous comprends. Moi aussi, j'ai une maison à la campagne. J'aimerais vous la montrer. Je n'y ai jamais habité mais j'espère le faire un jour. Voulez-vous savoir dans quelles circonstances je l'ai achetée ?

— Je veux bien.

— Il y a quelques années, commença-t-il, j'étais parti un après-midi me promener seul en voiture. A cette époque, je n'étais pas très heureux dans ma vie privée. J'avais éprouvé le besoin de fuir un moment l'atmosphère oppressante qui m'environnait. J'étais sorti de Londres en empruntant des routes au hasard, sans savoir où j'allais. Je devais rouler depuis une heure environ quand je me suis rendu compte que je m'étais perdu dans un coin de campagne superbe. J'avançais sur un chemin ombragé d'un berceau de grands arbres. Au bout de quelques kilomètres, je me suis retrouvé devant un immense portail rouillé. Il portait un écriteau annonçant que la propriété était à vendre. Je ne sais ce qui m'a pris, mais je me suis enfoncé dans le parc à l'abandon et j'ai découvert la maison. Elle m'a tout de suite plu.

Ce récit paraissait avoir pour lui une signification capitale. Et Anne l'écoutait avec beaucoup d'attention.

— C'était une vieille demeure datant de l'époque Tudor, poursuivait Robert Dunstan. Presque en ruine. Mais en la voyant, j'ai ressenti le désir impulsif d'en devenir propriétaire. J'avais l'intuition que j'y trouverais un jour le bonheur. Par une fenêtre ouverte, je me suis glissé à l'intérieur. C'était étrange : j'éprouvais l'impression que les lieux m'étaient familiers, que je connaissais chaque marche de l'escalier, chaque recoin de corridor. Ma décision était prise : j'allais l'acheter. Ce qui ne posa aucune difficulté : la demeure était en vente depuis des années car personne n'en voulait. Il y avait trop de frais à faire pour la restaurer et la rendre habitable. Quelques semaines plus tard, Four Gables m'appartenait.

— C'est un joli nom. Est-ce vous qui l'avez trouvé ?

— La demeure s'appelle ainsi depuis des siècles.

— Et vous ne l'avez jamais habitée ?

— Non, le moment opportun ne s'est pas encore présenté.

— Le moment opportun ? Que voulez-vous dire par là ?

— C'est ce que j'aimerais vous expliquer. Voyez-vous, j'ai toujours su que je ne pourrais pas y vivre en solitaire. Four Gables est fait pour un couple.

Comme il prononçait ces mots, il plongea son regard dans celui d'Anne. L'expression tendre et inquiète avec laquelle il la contemplait la bouleversa. Elle sentit son cœur se mettre à palpiter très fort dans sa poitrine.

Pendant de longues secondes, Robert Dunstan se tut. Anne attendait. Puis il se leva, s'approcha. Très lentement, il se pencha vers elle et lui prit la main.

— Anne, dit-il d'une voix grave, j'ai peur.

— Peur ? répéta-t-elle en un murmure. Et de quoi ?

— J'ai tellement été malheureux dans ma vie. J'ai cru que cela durerait toujours. Maintenant je suis comme un homme demeuré trop longtemps dans le noir et qui n'ose plus ouvrir les yeux, de crainte de découvrir que la lumière du jour n'est qu'un produit de son imagination.

Anne l'écoutait en silence.

— Vous savez, je suis quelqu'un d'assez ennuyeux et d'assez plat, continua-t-il.

— Pas du tout ! protesta-t-elle.

— Je suis suffisamment lucide pour savoir que c'est la vérité. A part gagner de l'argent, je ne suis bon à rien.

Ses doigts pressèrent plus fort ceux d'Anne.

— Vous êtes si belle, ajouta-t-il. Et je crains que vous ne me repoussiez.

Anne sentit une bouffée de tendresse gonfler sa poitrine. Sa souffrance l'émouvait. Elle eut envie de le serrer contre lui, de le bercer, de le consoler comme un enfant qui aurait du chagrin. Il lui semblait qu'enfin lui était offerte l'occasion de dispenser l'amour dont, une nuit, dans la salle commune de St. Anthony, elle avait eu la révélation.

Mais sa timidité était telle qu'elle resta figée, incapable d'esquisser un geste vers lui, de trouver les mots qui auraient convenu. Et des larmes emplirent ses yeux, se mirent à couler le long de ses joues.

Robert Dunstan la dévisagea, consterné.

— Mon Dieu ! s'écria-t-il. Aurais-je dit quelque chose qui vous ait blessée ?

— Non... non, balbutia Anne. C'est seulement... l'émotion. J'aimerais tant pouvoir vous rendre heureux.

De longues secondes, il la contempla en silence, incrédule. Puis il porta sa main à ses lèvres et la baisa avec adoration. Ensuite, sortant un mouchoir de sa poche, il se mit en devoir d'essuyer délicatement les pleurs qui ruisselaient sur le visage d'Anne.

— Voilà bien trop d'émotions pour une convalescente, lui déclara-t-il d'un ton très doux. Il faut vous reposer à présent. Nous aurons tout le temps de parler de tout cela plus tard, d'accord ?

Anne lui adressa un sourire radieux.

— Non, Robert, murmura-t-elle. Pas plus tard... maintenant.

20

Une coupe de champagne à la main, Peter se leva et, sur un ton à la fois gai et solennel, il lança :

— Je bois à notre bonheur à tous.

Tour à tour, son regard se porta sur Audrey, Anne et Robert. Puis, en dernier lieu, sur Sally assise seule en bout de table.

— Et à Sally que nous chérissons tant, ajouta-t-il.

Chacun se tourna vers la benjamine en levant son verre.

— A Sally ! s'écrièrent-ils en chœur avant de trinquer.

Les joues de la jeune fille rosirent.

— Merci... merci beaucoup, balbutia-t-elle. Mais c'est trop d'honneur que vous me faites.

— Pas du tout ! rétorqua vivement Audrey. Tu l'as bien mérité, ma petite sœur chérie : sans toi, je n'aurais jamais rencontré Peter.

— Et Robert et moi ne serions pas réunis ici ce soir, renchérit Anne, qui avait incliné la tête avec tendresse sur l'épaule du banquier. Tu as droit à toute notre reconnaissance, Sally.

Émue, celle-ci sentit ses yeux s'embuer.

— Arrêtez ! protesta-t-elle. Si vous continuez, vous allez me faire pleurer.

Elle se leva d'un mouvement énergique.

— Il est temps de débarrasser, décréta-t-elle. Mais nous sommes dispensées de faire la vaisselle. Mme Barkus s'en chargera demain matin.

Elle se mit à la tâche, bientôt imitée par ses sœurs. Elles se retrouvèrent à la cuisine.

— Tout est bien qui finit bien, déclara Sally. Vous êtes toutes deux amoureuses et vous allez vous marier.

Elle poussa pourtant un petit soupir.

— Il n'y a qu'une ombre au tableau, murmura-t-elle à l'adresse d'Audrey, c'est David.

— Que veux-tu que j'y fasse ? grommela celle-ci.

— Tu n'éprouves pas un peu de peine en pensant à lui ?

Audrey haussa les épaules.

— Est-ce ma faute s'il n'a pas voulu comprendre que c'était sans espoir ?

Le visage de Sally s'assombrit.

— Sais-tu qu'il devrait arriver ici demain, Audrey ?

— Ah bon ! Je me serais volontiers passée de sa présence le jour de mon mariage. Il va en faire une tête, ça va être gai ! Il n'aurait pas pu choisir un autre moment pour prendre des vacances ?

— Eh bien, j'ai voulu le mettre au courant pour Peter et toi, et je lui ai téléphoné de la gare avant de partir, expliqua Sally. Mais dès qu'il a été au bout du fil, il ne m'a pas laissée parler. Il m'a tout de suite dit : « Que je suis content que tu m'appelles ! J'ai une grande nouvelle à t'annoncer. » Je lui ai demandé de quoi il s'agissait. « L'Institut Roosevelt a proposé à sir Hubert Haydn de poursuivre ses recherches aux États-Unis. Il voudrait que je l'accompagne. » Je l'ai félicité mais il m'a fait remarquer qu'il n'avait pas encore pris de décision. « Je veux en discuter avec mon père », m'a-t-il déclaré. Je retourne donc en Cornouailles pour une semaine. Je passerai vous voir à St. Chytas dans trois jours. » Sans me laisser la possibilité de placer un mot, il a raccroché.

Audrey eut un léger sourire de satisfaction.

— Tant mieux si David part vivre en Amérique ! Il m'oubliera plus vite comme cela.

— Il n'est pas sûr qu'il y aille.

— Ce n'est pas moi qui l'en empêcherai en tout cas.

Sur ces mots, Audrey s'empressa d'aller rejoindre Peter au salon.

« Pauvre David ! » songea Sally tandis qu'elle montait dire bonsoir à Elaine. Épuisée par une journée à la plage et les nombreux bains qu'elle avait pris, la petite fille dormait déjà. Sally la borda tendrement et redescendit.

Mais au lieu d'aller retrouver les autres qui bavardaient dans le salon, elle préféra sortir du presbytère. Dehors la brise était tombée, il régnait un silence que rien ne venait troubler. Haut dans le ciel, une lune blafarde s'était levée et il flottait dans l'air comme une sorte de magie.

Sally traversa le jardin. Tout naturellement, ses pas la conduisirent sur le sentier escarpé qui descendait à la plage. Devant elle s'étendait l'immensité de l'océan qu'argentaient les rayons de la lune. De petites vagues venaient lécher le sable. Comme toujours face à la baie de St. Chytas, Sally, émerveillée, sentit son cœur se gonfler.

Elle longea la grève. Parvenue au pied de la falaise qui fermait la crique, elle s'assit sur un rocher. Un soupir de contentement lui échappa. Comme elle se sentait heureuse ici, en accord parfait avec la nature !

Elle eut même l'impression que son père se tenait à ses côtés comme autrefois.

— Te réjouis-tu pour Anne et Audrey, papa ? demanda-t-elle dans le fond de son cœur.

— Oui, profondément, eut-elle l'illusion de l'entendre lui répondre.

Puis sa voix le questionnait :

— Mais qu'en sera-t-il de toi, ma chère enfant ?

La gorge de Sally se serra. En effet, qu'allait-elle devenir sans ses sœurs ? Aurait-elle assez de force et de courage pour affronter la vie toute seule ?

— Oh, papa, s'il te plaît, viens à mon secours, murmura-t-elle.

Tout à coup, elle sursauta. Des pas avaient fait crisser le sable : quelqu'un approchait.

Elle ne distingua tout d'abord qu'une silhouette. Celle d'un homme. C'était peut-être Robert ou Peter qui venait la chercher. Puis elle le reconnut :

— David ! s'écria-t-elle en se levant.

Quelques secondes plus tard, le jeune homme se tenait devant elle. A la clarté de la lune, son visage avait une expression inhabituelle, lui sembla-t-il. Sans doute venait-il d'apprendre le mariage d'Audrey et de Peter.

— Quelle surprise ! Nous ne t'attendions que demain.

— Oui, je suis arrivé plus tôt que prévu. J'ai profité d'une occasion : un confrère de l'hôpital devant se rendre aujourd'hui à St. Ives m'a offert une place dans sa voiture.

— Et comment as-tu su que j'étais ici ?

— Je suis passé chez Mme Barkus. Elle m'a expliqué que finalement vous séjourniez au presbytère, et voilà. J'ai sonné, personne ne m'a répondu. J'ai alors fait le tour par le jardin. Par la fenêtre, j'ai vu les autres installés au salon. Comme tu n'étais pas avec eux, j'ai deviné où je pourrais te trouver.

— Tu n'as donc pas parlé avec Audrey ?

David fit non d'un signe de tête. C'était à elle qu'il revenait de lui annoncer la mauvaise nouvelle...

— Viens t'asseoir près de moi, David, l'invita-t-elle. J'ai quelque chose à te dire.

Il resta un moment immobile à la contempler.

— Tu parais irréelle dans cette lumière, lui déclara-t-il. On te dirait sortie d'un de ces contes de fées qui passionnaient tant ton père.

— C'est si magique ici, l'approuva-t-elle. Il n'empêche, j'ai à te parler.

David se décida à venir prendre place sur le rocher où se rassit la jeune fille.

— Oui, je t'écoute ?

Sally hésita.

— Voilà... c'est à propos... d'Audrey.

— Elle va se marier avec Peter Aird, c'est bien cela ? Je les ai vus tout à l'heure au presbytère. Ils s'embrassaient. J'ai compris.

— Je suis désolée pour toi, David. Mais ils sont

très amoureux l'un de l'autre. Et en effet, ils vont se marier... Demain.

— C'est parfait !

Il paraissait sincère. Perplexe, Sally le dévisagea.

— Mais... David, bredouilla-t-elle.

Il eut un sourire.

— Je sais ce que tu vas me dire, la coupa-t-il. Mais, je t'assure, tout cela n'a plus d'importance pour moi. Depuis un certain temps déjà.

— Quoi ! le mariage d'Audrey te laisse indifférent ?

— Oui, complètement.

Sally se sentit aussitôt plus légère.

— Que je suis contente ! s'écria-t-elle. J'étais si inquiète pour toi.

— Ah bon ! Et pourquoi ?

— Je n'avais pas envie que tu aies du chagrin.

— Oh, Sally, ne cesseras-tu jamais de te préoccuper du sort des autres ?

— Sans doute pas. Surtout quand il s'agit de gens que j'aime.

A sa grande surprise, David se pencha alors vers elle et lui prit la main.

— Tu sais, Sally, j'ai fini par comprendre que mon amour pour Audrey n'était qu'une illusion.

Elle tenta de se dégager mais les doigts de David emprisonnèrent les siens.

— Je l'ai compris à Londres, continua-t-il. Après cette discussion que nous avons eue, toi et moi, un soir au restaurant. Depuis, ce n'est plus elle qui occupe mes pensées... mais toi. Sans cesse, à l'hôpital ou quand je me retrouvais seul, je te sentais présente à mes côtés. Je me suis rendu compte qu'en fait, tu y avais toujours été, que tu faisais partie de ma vie.

« Je n'en avais pas pris conscience avant, par défaut de maturité peut-être : mais personne d'autre ne m'est plus proche et plus cher que toi, Sally.

Elle avait détourné la tête et contemplait l'océan. Le profil de son fin visage se dessinait sur la nuit.

— L'occasion de te l'avouer ne s'est pas présentée plus tôt, reprit David. Mais je savais que je t'aimais avant même qu'Anne ne tombe malade. Et j'en ai eu l'absolue certitude l'après-midi où je t'ai laissée dans mon bureau en train de regarder le tableau peint par mon père. Tu étais toute ma vie, cela m'a frappé comme une évidence... Oui, Sally, tu es ce que je désire le plus au monde.

Le regard de la jeune fille revint se poser sur lui. Il faisait trop sombre pour que David puisse déchiffrer l'expression de son visage.

— J'ai autre chose à ajouter, dit-il. Tu te souviens, je t'avais parlé de ce projet d'aller aux États-Unis avec sir Hubert. J'y ai renoncé.

— Tu y as renoncé ?

— Oui, j'ai bien réfléchi. Je sais maintenant ce que je veux faire de ma vie. Je ne tiens plus à devenir un chercheur célèbre. Je désire me mettre au service des humbles et des pauvres, et soulager leurs souffrances.

« Mon père commence à être âgé, il va bientôt partir à la retraite. J'envisage de prendre sa suite. Malgré les ambitions qu'il nourrit pour moi, rien ne pourra lui faire plus plaisir, j'en suis sûr. Oui, Sally j'ai décidé de revenir vivre dans cette région où je suis né et où j'ai mes racines. Parmi les gens que je connais et que j'aime. Mais je ne saurais envisager cette existence sans toi. Comme par le passé, j'aurai besoin de ton affection et de ton aide. Et de bien plus encore... lorsque nous serons mari et femme. Car je désire fonder un foyer avec toi, Sally.

La voix de David se tut. Ils restèrent silencieux. Et l'on n'entendait plus que le doux clapotis des vagues le long de la grève.

Enfin il se leva et aida Sally à en faire autant. Elle se tenait toute frêle et menue devant lui. Délicatement, il prit son visage entre ses mains et la regarda dans les yeux. Mais il lui fut impossible d'y lire ce qu'elle pensait.

— Je t'en prie, Sally, dis quelque chose, la supplia-t-il.

— Oh, David !

Ces mots s'étaient échappés de sa bouche en un murmure vibrant de tendresse.

— Je ferai tout ce que tu voudras. Je t'aime. Depuis toujours.

Il n'osa pas la prendre et la serrer tout de suite dans ses bras. Nimbée dans le clair de lune, elle semblait si merveilleuse, si irréelle... Il ne parvenait pas à croire à tant de bonheur.

— Depuis toujours ? répéta-t-il sur un ton incrédule.

— Oui, David, même quand j'étais petite fille, j'étais amoureuse de toi. Personne ne le savait, à l'exception de papa. Tu te souviens de l'affection qu'il éprouvait pour toi. Comme il serait heureux de savoir que nous nous sommes enfin trouvés, toi et moi !

Quelques secondes, David demeura stupéfait, comme s'il n'arrivait pas à bien saisir ce qu'elle venait de lui avouer.

Il l'enlaça enfin. Son corps contre le sien lui parut

tellement fragile qu'il eut peur de l'étreindre avec trop de force. Mais quand leurs lèvres se joignirent, David ne douta plus un seul instant que Sally était bien réelle.

— Oh, mon amour, mon bel amour, comment ai-je pu être aussi longtemps aveugle, moi qui t'aime plus que tout au monde ?

— Ne dis plus rien, David. Je t'aime.

Ils s'embrassèrent avec plus d'exaltation encore. Dans leur baiser ardent s'exhalait toute l'intensité de leur amour.

Main dans la main, David et Sally regagnèrent lentement le presbytère. Leurs visages étaient transfigurés. La flamme du bonheur le plus sublime étincelait dans leurs yeux.

3198

Imprimerie Gresse B-Embourg
Achevé d'imprimer en Europe (France)
par Brodard et Taupin à la Flèche (Sarthe)
le 16 mars 1992. 1674F-5
Dépôt légal mars 1992. ISBN 2-277-23198-3

Éditions J'ai lu
27, rue Cassette, 75006 Paris
Diffusion France et étranger : Flammarion